J・M・クッツェーと真実

Nozomi Kubota

J. M. Coetzee and Truth

くぼたのぞみ

白水社

J・M・クッツェーと真実　**目次**

プロローグ——ふぞろいの本たち

翻訳を始めて何年になるのだろう。初の訳書はJ・M・クッツェー『マイケル・K』（本邦初訳）で出版は一九八九年、八三年のブッカー賞受賞作だった。いまでは「英語圏文学賞の最高峰」とされるブッカー賞も、当時はブッカー・マコンネル賞という呼称で、日本ではそれほど有名ではなかった。

J・M・クッツェーという作家を知ったのはまったくの偶然だ。南アフリカのズールー民族の詩人マジシ・クネーネの叙事詩を訳さないかといわれて、アフリカ系文学に関心のあった駆けだしの翻訳者は一も二もなく引き受けた。ところがそれは民族創世の神話ともいえる長大な口承詩だった。翻訳作業は難航した。ネット環境のない時代、図書館へ行っても「ズールー」で検索できる資料は皆無。そんなとき「これも南アフリカの作家だよ」と友人から手渡されたのが *Life & Times of Michael K* で、完全にハマった。

二百ページにも満たないそのキングペンギン版ペーパーバックの読後感は強烈きわまりなかった。読んでいるときはひどく苦いのに途中で放りだすことなど思いもよらず、作品世界にすっぽりと包みこまれて、読み終わったあとは「いったいこれはなに？」と、衝撃とともに不思議な充足感がじわりと広がる。それがＪ・Ｍ・クッツェーとの幸運としかいいようのない出会いだった。

クッツェー作品の最大の特徴は文体だ。装飾表現を極限まで削った、シンプルで静かな、鋼《はがね》のように硬質な文体で書かれているのだ。さらさらと読ませるがじつは奥が深い。クッツェーを読むことは、だから、「水面は穏やかだが水中には激烈な暗流が潜む海を泳ぐようなもの」だといわれる。

端正な文体に魅せられて他の作品を読みはじめた。出版される直前に草稿として送られてきた『鉄の時代』、その七年後にケープタウンから取り寄せた『少年時代』。これを読んだときは驚いた。少年の家族が自分の育った家族にどことなく似ていたのだ。これはあなたの仕事だ――という声が作品内から聞こえたような気がして、以来、クッツェー関連の本が書棚を占拠するようになっていった。手を伸ばせばいつでも取れる特等席に、大きさも凸凹の書籍がならび、翻訳した作品は共訳を入れると九作を数えるまでになった。

二十一世紀に入ってその隣にナイジェリア出身のイボ人作家チママンダ・ンゴズィ・アディーチェの色鮮やかな書籍がならぶようになった。ビアフラ戦争を背景にしたラブストーリー『半分のぼった黄色い太陽』でオレンジ賞（女性小説賞の前身）を二十代の若さで受賞したアディーチェは、ＴＥＤトーク「シングルストーリーの危険性」でアフリカへのステレオタイプなヨーロッパ的視線を批判して大反響を呼んだ。ストーリーがとてもわかりやすかったのだ。さらに「男も女もみんなフェミニストでなきゃ」で「フェミニスト」という語のイメージを塗り替えて、若きオピニオンリーダーとして全世界のメディアが注目する人気者になった。

この作家の最大の特徴は「自室」にこもらないことだ。アフリカ出身の作家はそういう姿勢を取る、いや、取らざるをえないことが多い。アディーチェも早くからナイジェリア国内で出版社を作ったり、ワークショップを開催して二百人を超える若い書き手を育てている。また、世界的著名人となったことを後ろ盾に、歯に衣着せぬ批判を述べてナイジェリア社会を変革しようとしている。

一九七七年生まれのアディーチェは二〇〇二年に短篇「アメリカにいる、きみ」(のちの「なにかが首のまわりに」)でケイン賞次点に入ったころから広く知られるようになった作家だ。アフリカン・ブッカーの異名をとるケイン賞が創設されたときのパトロンの一人がJ・M・クッツェーだった。彼はまたアディーチェが短篇「半分のぼった黄色い太陽」で二〇〇二〜三年のPENデイヴィッド・T・ウォン国際短篇賞を受賞したときの審査員でもあった。

二〇一三年に長篇『アメリカーナ』でアフリカ人として初の全米批評家協会賞を受賞したアディーチェは、この作品のなかで「アメリカで人種を発見した」とか「アメリカへ行って初めて自分が黒人なんだと知った」とストレートに書くことで、「人種」にしても「黒人」にしても、だれから見た「表現《ことば》」なのかを読者に再考させることになった。英語という言語内に「アフリカから見る」という杭を打ちこむことで、読者の側に視座の決定的な転換を迫ったのだ。アディーチェ作品を訳しながら、それまで無意識に西欧中心にものを見てきた日本語使用者の一人として、霞が晴れるように視界が開ける体験をした。だがそれは、クッツェーなどが時間をかけて準備してきたプラットホーム（土台）あってのことだったのだと気づいた。それはどういうことか。

ジョン・マクスウェル・クッツェーは一九四〇年二月九日、オランダ系植民者の末裔としてアフリカ大陸の南端に生まれ、少数の白人が有色人種を「合法的」に支配、搾取するアパルトヘイト体制下の南アフリカで、白人として生きた作家だ。「生きた」というのは、彼にとって、なぜ自分はいまここにこうしているのかと問いつづけながら作品を書くことだった。自分はアパルトヘイト体制から最大の恩恵を受ける世代として育ったとクッツェーは気づき、さまざまな意匠を凝らした作品によって、植民地主義を発展させた西欧の近代思想を根底から問いなおしていった。その過程でみずからの存在を徹底検証し、変革しようとした。そのプロセスは自伝的三部作の最終巻『サマータイム』で、登場人物の口を借りて詳しく述べられている。自省や自己検証という批判の方法が彼自身を形成したヨーロッパ的な思想に基づいたものと認識しているのは、「わたしの知的献身は明らかにヨーロッパ的」と明言したノーベル文学賞受賞直後のインタビュー（「ダーゲンズ・ニューヘーテル紙」）からもわかる。このインタビューは『鉄の時代』について書いた項で引用した。

クッツェー作品と出会ったころは、もちろん、そこまで理解できていたわけではない。何冊か翻訳する過程で見えてきたのだ。南アフリカ出身の他の作家の作品を訳すことが、この土地を舞台にしたクッツェー作品の歴史的なコンテクストを知るための助けになった。南アフリカで黒人の父と白人の母を持って「生まれること自体が違法」だったベッシー・ヘッドの短篇集『優しさと力の物語』、あるいは、南部アフリカ先住民とヨーロッパ人の混血を始祖とするグリクワ民族出身のゾーイ・ウィカムの力作長篇『デイヴィッドの物語』などを翻訳したおかげで、視界はとてもクリアになった。

二〇〇三年に南アフリカからオーストラリアへ住まいを移したクッツェーは、翌年ノーベル文学賞を受賞した。授賞理由は「数々の装いを凝らし、アウトサイダーが巻きこまれていくところを意表を突くかたちで描いた」ことで、その「小説はよく練られた構成、含みのある対話と鮮やかな分析を特徴とする。だが同時に、彼は厳正実直な懐疑心の持ち主で、西欧文明のもつ残酷な合理主義と見せかけのモラリティを容赦なく批判した」（ノーベル財団のホームページ）というものだった。

ノーベル文学賞授賞理由にあった「西欧文明の残虐な合理性と見せかけのモラリティへの容赦ない批判」の思想は、ここ数十年のあいだにじわじわと世界に浸透してきたものだ。植民地主義的拡大によって築かれた「世界の歴史」を、時代をさかのぼって検証する作業が世界中で進められている。二〇一五年三月にケープタウン大学で起きた「ローズ・マスト・フォール」という、教育の「脱植民地化」を求める運動もその一つだろう。

クッツェーの母校であり長年の職場でもあったケープタウン大学が設置されたのは、南部アフリカを植民地化することに「大いなる貢献をした」イギリス人鉱山王セシル・ローズの別荘が建っていた場所だ。だから大学構内には、書斎の椅子に腰かけて、右手にあごをのせて遠くを見やり、アフリカ大陸南端からエジプトのカイロまで鉄道を敷設することを夢想するローズ像があった。それを学生たちが「フォール（撤去）」と主張したのだ。学内で徹底的な討論が行なわれて、ローズ像は構内から撤去され、別の場所に移された。

数年前に米国で始まり、イギリス、フランス、ベルギー、オランダなど世界各地に広まった#Black Lives Matter（ブラック・ライヴズ・マター）運動の歴史的文脈も「ローズ・マスト・フォール」などとの関連で注意深く読み解き、広く共有される時期に来ている。なぜなら、こういった運動の根っこには、大航海時代に始まるヨーロッパ列強が三角貿易と奴隷制に基づくプランテーションなどの植民地経営によって吸いあげ、蓄積し、何世紀もかけて継承してきたグローバルな富と、生命の問題が横たわっているからだ。

初めてクッツェーを訳した八〇年代末は「名誉白人扱いを名誉と思う日本人」が活躍するバブル末期で、本を売るために「アフリカ」を前面に出さないでほしいとさえいわれたものだ。あれから三十数年がすぎたいま、世界では近代日本が意識的に、あるいは無意識に追いかけてきた「白人／マジョリティ／権威」の価値観は昔日のものになりつつある。

つい最近知られるようになったのは、カレッジ時代のジョン・クッツェーが写真家になろうと考えていたことで、自宅に暗室まで作っていたという。クッツェーは知る人ぞ知る写真狂で映画狂である。幼いころから映画に親しみ、二十代初めに暮らしたロンドンでは週末になると映画館に通ったエピソードが『青年時代』に出てくる。ヌーヴェルヴァーグの映画に影響を受けてモンタージュ手法を駆使した第二作『その国の奥で』や、写真家が主人公の『遅い男』だけでなく、作家自身が「写真と映画の痕跡はぼくのすべての作品に見られる」(『少年時代の写真』)と語るように、どの作品にも写真や映像が必ずといっていいほど使われているのだ。

そんなクッツェーの出世作『蛮族を待ちながら』(日本語訳は『夷狄を待ちながら』)が作家自身のシナリオによって、ジョニー・デップとマーク・ライランスの共演でついに映画化された。帝国と植民地の関係をめぐるこの物語について、クッツェーが、プレミアム上映されたメキシコシティの大学で、「野蛮」なのはむしろ都会人ではないかと問いかけたのは、二〇一九年十月のことだった。

映画や写真のほかにもクッツェーには「狂」のつく趣味というか、健康法がある。自転車だ。八歳のときに新品の自転車を手に入れた興奮は『少年時代』に出てくるが、成人してからも、環境に負荷をかけない自転車をこよなく愛し、世界各地を自転車で旅している。ケープタウンのレースで一九九一年と九四年に自己最高記録を出しているが、これはアパルトヘイト根幹法の撤廃が宣言された九一年と、全人種参加の選挙が実施されてネルソン・マンデラが大統領になった九四年と重なる。当時のクッツェーの高揚感を彷彿とさせるエピソードではないか。

『マイケル・K』で最初のブッカー賞を受賞したときケープタウンに住んでいたクッツェーは、大学の試験中だからという理由で授賞式を欠席した。『恥辱』で二度目に受賞したときも欠席した。なんだか変わった人だなと思った。しかしいま考えると、六〇年代にイギリスとアメリカに滞在し、七〇年代から九〇年代にかけて激動の南アフリカで暮らしたクッツェーは、世界のなかで自分がどのような位置にあるかを厳しく認識せざるをえなかったに違いない。二十代前半にイギリスで暮らし、その後に渡ったアメリカではヴィザが延長されなくなった体験からか、政治集団に対してはシンパシーは表明しても一定の距離を保つ姿勢を崩さなかった。それは、解放運動がピークを迎えた南アフリカ社会で、人間関係をめぐって大きな衝突や誤解の嵐を引き起こしたことは想像に難くない。不器用なほどの頑固さである。

インタビュー嫌いの作家として知られていたが、じつは、二〇〇〇年にオランダのテレビ局が制作した長時間ドキュメンタリー「美と慰め」に出演している。またこの年、カナダのCBCラジオのキャスター、エレノア・ワクテルから大学の研究室でロングインタビューを受けている。このとき、絶海の孤島に送られるとしたらどんな本を持っていくか、と問われて、「『イーリアス』と『ドン・キホーテ』かな」と答えたことは注目に値する。またドストエフスキー好きも有名だ。(義理の)息子の死を悼む一九九四年の『ペテルブルグの文豪』の主人公をドストエフスキーとしたため、当時流行りのポストモダンの作風として注目された。

クッツェーが初めて日本に紹介された一九八〇年代末の出版界は、ざっくりいうと、ポストモダンの潮流が勢いよく流れこんだ時代だった。クッツェー自身もその世界的潮流を意識して作品を発表していた。典型例がダニエル・デフォーの『ロビンソン・クルーソー』を想起させる一九八六年の『敵、あるいはフォー』だ。そこにはメトロポリスの出版界から認められたいという強い野心がうかがえる。このことは二〇一八年五月に、『モラルの話』の出版記念イベントで、マドリッド、ビルバオ、グラナダをまわった作家自身が半世紀近い自分の経歴をふりかえって明言している。ちなみにこの『モラルの話』は、講演集を小説仕立てにした『エリザベス・コステロ』の主人公であるフェミニスト作家を中心にした短篇集で、七つの物語を繫ぐのは生命としての動物と人間の関係だ。デビュー作『ダスクランズ』を刊行すると同時にヴェジタリアンになったクッツェーにとって、この問題は九〇年代以降の最大のテーマといえるだろう。

作品への世界的な評価をふりかえってみよう。八〇年代半ば、『マイケル・K』でブッカー賞を受賞し、二年後にそのフランス語訳でフェミナ賞を受賞したクッツェーは、キングペンギンが大々的に売りだした作家の一人だった。アカデミズムではラカンやフーコーなど心理学、哲学との関連から分析、批評され、ポストモダン的な作品構成、ポストコロニアル的な視点から論じられた。六〇年代の構造主義言語学の申し子を自認するクッツェーは、ロラン・バルトやジャック・デリダの影響を受けたとみずから語っている。だが、「クッツェー・ペーパー」と呼ばれる草稿、書類、手紙類をテキサス州にあるハリー・ランサムセンターに委譲して、作品が書かれたプロセスを作家みずからが明かしたあとは、自伝、フィクション、真実、といったキーワードで論じられることが多い。「世界文学」や「翻訳」の文脈でもクッツェーの名は必ず出てくる。これは英語圏に限らない。

南アフリカ国内での評価はもちろん絶大だが、オーストラリアへ移り住んだころは『恥辱』が人種差別的だと批判する人がいた。しかし二〇二〇年二月に東ケープ州マカンダ（旧グレアムズタウン）で、作家八十歳の誕生祝いを兼ねて、文学記念館の開館を祝う催しが開かれたときのリポートが、いまでは人種を超えて若い作家たちがJ・M・クッツェーを読み、その影響を受けながら活躍していることを伝えている。そこには有色人種を主人公とした唯一の作品『マイケル・

K』を、南アフリカの文脈で（「世界文学」に抗して）再度読みなおして議論する若い作家たちの姿があった。クッツェーの仕事全体が故国で正当に評価される時代を迎えたのだ。

　日本へは二〇〇六年の初来日以来三度訪れていて、小説作品はほぼすべて邦訳がある。広く世界中の国々に足を延ばしてきたクッツェーの作品は数多くの言語に翻訳され、その航跡として、英語圏のみならず各地に「トランス・ローカル」な文学共同体が形成されている。アフリカーンス語やオランダ語から翻訳もするクッツェーは、ラテン語、ドイツ語は得意だと自分でも語っているが、ギリシア語、ロシア語、スペイン語、イタリア語もこなす恐るべきポリグロット（多言語使用者）だ。

　言語と出版の関係を見据えた活動がまた驚くほどラディカルなのだ。自分の第一言語である英語が他の少数言語を押しつぶすやり方を批判して、自作をまずオランダ語やスペイン語の翻訳で出すようになった。話題になるとつい訳者も、最初に出たスペイン語訳を注文する（読めないのに）。装幀が美しいとオランダ語訳やドイツ語訳まで買ってしまう（読めないのに）。もちろん翻訳の参照にフランス語訳は必ず買う。というわけで、書棚のふぞろい本は凸凹と増えつづける。

　アフリカ出身作家の作品を翻訳するときは、その作品が生みだされた歴史的脈絡や文化的背景を押さえなければ、じつは、訳からこぼれ落ちてしまうものが多い。作品の意匠に光をあてて奇抜な見立てで紹介するだけでは危ういときがあるのだ。流行と絡めて消費財《エンタテインメント》として世に出すことに重心を置きすぎると、歴史認識に対して作品のもつ批判のエッジが削ぎ落とされてしまう。

作品の存在理由《レゾン・デートル》と訳書の運命を考えると、それは極力避けたい。

　優れたアフリカ系／発の文学作品はどれも、近代の「西欧」という色眼鏡を通して「アフリカ」を見ようとする視点を痛烈に批判し、「世界」を新たな視野でとらえなおそうとしてきた。なかでもクッツェーは、あくまで個人の運命を描くとしながら、その作品内に周縁から世界を読み解く基軸を地雷のように埋めこんできた作家だ。北のメトロポリスから南の周縁を「他者」としてまなざす視点を無化して、「特権的中心と周縁に分断されない、ひと連なりの平原に立つ」とされるこの作家が、七十代半ばから南部アフリカ、オーストラリア、南アメリカの作家やジャーナリストなどを、「北」を介さずに直接繋ぐ「南の文学」を構想して集中講義を行なったことは「トランス・ローカル」の好例といえるだろう。

　その時期に地理的距離をものともせずに移動しながら書いた「イエスの三部作」は、「みずからの知的貢献はヨーロッパ的なもの」とするクッツェーの集大成的作品だ。物語のあちこちからキリスト教の福音書内のエピソードがぼうっと立ちあらわれることを多くの書評が指摘している。激しい性格の子供が登場するのは、グノーシス主義者トマスによる福音書との関連が強いという指摘もある。「トマス福音書」が「ことばの隠された意味の解釈」を求めてくる点もクッツェーの姿勢と強く響きあっているかもしれない。このようにユダヤ・キリスト教世界まで遡及する想像上の死後世界には、すみずみまでプラトンの思想が浸透しているともいわれる。奥に自伝的要素を秘めたこの作品について、めずらしく作家自身が大いに語ることばを、第五章の「『子供百科』と「イエスの三部作」」に引用した。

というわけで「訳者あとがき」は、英語圏を超えた（翻訳が不可欠となる）世界の文学共同体でクッツェーがどのような評価を受けているか、可能なかぎり探りながら書く。自分自身に染みついた既存の歴史観を学びほどき、学びなおし、目をこらすようにして書く。これはもう一介の翻訳者にとっては超絶ボランティアだ（楽しいけど）！

さまざまな読みとアプローチが可能なクッツェー作品の翻訳者の一人として、訳した作品のもっとも深い読者でありたいと願う者の書棚には、今日もまた、原著だけでなく凹凸の激しい関連書籍がジリジリと増えていく——とても全部など読めないのに。

第一章　南アフリカの作家、J・M・クッツェーと出会う

ショッキングピンクの砂時計

テーブルの上の白いティーポットに向かって腕がすうっと伸びて、人差し指がポットの横の砂時計をピンとはじいた。中央が大きくくびれたガラス容器の内部で、音もなくショッキングピンクの砂が落ちている。「何分か待たなければなりませんね」といって、その人はふっと顔をゆるめた。

初対面のはりつめた雰囲気を少しでもなごませるためだったのか。それとも、かつてはとびきり凝り性の工作少年だった人が、この種の器具を目にすると、つい見せてしまう仕草だったのか。明るい光にみちたカフェで、そんなふうに会話は始まり、時間は夢のようにすぎていった。

二〇〇六年九月二十九日、約束どおり午前十一時きっかりにホテルのロビーに痩身のシルエットが浮かんだ。早稲田大学で開催される「国際サミュエル・ベケット・シンポジウム東京」の特別講演者として招かれて、前夜成田に到着したばかりのJ・M・クッツェーは、ざっくりしたチャコールグレーの上着にボタンダウンの白いシャツ、ノーネクタイという姿であらわれた。隅の椅子に腰かけていた訳者が立ちあがると、急ぎ足で近づいてくる。前屈みの姿勢で握手をもとめる人の声はややかすれ気味で、翌日の二時間あまりの講演でも、その声はやっぱり少しかすれていた。

床から天井まで透明なガラスの壁が広がるカフェで、彼は中庭に向かって、ゆったりした椅子に腰を降ろしてオレンジジュースを注文した。紅茶を注文したのはわたしだ。クッツェーはアルコール類を飲まないばかりか、紅茶や珈琲といった嗜好品も摂らないらしい、というのはあとから知ったことで（でもハーブティーは飲むのだ）、そのときは「ヴィーガンですか？」という問いに「いいえ、ただのヴェジタリアンです。乳製品で栄養を摂っています」と彼は答えた。

メールのやりとりが始まったのは、その年に出たちくま文庫『マイケル・K』のゲラ読みが最終段階に入ったときだった。セッカー&ウォーバーグ社版ハードカバーにある第二部の八行ほどがヴィンテージやペンギンブックスのペーパーバックに見当たらない。これは作家が削除したのか、たんなる脱落なのか。確認の手紙をエージェント経由で出すと、作家から直接メールが返ってきた。答えは作者も気づいていなかった「脱落」。「信頼すべきテクストはセッカー&ウォーバーグ社版のハードカバー（初版）のみです」ということだった。ちなみに脱落は次の部分だ。

The state rides on the backs of earth-grubbers like Michaels; it devours the products of their toil and shits on them in return. But when the state stamped Michaels with a number and gobbled him down it was wasting its time. For Michaels has passed through the bowels of the state undigested; he has emerged from its camps as intact as he emerged from its schools and orphanage. (Secker & Warburg, p.221)

国家はマイケルズのような土を掘り返す者たちの背中に乗っているんだ。国家は彼らがあくせく働いて生産したものを貪り食い、そのお返しに彼らの背中に糞を垂れる。だが、国家がマイケルズに番号スタンプを押して丸飲みにしても、時間の無駄だ。マイケルズは国家の腹のなかを未消化のまま通過してしまった。学校や孤児院から出たときとおなじように、キャンプからも無傷で抜け出してしまったのだから。(ちくま文庫・二三九頁、岩波文庫・二五三頁)

英語で出まわっているテクストの場合、日本のように、版を重ねるたびに著訳者が訂正を入れたりすることはあまりない。クッツェーも、ペーパーバックになるときゲラ刷りにいちいち目を通すことはないそうだ。メールには「この件について注意を喚起してくれてありがとう」というコメントが書き添えられていた。つい最近、訂正を確かめるためにペンギン版キンドルを購入してみたところ、残念ながら右の箇所は二〇二〇年現在も抜け落ちたままだ! オーストラリアのテクスト・パブリッシングから二〇一九年に出たバージョンも脱落は手つかず。これはどう考えればいいのか、悩ましいかぎりだ。

カフェでは沈黙とことばが拮抗する濃密なひとときとなった。作家はじっと押し黙って考え、おもむろにことばを口にする。その沈黙はまるで脳内でニューロンが、カチカチ、カチカチ、と高密度の連繫を続けている！　と訳者の耳が勝手に聞き取ってしまうような圧縮された時間で、こちらが「なにか馬鹿なこといったかな？」と疑心暗鬼へ突っ走りそうになる「あせりの気分」がいや増す濃密さだった。

でも、それは想定内。寡黙な作家との会話が途切れたときのために小道具をいくつか持参した。最初の拙訳『マイケル・K』を送ったときに作家から届いたお礼の手紙もその一つだ。ケープタウン大学のレターヘッドにタイプ打ちされた手紙の日付は一九九一年四月。そして三人称で書かれた訳者のバイオグラフィー。そこにならんだマジシ・クネーネの名前を見て質問がきた。

C「クネーネの叙事詩はズールー語から訳したのですか？」

K「いいえ、英語からです」

C「彼が亡くなったのは知っていますか？」

K「ええ、今年八月に『メール＆ガーディアン』の記事で知りました」

ベッシー・ヘッド、マリーズ・コンデ、エドウィージ・ダンティカとならぶ名を見て「アフリカンの作家が多いですね」と彼はいって、話題はアフリカ出身の若手作家のことになった。翻訳中だった『半分のぼった黄色い太陽』の作者、ナイジェリア出身のチママンダ・ンゴズィ・アディーチェの名前を見て「この作家のことはよく知っています」という。それもそのはず、プロローグでも触れたけれど、アディーチェが短篇「半分のぼった黄色い太陽」で受賞した二〇〇二〜

三年のPENデイヴィッド・T・K・ウォン国際短篇賞の審査員の一人はクッツェーだったのだから。「彼女の最初の小説は、ええと……」と彼が口ごもる。ほぼ同時に思いだした二人の声がユニゾンであたりに響いた。『パープル・ハイビスカス！』そして、いきなりクッツェーはきいたのだ。

C「どうやって食べているのですか？」

K「……」

（だれだって、初対面の人からいきなりそんな質問をされたら絶句するしかないじゃないか！）顔写真には撮影者と被写体となる人の関係がくっきりと刻印されるものだが、遠慮がちに許可を得て最後にカフェで撮った作家の写真は、ほおのあたりは笑っていても、深い悲しみをたたえたような目はとても厳しい。それでも翌日、二時間半におよぶ講演「ベケットを見る八つの方法」が終わって、サインを請う読者の長い列からようやく解放された作家に声をかけると、一瞬「だれだ？」と射すくめるように凝視したあと、その顔にこぼれんばかりの笑みが浮かんだ。鋭い光を放つ目の端には、頑固に自分を律して生き抜いてきたことを思わせる無数の皺が刻まれていた。

クッツェーにとってこの年が、家族や自分自身の病いに見舞われる「バッド・イヤー」だったことを、そのときの訳者は知るよしもなかった。

クッィアでもクッツィーでもなく

ほら、これも南アフリカの作家だよ、そういって薄いペーパーバックを友人ダニエル・マスラーさんから手渡されたのは一九八八年の春、南アフリカのズールー民族の詩人マジシ・クネーネの長い叙事詩と悪戦苦闘していたころだ。手渡された本の表紙には、黒い太枠のなかにシンプルな力強い木版画で、青くて高い山並みとピンクの低い山並みを背に、百合のような花が一本描かれている。英語を第一言語とする北アメリカ出身のその友人が、首をかしげながら、クーツィかな、コーツェかな？　とつぶやく。フランス語や日本語を自在にあやつるその友人も「クッツェー Coetzee」が読めなかった。

作家のファミリーネームの読み方は、アフリカーンス語の専門家である桜井隆さんから教えていただき「クッツェー」とした。日本語では「クッ」を強く読む人が多いけれど、強く読むのは後ろの「ツェー」だ。多言語文化の南アフリカ社会で現代アフリカーンス語として実際に耳にするのは「クツィア」に近い音だし、英語には［eː］という長音がないためか、「クッツィー」が正しいとする意見もある。だが作家自身の説明によれば「発音は［kutseː］、［u］は短く、アクセントは第二音節にあり、［t］と［s］のあいだに音節上のブレイクが入る」となる。

英語圏では、自伝的三部作の最終巻『サマータイム』が二〇〇九年のブッカー賞最終候補になったとき、作家からの手紙によると、といってＢＢＣが発表した「kuut-SEE-uh ではなく kuut-SEE」をめぐり混乱が続いていた。念のため九〇年代初めにクッツェー本人が書いた手紙の部分をここに書き写しておこう。

My family name is pronounced /kutse:/. The /u/ is short, the stress falls on the second syllable, the syllable break is between the /t/ and the /s/.

実際に耳で確かめることもできる。「アデレード作家ウィーク Adelaide Writers' Week」でゲスト作家を紹介するクッツェーが冒頭で“My name is John Coetzee, and it's my pleasure to introduce...”と自己紹介する動画がいくつもある。それを聞くと、自分のファミリーネームを初期アフリカーンス語風に「クッツェー」と発音していることがはっきりとわかる。

ファミリーネームの発音については二〇〇七年十二月初旬、国際交流基金の招きで、パートナーのドロシー・ドライヴァーさんとともに二度目の来日をしたとき、作家自身にじかに確認した。翌日から二週間にわたり、金沢、京都、広島、松山、尾道、長崎をまわる旅の案内役をつとめる森田治恵さんと三人で、赤坂のホテルのカフェでお茶を飲んでいたときだ。森田さんからファミリーネームの発音を確認されて、わたしが右の文面どおりに説明すると、作家から「そのとおり

Exactly!」とお墨つきをいただいた。ついでに「ケープタウンではクツィアとかクツィエと発音されているそうですが？」と質問すると「あれは方言 dialect」という答えが返ってきた。ちょうど『鉄の時代』を翻訳している最中で、そこに出てくる人名「タバーネ」や、「スクーンデル通り」「フローテ・スキュール病院」など、バンツー語起源、オランダ語起源の固有名詞の発音を確かめたのもそのときだった。ちなみにフローテ・スキュール病院とは、一九六七年に世界初の心臓移植手術の成功例で世界に知られた病院だ。

数年前からクッツェーは「英語が自分の言語だと思ったことはない」とあちこちで明言するようになった。二〇一七年九月にオクスフォード大学で開かれたシンポジウム「クッツェーと旅をする」でファミリーネームの発音をあらためて確認されたときは、沈黙するばかりだったという。そのときの出来事が契機となったのだろうか。翌年一月、カルタヘナの文学祭でわざわざ「自己紹介させてください。わたしの名前はジョン・クッツェーです。Allow me to introduce myself. My name is John Coetzee.」と断って『モラルの話』から短篇「犬」を朗読している。おそらくそれが答えなのだ。英語ネイティヴを含む長年の研究者、友人、知人に向かってすぐには「説明」せずに、スペイン語圏のコロンビアで、壇上の人がだれであるかをすでに知っている大勢の聴衆に向かって「自己紹介」したクッツェー。英語という言語とこの作家の関係はなかなか微妙かつ複雑で、奥が深い。これについてはあとで詳しく論じる。たかが名前、されど名前なのだ。

アパルトヘイトとはなんだったのか――『鉄の時代』

一九九〇年に発表された『鉄の時代』は母から娘へあてた手紙だ。いや、遺書といったほうがいいだろうか。ときは一九八六年八月、南アフリカで半世紀近くつづいたアパルトヘイトが、ついに崩壊しはじめた時期だ。舞台はケープタウンの白人住宅街。七十歳の退職した元ラテン語教師ミセス・カレンは、医師からガンの再発を知らされる。一人娘は十年前にこの国を出ていってしまった。ほかに家族はいない。身近にいるのは数匹の猫と、ガレージの横に住みついた浮浪者だけ。娘は米国で結婚して、二人の子供を育てながら自分の暮らしを築いている。折りにふれて母から娘へ、娘から母へ、手紙や電話でのやりとりはある。だが、母は娘に最後まで自分の病状は知らせまい、娘が知るのは自分が死んだあとだと心を決める。

その最後の日まで、間近に迫った自分の死をどう受けとめ、この激動の時代をどう生きたか、その真実を知らせるための遺書を書く。痛みをこらえて。しかし、その遺書をはたして娘は読むだろうか、読まずに終わるかもしれない。それはもっぱら、主人公が遺書を託することに決めた相手、家のガレージに住みついた浮浪者ファーカイルにかかっている。とても信頼できそうにない相手ではあるのだけれど、信頼できないゆえに信頼するしかないと主人公が考えるファーカイルに。その賭けが本書をつらぬくテーマとなっている。

クッツェーはこの物語を書きはじめたとき、まだ四十六歳だ。そのことを考えるとちょっと驚く。四十六歳の男性作家が高齢の母親の心の奥深くまで降りていって、そこで起きている心の揺れや襞《ひだ》を克明に書き、不自然さを感じさせないのだ。子供について、子供時代を十分もつことについて、人が人を気遣うことについて、慈愛について、生命について、さらに人間を含む動物の生命全体について。母の立場からやわらかく、しかも、本質的な問いかけをしながら書いていく。そのことに訳しながら何度も驚嘆した。

ここでアパルトヘイトがいったいどういうものだったか、ふりかえっておこう。アフリカ大陸の南端の岬に、最初のヨーロッパ人入植者としてケープ植民地を作ったのは、一六〇二年に世界最初期の株式会社「東インド会社」を立ちあげたオランダだ。アフリカの最南端に入植した目的は、東インドや日本を含むアジア東南部地域へ航行させる商船に、新鮮な果物と野菜を供給するためだった。江戸時代、長崎の出島に定期的に入港したオランダの帆船は、一六五二年にヤン・ファン・リーベックが建設した「カッスル」と呼ばれる五角形の砦のあるケープタウンを経由してやってきたのだ。徳川幕府がヨーロッパ諸国のなかでオランダとだけ交易をすると決定して以来、対日貿易を独占することでオランダは大いに栄えた。

当初、オランダにとってケープ植民地は商業活動のための拠点にすぎなかったが、やがて移民を奨励された農民や、「会社」から独立したオランダ人が内陸へ入って入植を始める。フランスで迫害を受けていた新教徒ユグノーも、オランダ人社会に同化するかたちで加わっていく。デクラーク de Klerk とかルルー Le Roux とか、南アフリカ人の名前にフランス語起源のものが混じっているのはそのためだ。

ここで、事態を複雑にする厄介なことが起きた。農場経営がおもな関心事であるオランダ系植民者や、ヨーロッパ人と先住民の混血を主体とした民族グループなどの土地に、金とダイヤモンドの鉱脈が発見されたのだ。当然、ゴールドラッシュが起きる。その利権を手に入れようとするイギリス帝国とのあいだで起きた戦争、それがイギリス人のいうボーア戦争、南アフリカから見れば解放戦争だ。オランダ語で「農民」を意味する「ボーア」はオランダ系植民者への蔑称なので要注意だ。最初、蜂起した農民兵なんて目じゃないと思ったイギリスだったけれど、農民として地理、地形に詳しいオランダ系植民者は少数でゲリラ的に出没し、イギリスの大軍を破る。これが第一次戦争(一八八〇-八一)。それから約二十年後にふたたび引き起こされた第二次戦争(一八九九-一九〇二)では、本国から援軍を得たイギリス軍が圧倒的軍事力で制圧、それ以来、南アフリカではイギリスの覇権が決定的になる。

そしてアパルトヘイト。これは「分離」を意味するアフリカーンス語で、アングロ=ボーア戦争から約半世紀後の一九四八年、アフリカーナを支持母体とする国民党が政権を握って強力にうちだした制度だ。「アフリカーナ」とは、南アフリカに入植して代を重ねたオランダ系白人が、みずからを「アフリカ人」と呼んだ呼称である。イギリス東インド会社に押されてオランダ東インド会社が解散してしまい、あとから勢力を拡大してきたイギリス系白人と違って本国との繋がりを失って孤立した彼らは、自分たちは神に選ばれた民族という意識を維持しようとした。

このアフリカーナ民族主義に支えられたアパルトヘイト体制は、少数の白人が土地と富の大部分を占有し、一九五〇年の人口登録法によってヨーロッパ系白人、カラード、インド系、最底辺に位置づけられる大多数の黒人《ネイティヴ》というヒエラルキーを強化し、微に入り細にわたる法律によって人種差別を合法化した制度だった。もちろんそれまでに基礎はできていた。先住民の土地をどんどん取りあげ、一九一三年に始まる原住民土地法によって黒人の土地所有権を奪い、奴隷のように使役した歴史の上に、この制度は成立したのだ。一九一六年生まれのミセス・カレンが「罪は遠いむかしに犯された。どれくらいむかしか？　わたしにはわからない。でも、自分が生まれた年よりもずっとむかしだ」と述べているのはそのことだ。

分類上の用語で「カラード」というのは「混血」という曖昧なカテゴリーで、米国のような「黒人」を指すわけではない。ここには白人と先住民族のサン人やコイコイ人などとの混血にはじまり、労働力として旧オランダ植民地のバタビア（インドネシア）、セイロン（スリランカ）、マレー半島などから導入された奴隷との混血も含まれる。彼らの使用言語はアフリカーンス語。南部のケープ各州にとりわけ多く住んでいた。

インド系とはイギリスの植民地だったインドからサトウキビ畑の労働者として強制移住させられた人の子孫や、商人として自発的に移住した人たちのことで、大都市周辺のタウンシップと呼ばれる非白人居住区で雑貨店などを営む人も多かった。『鉄の時代』にも、焼け焦げた建物の看板に「バーウーディンの店」と出てくるが、これはインド系の名前だと、二〇〇七年に来日したときクッツェーは何度も念を押していた。「インド建国の父」といわれるマハトマ・ガンジーが、真夜中に突然、列車から降ろされた差別体験から非暴力主義の抵抗運動を始めたのは、この南アフリカでのことだった。弁護士としてインド系の人たちの地位を向上させる運動をしたことが発端だったが、いまでは、最底辺の黒人に対して差別的な態度をとったことが批判されてもいる。

最底辺に位置づけられた圧倒的多数の「ネイティヴ」と呼ばれた黒人とは、ズールー、コーサ、北ソト、南ソト、ツワナ、ンデベレなど、北部から南下してきたバンツー系民族のことだ。南下した、といっても、オランダ人が内陸へ入植を始めたころにはすでに、現在の南アフリカにあたる土地に居住していた人たちだ。

アパルトヘイト時代、選挙権は白人にしかなかった（末期にはカラードとインド系にも部分的にあたえられた）。一九五〇年の集団地域法で人種によって住む場所が厳密に区分けされ、学校や交通機関、病院など公共施設にも大きな格差がつけられた。一九二〇年代から背徳法という異人種間性交を禁止する法律があったが、これは表向きで、白人男性が有色女性と性交するのは事実上不問にされた。しかし白人女性が黒人の子を産むとなると狂人扱いされたのだ。それが一九三七年にピーターマリッツバーグの精神病院で生まれた作家ベッシー・ヘッドの場合だ。さらに一九四九年の雑婚禁止法によって異人種間の結婚は公的に禁止された。

アパルトヘイト体制のもっとも大きな障害は、黒人には移動の自由がなかったことだ。十六歳以上の黒人はパスブックと呼ばれる身分証を常時携帯する義務が課されて、不携帯者は即座に留置所行きとなった。『鉄の時代』はちょうどそのパス法が廃止された直後を背景にしている。

　土地を奪われ、狭くて不毛なホームランドに押しこめられた黒人たちが生き延びる道は、男なら劣悪な労働条件の金鉱やダイヤモンド鉱山、あるいは白人が経営する企業で（主人公カレンの屋敷で働くメイド、フローレンスの夫のように）働くか、大農場に住みこんで働くこと（カレンの幼いころの写真には写らずに枠の外で、農場の花壇の縁で待っている人たち）、女は子供を祖母等にあずけて、白人の屋敷にメイドとして住みこむのが典型的な例だった（フローレンスのように子供といっしょに住めるようになったのは、居住法が緩和された後期のこと）。家族に会うのは週に一度、ならまだましなほうで、田舎から出てきて単身労働者用隔離宿舎に寝泊まりして働く鉱夫などは、年に一度だけ田舎に帰るような暮らしだった。

　『鉄の時代』が書かれた一九八六〜八九年は、このアパルトヘイト体制が断末魔の苦しみにあえいでいた時期だった——というのは、いまからふりかえったときにいえることで、当時は、非常事態宣言が幾度も発動され、タウンシップは騒乱状態、警察による急襲、暴行は日常茶飯事、本書内にも出てくるように、白人政府から流れた資金で組織された黒人の「自警団」が、解放運動にかかわる者の家を焼き討ちにして国内難民が続出した。秀逸なクッツェー論『J・M・クッツェーと読みの倫理学』を書いたデレク・アトリッジも述べているように、内部で暮らしていた人には終わりの見えない悪夢のように感じられた時期だった。それでも一九八九年十月にウォルター・シスルーを始めとする五人の政治囚がロベン島の獄舎から解放され、翌一九九〇年にはアパルトヘイトがついに崩れていく激動の時代を迎える。二月二日に、非合法だった解放組織が合法化されて、同月十一日には二十七年におよぶ投獄生活からネルソン・マンデラが解放された。

そんな時代の文脈にもまれて、一九九〇年発表の『鉄の時代』は政治的な意味合いを読み取ろうとする外部の強い欲求にさらされた。インターネットなど普及していない時代だから、南アフリカから出てくる文学が、外部世界へむけて発信される通訳文学の役割を背負わされたのだ。しかしクッツェーはそんな役割にあくまで抵抗する。

とはいえ、調べてみるとこの作品には地名、人名、事件など、八〇年代半ばの南アフリカの状況がきわめて具体的に取り入れられていることがわかる。グルグレトゥでフローレンスの息子ベキをはじめ五人の少年が殺された事件は、一九八六年三月に起きた「グルグレトゥ・セヴン」という事件を想起させる。だから、それ以前のアレゴリカルな作風からリアリズムへ変わったのか、と外部の読者は考えたがった。だが、この作品をあらためて読んで気づくのは、クッツェーはこんな細部を書きこんでいたのかという驚きだ。発表当時は激動する政治状況に埋もれて、十分に読み取られることがなかったかもしれない「人間存在をめぐる問い」が、時間を経て読みなおすと、時間の風雨にさらされた太い柱のように幾本も立ちあがってくるのがわかる。

物語は、ガンの再発を告げられた主人公が書く遺書という設定のためか、コロンを多用した区切りの多い文体で書かれている。すばらしく詩的な表現も散見される。ときに断末魔のあえぎのような残響を響かせながら、無駄のない明晰なことばがおびただしいアリュージョンを伴って、読者の懐に直球で投げこまれる。それも逸れることのない豪速球で。快い衝撃とともにそれを受け取る側は、ぐいぐいと小説世界のなかに引きこまれていく。

『鉄の時代』というタイトルはヘシオドスの『労働と日々』に初出することばで、ローマ時代の詩人オウィディウスの『変身物語』にも出てくる。そこでは時代が、ゼウス以前の豊穣な常春がつづく黄金の時代、季節が四つに分かれて農耕がはじまる銀の時代、人が荒々しい気質に変わり武器をもつようになる青銅の時代、そして、あらゆる悪行が押し寄せ、恥じらいや真実が逃げ去る鉄の時代の順に移り変わる。鉄の時代はまた、忌まわしい所有欲がやってきて、地中深く人の手が伸び、大地が隠しもっていた富――有害な鉄と、それよりも有害な金――が暴かれ、戦争が起き、略奪が生活の手段となり、血まみれの手が武器をふりまわし、ついに正義の女神も殺戮の血に濡れたこの土地を去った時代だ。ところがクッツェーは主人公のミセス・カレンに、鉄の時代のあとから青銅の時代がやってくる、といわせて、順序を奇妙に逆転させているのだ。彼女が生きている「いま」鉄の時代が到来していて、未来にやわらかい青銅の時代、土の時代がやってくる、と。これは『マイケル・K』が想定する世界にも通底する。

こんなふうに南アフリカに住んでいたころ書かれたクッツェー作品からは、強弱の差はあるものの、ある共通の響きが聞こえてくる。『鉄の時代』に出てくることばを使うなら、バッソ・オスティナート（執拗低音）と呼びたくなる響きだ。耳を澄ませば、その響きの底には、真実を述べたいという、告白への強い衝動が埋めこまれているのがわかる。そしてその真実は作品内に深く流れる沈黙と結びついている。

また、『鉄の時代』にはアフリカーンス語の会話がとても多い。アパルトヘイト時代、TVやラジオで政府がもちいた言語、警察や軍隊がもちいた言語、それは基本的にアフリカーンス語だった。この言語による会話部分に、本書では英訳がほとんどついていない。作者はまずアフリカーンス語が理解できる読者を想定して、この作品を書いたのだろうか。とすると基本的には、南アフリカ国内の、本を買って読める層ということになる。あるいはオランダ語話者か。ちなみに、フランス語訳ではこのアフリカーンス語がまったく訳されていない。ヨーロッパ言語間では類推によって読解できるのだろうか。訳者にとって、これはいまも謎だ。ちなみにクッツェーは第一言語は英語だが、アフリカーンス語とのほぼバイリンガルだ。父方の農場を訪れた三、四歳ころの少年が、アフリカーンス語しかできない子供たちに囲まれて遊んでいるうちに、突然、アフリカーンス語が話せるようになる場面が『少年時代』に出てくる。

『鉄の時代』は遺書として書かれているから、三人称独白体の『マイケル・K』とは違って「わたし」が語る告白形式の小説だ。オープンエンドの告白物語に終止符をうつため、あらかじめ主人公の死が予定されてはいるが、それがどのような形でやってくるかわからない。ある種の宙吊り状態で物語はどんどんスピードを増す。そして主人公はファーカイルに渾身の力で抱きしめられて息絶える。合意の扼殺という衝撃的な閉じ方だ。そこに残される真空さながらの陰圧と、埋められるべき空白の強さは特筆にあたいする。

こんなふうに、クッツェー作品には必ずといっていいほど、痛みを負った身体が出てくる。暴力を受ける身体、あるいは暴力を受けた痕跡をしるす身体だ。その「身体」はことばを発しなかったり、ことばを奪われていたりする。『鉄の時代』でいうなら、ガンの再発を宣告された主人公の身体、警察がわざと車のドアを開けて自転車を衝突させたために怪我をして額から血を流す黒人少年、撃ち殺されて教会の床にならべられた少年たちの身体。

一九九二年に出たエッセイ／インタビュー集『ダブリング・ザ・ポイント』におさめられた「自伝と告白」という対話のなかで、クッツェーは「ふりかえって自分のフィクションをながめると、そこに立ちあがってくるのは、単純な（無邪気で愚かな？）基準です。その基準は身体です」と述べている。ほかのなんであれ、身体はスウィフトの『ガリヴァー旅行記』に出てくる馬「フウイヌム」、つまりありもせぬことではなく、「その証拠は身体が感じる苦痛です――それが証拠なのです。苦痛を感じる身体は、終わりなき疑いの試練に対抗するものになります」というのだ。すべてを疑うことは可能だが、身体が感じる苦痛以上の真実はない、それが彼の思想の核にあるのだろう。

一九九九年に発表された『恥辱』を読んでから『鉄の時代』を訳すことになったために、それぞれの作品を単独に読んだときはわからなかったことに気づいた。あくまで一つの読み方ではあるけれど、『鉄の時代』のキーワードの一つが「恥（シェイム）」だとしたら、九年後の『恥辱（ディスグレイス）』はその延長線上に書かれた姉妹編として読める、ということだ。

いずれも南アフリカを舞台に「クッツェー風リアリズム」の手法で書かれた小説だ。『鉄の時代』で、七十歳のミセス・カレンは病院から逃げてきた少年に向かってこう語る。「わたしはガンなのよ。この人生で耐えてきた恥が積もり積もってガンになった。ガンというのはそんなふうにしてなるの——自己嫌悪から身体が悪性のものに転じて、おのれ自身を食い荒らしはじめる」

少年が乗った自転車に警察が故意に車のドアをぶつけて倒す。そのことに怒ったナイーヴな白人カレンは、告発する、と息巻いて警察署まで出かけていく。しかし埒があかない。そこではたと気づく。「ひょっとすると恥というのは、わたしがいつも感じている、その感じ方の名前にすぎないのかもしれない。死んだほうがましだと思いながら人が生きている、そんな生き方につけられた名前なのかもしれない」

あるいは、自分の屋敷内で少年ジョンが撃ち殺され、ふらふらと街を彷徨っていた彼女を探しあてたファーカイルに向かって、延々と告白する場面。「どんな罪にも、必ず代償がついてまわる。その代償は、恥のなかで贖われなければならない、とかつてわたしは考えた——恥のなかで生き、恥にまみれて死ぬ、惜しまれることもなく、いずことも知れぬ場所で。それをわたしは受け入れた。自分だけ切り離そうとは思わなかった。わたしが頼んだために罪が犯されたわけではないけれど、でもそれは、わたしの名において犯されたものだから。（……）わたし個人の名誉のためには、恥を道案内に利用した。自分が恥ずかしいと思うかぎり、不名誉という道に迷いこむことはないと知っていた。それが恥の利用法ね（……）試金石として、いつもそこにあって、盲人のようにそこへ立ち返ることができて、触れて、自分がどこにいるかを知るためのもの」

ほかにも、主人公がガヴァメント街の国会議事堂を「恥の館」と呼んで、火の点《つ》いた車で突入することをもくろむ場面が何度か出てくる。『鉄の時代』には、このように「恥」という語が、なんとたくさん登場することか。

ミセス・カレンは七十歳の女性、一方その名も『恥辱』の主人公デイヴィッド・ルーリーは五十二歳の男性、いずれもケープタウンに住む白人だ。時代は、一方がアパルトヘイト末期、もう一方がアパルトヘイトが撤廃されてから数年後。『鉄の時代』に蒔かれた「恥」の種は、青銅の時代になって『恥辱』のなかで発芽し、主要なテーマとなり、核となって物語を動かしていく。

ここで「シェイム shame」と「ディスグレイス disgrace」の意味の違いを確かめておこう。手元にある簡略版『オックスフォード英語辞典（OED）』によれば、shame とは「誤った、あるいは愚かな振る舞いに気づいたことでもたらされる屈辱や嘆きの、痛みをともなう感覚」だが、一方の disgrace は「不名誉な行動の結果、評判や敬意を失うこと」とある。日本語にすると「恥」と「恥辱」となってほとんど違いがないように見えるけれど、原語の意味はずいぶん違う。決定的な違いは shame が気づきによってもたらされる「痛みをともなう感覚」であるのに対して、disgrace は「評判や敬意を失うこと」と、あくまで外部から見た状態であることだ。

セクハラで訴えられて職を失うルーリーは、「善良な」カレンのような恥の感覚はもちあわせていない。いってみれば身勝手な初老の男性、アトリッジのいう「アパルトヘイト時代に育った典型的な白人男性」で、そこから利を得てきたことに無自覚のままだ。そんな彼が、時代の波にもまれ、予想外の事件に巻きこまれて、人生のリアリティを学びなおす物語、それが『恥辱』だ。

そう書くと身も蓋もないように聞こえるが、いやいやどうして、一筋縄ではいかない内容の、文飾とは無縁の比類なく端正な文体で、小説の醍醐味を味わえる作品である。

二〇〇三年十二月、ノーベル賞授賞式の直前、スウェーデンの日刊紙「ダーゲンス・ニューヘーテル」に載ったインタビューで、すでにオーストラリアに移住していたこの作家は、こんなふうに語った。

外部から、わたしを一つの歴史見本として見れば、西暦でいう十六世紀から二十世紀半ばにかけてヨーロッパ拡張期に行なわれた、物や人の動きをともなう戦略的移動の典型的末裔ということになります。この移動が、征服と植民の目的を多少なりとも達成できたのはアメリカスとオーストラレーシアで、アジアでは完全に失敗し、アフリカではほぼ完全に失敗しました。このような移動を代表する典型例であるとする理由は、わたしの知的献身が明らかにヨーロッパ的なものであって、アフリカ的なものではないからです。

また、おなじインタビューで「わたしはまた、南アフリカでアパルトヘイトがその世代のために創りだされた、その世代の代表者」であり「アパルトヘイトの創出によって、最大の利益を受けるよう意図された世代」と明言していることを考えると、南アで生まれ育ち、六十二歳まで基本的にその土地との緊張関係のなかで作品を発表してきた作家の作品を「南アフリカ文学」と呼ぶことに違和感はない。

また、今後の作家活動のことをきかれて、その質問が「この失敗した、あるいは失敗しつつある植民地主義的な動きを代表する者と、その動きの背後にある抑圧の歴史との正しい関係はどうあるべきか、またその動きを成功させようとして失敗した世界の地域や、その地域に生きる人びととの正しい関係はどうあるべきか」ということであるなら、それへの応答は、なんとも心もとなく躊躇されるが「抽象的なことばで答えるより、わたしに残された時間内で、これまでもそうだったように、これからも、この問いを現実に生き切るほうが実り多い」と答えている。「現実に生き切ってきた」というのは、日々の暮らしにとどまらず、自分が書いたフィクションのなかで、という意味なのだと。

それから十数年後の二〇一五年、クッツェーがブエノスアイレスのサンマルティン大学で学長カルロス・ルタとともに立ちあげた「カテドラ・クッツェー／南の文学」構想の核にあるのは、南部アフリカ、オーストラレーシア、南アメリカ諸国を結んで、植民地主義的な「世界」の歴史を「南」から問いつづけ、その「問いを現実に生き切」ろうとするクッツェーの一貫した姿勢であることがわかるだろう。

ポケットに南瓜の種子を入れて——『マイケル・K』

クッツェーは無国籍的でブッキッシュな英語で、端正な文章と批判性、倫理性が一体となった希有な作品を書いてきた作家だ。それを「シンプルで静かな文体」と呼んだ日本語作家がいる。小野正嗣さんだ。本当にそうだと思う。クッツェーは作品を発表するたびに、意表を突く構成や設定で読者を驚かせ、楽しませてきた。とはいえ四作目の『マイケル・K』にはそれほど凝った仕掛けはない。三作目『蛮族を待ちながら』の架空の帝国という「夢のように」見える舞台装置もない。エピグラフにヘラクレイトスの箴言を置き、遠景にロビンソン・クルーソーをちらつかせながら、引っかけとしてカフカの作中人物を思わせる文字「K」を使ったこと、そして、病院の食べ物を拒否して痩せ衰えていく主人公を「治療」しようとする若い医師を第二章の語り手に置いたこと、などが特徴だろうか。マイケルはケープタウンから内陸のプリンスアルバートまで地図どおりに旅をする。というわけで、これは旅する若者のロードノベルでもあるのだ。

マイケルは口唇裂として生まれ、頭の回転も遅いとされてノレニウス学園に入れられるが、そこを出て十五歳で庭師としてケープタウンの市営公園管理局に入る。母親は裕福な白人一家の家で住みこみのメイドをしていたが、加齢と病気で働けなくなり、少女時代にすごしたプリンスアルバートの農園へ連れて帰ってくれと息子に懇願する。ケープタウンは暴動と鎮圧部隊の応戦で内戦状態に近く、マイケルや母親には自国内を自由に移動する権利がない。申請した移動許可証は待てど暮らせど来ない。そこで自転車を分解した手作りの手押し車に母親を乗せて、カルーと呼ばれる内陸へ向かう。だが、旅に出てすぐに、ステレンボッシュで母親は死んでしまう。その骨灰をもって紆余曲折を経ながらプリンスアルバートの農園にたどりつき、一人カボチャを育てて生きようとするが、うまくいかない。逃げても逃げても発見されてキャンプや収容所に入れられてしまうのだ。第二章は収容所で食べ物を拒絶してがりがりに痩せていくマイケルのことが気になり、なんとかしようとする医師の視点からの語りとなり、第三章で再度マイケルの語りとなって終わる。

一九八三年にこの作品がブッカー賞を受賞したときのオブザーバー紙の記事によると、作家は、ジャイアントパンダが竹の若芽しか食べず、捕獲後にあたえられた餌は食べずに死ぬという新聞記事を読んでヒントを得たそうだ。作品の大きな特徴は、『ダブリング・ザ・ポイント』で著者自身が語るように、独白にも似た圧倒的な「語りのペース」にある。

『マイケル・K』が書かれたころの南アフリカは、アパルトヘイト体制の終焉はまだ見えず、検閲制度によって発禁になる書籍、新聞、雑誌が絶えない閉塞した時代だった。発表当時は外部から「南アの近未来を予測させる」といわれたが、非常事態宣言が何度も発動されてその対象が拡大された一九八六年までには、現実が作品世界に近づいていた。だからいまになってみれば、八〇年代後半の旧体制の崩壊を予測させるものがこの作品に書きこまれているようにも読める。

しかし日本で初訳が出たのはネット環境などほとんどない時代で、そういった水面下の兆候は見えなかった。当時、日本国内の反アパルトヘイト運動にコミットしていた訳者は、この作品をまずその文脈のなかにおいて読み、紹介した。南アフリカでは当時「心情的ブラック」の白人読者を中心に読まれていた。J・M・クッツェーという作家と同時代を生きる人間として、南アの情報が圧倒的に少ない日本で、当時流行った「ポストモダン」といったファッショナブルな枠組に取りこむかたちで紹介することはできないと思った。また、南半球から出てくる「背景がよくわからない」作品を「マジックリアリズム」と呼ぶ姿勢は「北」の視点から、一種の目くらまし的分類ラベルを貼ることに等しく、それでは見えるものも見えなくなる。

作品の細部をどう読むかは、クッツェーがその作品内にくりかえし書きこんできた「名づけの暴力」とも絡んでくる。これはのちに作家自身が「北と南のパラダイム」として痛烈な批判の対象とする問題だ。それにしても、日本におけるポストモダンとはいったいなんだったのだろう？この作品を訳して紹介した八九年は、ふりかえってみると、バブルにわく日本が南アフリカとの貿易額が世界一となり、世界的な動向だった南ア政府への経済制裁を破る国として国連総会で名指しで非難されたころだった。

そしていま『マイケル・K』を再読すると、まったく違う文脈で見えてくるものがある。作品の舞台は旧体制下の南アフリカだが、いまやこのような状況は世界中のいたるところに点在、いや、目に見えるかたちで散らばってしまったようなのだ。クッツェー自身が狙いを定めたのは、ヨーロッパ文明そのものに内在するコロニアリズムの暴力であり、アパルトヘイト体制という暴力装置はその一形態にすぎないことが明らかになったといっていいだろう。クッツェー作品を通読すると、南アフリカ時代の作品の深部からは、「暴力」という強烈なテーマが通奏低音のように響いてくる。それが現代社会と共振して実感される時代になったともいえる。

帝国の暴力、主人が従者に、植民者が被植民者に、所有者が奴隷にふるう暴力、検閲、教育、徴兵といった制度としての暴力、土地や資本の占有による経済的暴力、男性が女性に対して、人間が動物に対してふるう暴力。西欧的カノンの骨組みを解体し、構成要素を白日の下にさらして懐疑の火で焼き、微妙にずらして組み替えた作品に、まったく異なる生命が吹きこまれる。新たな作品内に埋めこまれた倫理的批判の種子は、物語の媚薬にしびれた読者の意識の深層に、鋭く、しなやかな新芽となってさっくりと刺さる。

『マイケル・K』の細部の魅力について考えてみよう。まず、三人称独白体ともいえるこの作品では、何度も「時間」のことが述べられる。とりわけ主人公が廃屋や洞穴に住みついて、畑を耕し、貯水池からカボチャとメロンに水を運んでやる生活の時間、月日を数えることもなく、大地と天空にゆったりと流れるもののなかに身を委ねる「時間の外側のポケットに入ったよう」な時間が、一方で吹き荒れる「戦争」の時間と対比される。

「好きでもない労働からあちこち盗むように再利用する自由時間ではなく、花壇の前にしゃがんで指でフォークをぶらぶらさせながら人目を盗んで楽しむようなものではなく、時そのものに、時の流れに身を委ねるような、この世界の地表いちめんにゆっくりと流れ、彼の身体を洗い流し、腋の下や股下で渦を巻きながら瞼を揺するような時間」とは、現代人の、細切《こまぎ》れにされた生活時間の対極といえるだろう。時間について述べたこのくだりは何度読んでも魅力的だ。

もう一つ重要なテーマがある。それは「大地」に対する考え方で、母親の骨灰を「大地に還してやる」ことの意味だ。これは「魂が天国に昇る」ことで救われるキリスト教的思想とは違って、大地そのものを「祖先が住む世界」と見るアフリカの思想を踏襲している。収穫したカボチャを味わうとき、主人公は空に向かってではなく、いま跪《ひざまず》いている大地にそのことばを捧げながら祈る。この、初めて収穫したカボチャを食べるシーンは比類なく美しい。

『少年時代』にもこの思想に共通する場面がある。父方の祖父の農場を訪れた少年ジョンは土を両手に擦りつけ、自分だけの儀式をする。少年にとって農場はとても大切なものだ。自分がそこに「属している」という思いをかすかに抱ける唯一の場所だったから。自分が死んだらこの農場に埋めてもらいたい、それが無理なら荼毘《だび》にふして灰をここに撒いてもらいたいと思う。だがその大地はもともと、ヨーロッパからやってきた白人のものではない、ということもまた少年は痛いほど知っているのだ。

土地をめぐる問題は、ロンドン時代を描いた『青年時代』では、マラウィ出身のメイドと短期間おなじ屋根の下で暮らすことになった若者の経験として、さらに明確に言語化される。その前作、アパルトヘイト解放後を背景にした小説『恥辱』でも、主人公デイヴィッド・ルーリーの娘ルーシーが営む農場をめぐってこの問題は歴史的視野内に置かれる。三人の黒人たちに襲われレイプされて妊娠しても、白人女性がアフリカの土地に留まるためには、自分の性的特性を放棄し、身の安全を保つためにはその土地本来の所有者である黒人《ネイティヴ》ペトルスと名義上の結婚をすることまで考える「新人類」ルーシーのなかに、ある「絶望的な希望の身ぶり」として両義的に描かれることになっていくのだ。

また「大地から得られる水の流れは還流させたい、それがKの切なる願いになった。水を汲みあげるのは自分の畑が必要とする分だけにした（……）無駄遣いが悪であることは知っていた」とか、隠れ家を作るとき「自分が使うものは木や皮や動物の腸などがいい、自分が必要としなくなったとき、昆虫が食べられる素材であるほうがいい」とか、山羊をペンナイフ一本で殺してその肉のほとんどを無駄にしてしまうところなどに、『動物のいのち』や『エリザベス・コステロ』を書くことになるこの作家の顔がすでにあらわれている。解放ゲリラの姿を目にして自分も参加すべきかどうか逡巡しながら、最後は土地を「耕す者」でありつづける庭師マイケルを見ていると、これは究極の「野良人小説」と呼びたくなってくる。

クッツェー作品のなかでもとりわけ異彩を放つ人物を主人公とする『マイケル・K』は、アパルトヘイトの暴力が猛威をふるう時代に検閲制度を意識しながら書かれている（第三章で詳述するが実際に検閲にかけられた）。そのためか登場人物の「人種」を示す明確なことばはない。マイケルが旧体制下では「カラード（混血）」に分類される人物であることは、さりげなく「CM―四〇歳―住所不定―無職」として書かれているだけだ。C＝カラード、M＝男性。だが、語ることばをもつ主人公に有色の人物を配したことは、クッツェーの作品では例外中の例外といえるだろう。次作『敵あるいはフォー』のフライデイは、ことばをまったく発し／せない人物として登場する。

ちなみに『マイケル・K』の前作『蛮族を待ちながら』のアドヴァンスコピーを読んだナディン・ゴーディマは「クッツェーの視線は存在の中枢を射抜く。そこで彼は多くの人が自分について知る以上のものを見つけて、それを、有能な作家のもつ、緊張と優雅さという熟達の技で伝える」と絶賛したが、『マイケル・K』をめぐる「ニューヨーク・レビュー・オブ・ブックス」の書評では、マイケルが迷いながらも結局はゲリラに参加しない姿勢を「覇気のない男」と批判した。十九世紀のリアリズム作家に倣いながら小説を書いたゴーディマが、この書評が出た一九八四年には非合法組織ANC（アフリカ民族会議）のひそかなメンバーとなっていたことからすれば、なるほどと思わなくもないが、先輩作家の辛辣な評はクッツェーには相当こたえたらしい。

カフカを強く連想させる「K」という文字について作者自身は、このイニシャルがカフカの占有物ではないことを示したかったがうまくいかなかった、とポール・オースターとの往復書簡集『ヒア・アンド・ナウ』で述べている。しかしこのタイトルは、草稿段階では十九世紀初頭のドイツロマン派作家ハインリッヒ・フォン・クライストの『ミヒャエル・コールハース *Michael Kohlhaas*』から想を得たものだったのだ。暴力的な復讐に向かうコールハースの登場人物とはまったく逆に、マイケルは終始受け身で、暴力も慈善もするりとかわして生き延びようとするのだけれど。

初めて『マイケル・K』を訳していたころ、頭から離れなかったことがある。それはこの作家が描く「母親像」の不可解さだ。作家は主人公に母親のことを「狭い部屋のなかで二人の身体が否応なく近づくことが好きではなかった。母親のむくんだ脚を見ると気持ちが揺れる（……）ノレニウス学園の自転車置き場の裏でくりかえし考えさせられた難題、なぜ自分がこの世に生まれてきたかという難題にはすでに答えが出ていた。母親の面倒を見るために生まれてきたのだ」と語らせている。

ところが二章の医者には合わせ鏡のように「きみはもっと若いころに自分の母親から逃げだすべきだったな（……）彼女こそ本物の殺人者のように聞こえるよ。母親からできるだけ遠い茂みへ行き、自立した人生を始めるべきだった。背中に母親を背負い、田舎の安全を求めて燃えさかる街から逃げだしたとき、マイケルズ、きみは大きな間違いをしでかしたんだ（……）わたしはつい、母親はきみの肩に座って、きみの脳味噌を喰いつくしながら、ぎらぎらと勝ち誇ったように偉大なる『母親の死』を具現していると考えてしまうんだよ」といわせる。このような一見、相反する母親像を描く理由がわからなかった。だがそれは『少年時代』を読んで氷解した。少年は母親に対して愛憎の入り交じった強い感情を抱きながら成長する。両親は常時、経済的トラブルに悩まされ、母親が自分のために払う犠牲を目にしたくないので自力で大学を出た、と学生生活をふりかえってクッツェーは語っている。

母と息子の関係、これはクッツェー作品に通底する大きなテーマだ。デビュー作『ダスクランズ』の「ヴェトナム計画」の最後で、精神を病んで病院に隔離された、かつての優等生ユージン・ドーンは「僕の子供時代の物語がまだそっくり残っているんだ。それと取り組まなければ、僕という物語の底に達することはできない。僕の母親が（これまで彼女についてはまったく言及していないが）夜にそなえて吸血鬼の翼を広げている」と語っている。あれは、これから自分がやろうとするのはこれだという作家としての宣言だったのだろう。その後のほとんどすべての作品に、強弱の差はあれ、絡まり合う親と子の関係が出てくる。『マイケル・K』は母と息子、『その国の奥で』や『恥辱』は父と娘、『鉄の時代』や『敵あるいはフォー』は母と娘、『ペテルブルグの文豪』や「イエスの三部作」は父と息子だ。自伝的三部作『少年時代』『青年時代』『サマータイム』にはもちろんクッツェー自身の家族が登場する。『遅い男』にも擬似ファミリーを求める六十歳の独身男が出てくる。『厄年日記』（未邦訳）には父親の遺品を前にして胸を締めつけられると吐露する老作家がいる。さらに『エリザベス・コステロ』や『モラルの話』では老母エリザベスと息子や娘の微妙な会話のなかで、親と子の関係をめぐる真実が、ここぞとばかりに火花を散らす。絡み合う親子関係から少し距離を置いているのは『蛮族を待ちながら』くらいだろうか。

二〇〇三年十二月、記者会見はしないという条件で出席したノーベル文学賞授賞式の晩餐会スピーチで、クッツェーはめずらしく笑いを取っていたが、そこにも普遍的な母と息子の姿があった。

何かまったく別のことを話していて、パートナーのドロシーがふいにいう――話は違うけれど、お母さんが生きていたらあなたのことをとても誇りに思ったでしょうね。クッツェーは答える――でも九十九歳半で認知症になっていたと思うよ。

そしてこう続ける。

しかし、もちろん肝心なのはそういうことではない。ドロシーのいうことは正しかった。母はとても誇りに思い、わたしの息子がノーベル賞をとった、といって大喜びしたはずだ。とにもかくにも、自分の母のためでなければ、われわれはノーベル賞を受賞するようなことを、はたしてするものだろうか？（場内から笑い）

「かあさん、かあさん、僕、賞をもらったよ！」

「それはよかったわねえ。さあ冷めないうちに人参を食べてしまいなさいね」（爆笑）

われわれがそれまで母たちにとって面倒の種であったことを埋め合わせるような賞をもらって、家に駆けて帰る前に、なぜ、母たちは九十九歳にもなって墓の下に眠ることになってしまうのだろうか？

また『マイケル・K』の主人公は、家政婦として働きながらいわゆる私生児を何人も産み育てた母親のことをこう語る――「他人の家の床を磨き、他人のために料理をし、皿を洗った。彼らの汚れた服を洗濯した。彼らが入った風呂を磨いた。這いつくばってトイレも掃除した。ところが年老いて病気になったら（……）見えないところへ追い払った。母親が死んだら火のなかに放りこんだ。遺灰の入った古ぼけた箱をくれて俺にこういった。『ほら母親だ、持っていけ、もう用はない』」。南アフリカ社会にかぎらず、このような女性たちの絶えまないレイバー（労働と出産）によって世界は成り立ってきたし、いまも成り立っている。そのことをクッツェーはどう見ているのか。

いわゆる「サバルタン」と呼ばれる彼女たちのような存在が彼の作品内の「語り」の中心にくることは基本的にない。むしろそれは、ある欠如として読み手に強く意識されるよう書かれている。作品内の語り手は軽く性別をこえるが、この作家の思想的スタンスを見ると、ヨーロッパ系の、男性の、白人の、表現者として特権的な立場の、作家であるクッツェーが、父親の違う子供を何人も産むアンナ（マイケルの母）のような人たちを語りの中心に据えて、その内面を代弁するかのような装いで踏みこんで書くことは――どれほど小説は想像力で書くものだとしても――ありえないだろう。生まれながら特権を持つことの最大の特徴がその特権への「盲目性」だとするなら、そこからもっとも遠い作家の一人がクッツェーだともいえる。「代弁／表象」の問題をめぐるこの作家のスタンスは他に例を見ないほど倫理的だ。

アパルトヘイト体制とは、有色人種の労働力を搾取することで利益を吸いあげる合法的な制度によって成り立っていた。彼女／彼らの労働によって白人の生活が有利に支えられていた事実について、この作家は『サマータイム』のなかで、ある答えを出している。ぜひそれを発見してほしい。また二〇一八年の『モラルの話』を訳したあとに『マイケル・K』を再読すると、この作品で「モラル」という語が何度も使われていたことに気がついた。

思い返してみると、俺がやった間違いは十分な種子を持っていなかったことだ、Kはそう思った。ポケットごとに違った種子の包みを入れておけばよかった。カボチャの種子、スカッシュの種子、インゲン豆の種子、人参の種子、ビートの種子、玉葱の種子、トマトの種子、ホウレンソウの種子。靴のなかにも、コートの裏地にも種子を入れておけばよかった、道中追い剝ぎに遭うのに備えて。それから、俺がやった間違いは種子を全部いっしょに一箇所に蒔いてしまったことだ。一時に一粒だけ蒔くべきだった。それも何マイルも続くフェルトに散らばる、手の平ほどの土地に。それから地図を作っていつも肌身離さず持ち歩き、毎夜、水遣りにまわることができるようにする。なぜなら、もしも田舎で発見したことがあったとしたら、何をするにもたっぷりと時間があるということだったのだから。

(ようするに、それがモラルなのか？　Kは思った。すべてに通じるモラル、つまり何をするにも時間はたっぷりあるということが？)

この作品でブッカー賞を受賞したころのインタビューに、クッツェー作品の多くにあてはまる特徴を示唆する興味深いやりとりがある。南アの評論家トニー・モフェットから、『マイケル・

K』は第三章でふたたびマイケルの視点にもどるが、この章は不要ではないか、と質問される。それに対して作家は「この本が第二部だけで終わるなら、それは明らかに責任回避になります。この本から、Kが天使として立ちあらわれないことが重要なんです」と答えている。これは後述する『蛮族を待ちながら』をめぐるエピソードにも通じるが、クッツェーは作品がクライマックスで終わるのを徹底的に回避する作家なのだ。

小説では「あくまで個人の運命を書く」とするクッツェーは、作中人物としてのマイケル・Kがとても気に入っている、と発表当時、サンデー・タイムズ紙のインタビューで語っていたが、この作品からは、ハッピーエンドを忌避するクッツェー作品のなかでも、とりわけ異彩を放つ主人公に作家が託す「希望」のようなものが伝わってくる。戦時下の個人が体制の暴力に抵抗して「ここではないどこか」をめざそうとするマイケルの姿勢は、管理社会の内部にありながらなんとしても自由に生きようとする試みとして、最近の「イエスの三部作」まで、クッツェー作品に通底する憧憬のように思える。

オーバーオールのポケットにカボチャの種子を入れて、ふたたびカルーの農場をめざすマイケルは、夜間外出禁止令や警察など、はなから無視する老人を旅の道連れにしてまた旅に出る。そして物語はこんなふうに終わるのだ。

そしてもしも老人が車から這いおりて身を伸ばし(……)以前はポンプがあったのに、目立つものが残らないよう兵士たちが爆破した場所を見て「水はどうするんだよ?」と不平をいったら、彼は、マイケル・Kはポケットからティースプーンを、ティースプーンと長い糸巻きを取りだす。井戸の竪穴《シャフト》の端から砕石を取り除き、ティースプーンの柄を曲げてループを作り、そこに糸を結んでシャフト沿いに地中深くおろしていく。そして、それを引きあげるとスプーンのくぼみに水がある。こんなふうにしても人は生きていける、とマイケル・Kはいうのだろう。

トンネルを抜けるとカルーだった

車は制限時速一三〇キロの国道一号線をおよそ一〇〇キロのスピードで走っていた。「トンネルを抜けるとカルーですね、雪国じゃなくて」——というわたしのことばを聞き流しながら、ガイドの福島康真さんはアクセルを踏みこんだ。その長いトンネルはユグノー・トンネルという名前だった。

ケープタウンを訪れたのは二〇一一年十一月だ。二月にJ・M・クッツェーの自伝的三部作の翻訳を一巻で出すと決まって、クッツェーの生まれ育ったケープタウンを訪れることにした。初めてアフリカ大陸の土を踏んだのは一九八九年一月、ジンバブウェのハラレで開かれた反アパルトヘイトを支援する国連の会議に出席するためだった。一九八〇年代末は反アパルトヘイト運動が世界中で盛りあがった時期だったけれど、ハラレの帰りにヨハネスブルグやケープタウンを訪れることはできなかった。アパルトヘイト政権の情報網が張りめぐらされていた時期だったので、南アフリカの空港で入国拒否にあうことが予想されたからだ。

あれから二十二年あまりが過ぎていた。ついに南アフリカへ行くと決まって、わくわく、ぞくぞくしながら旅程を準備した。予約を入れた食事つきの宿について、アデレードに住むジョン・クッツェーに相談すると、そこは街の中心からちょっと距離がある、地図ではわからないがケープタウンは坂のある街だから外出のたびに坂を上り下りしなければならない、出歩かずに籠もって仕事をするにはいいかもしれないが――というアドヴァイスをもらった。いやそれじゃまずい、頻繁に出かけるのだからと、中心部にあるカートライト・コーナーに中長期滞在用のフラットを借りた。広々としたダイニングキッチン兼リビングと寝室、浴室、書斎コーナーもあって、シティホテルより断然安い。細長い建物の五階で、大きな一枚ガラスの窓からテーブルマウンテンが、右手の窓からはライオンズランプの斜面が見えた。毎朝カーテンを開けるたびに、『マイケル・K』の第三章で主人公が男女三人組といっしょに登っていったのはここか、と思いながらながめた。

ガイドの福島さんには作品に出てくる地名リストをあらかじめ送ってあったので、ケープタウンに到着すると、地区別に見てまわる日程が周到に組まれていた。まずはクラーク書店のあるロングストリートへ。九〇年代に日本からファクスで注文した本を丁寧に送ってくれた古書店だ。それから『鉄の時代』の舞台となったフレデフーク界隈を歩きまわり、自転車に乗った少年たちを警察のヴァンがドアを開けて転倒させたスクーンデル通りの坂道を歩いた。

郊外のケープタウン大学も訪れて、『青年時代』の「4」を翻訳していて解けなかった疑問を解決した。まだ学生だった青年ジョンが、一九六〇年三月に起きたシャープヴィル虐殺事件のあと、ケープタウンのタウンシップからやってくる大勢のデモ隊をじっと観察する場面だ。

デ・ヴァール・ドライヴを見おろす土手まで行く。交通は全面停止だ。デモ隊がウールサック通りを太い蛇のようにうねりながら近づいてくる。十人、二十人と横並びで、北へ折れて高速道路へ向かっている。

このシーンで、現在は高架になっている道路と山の斜面にあるキャンパスの芝生の立体的な位置関係がわからず、そのとき主人公がどこに立っていたのか理解できなかったのだ。現場に立ってみてそれがようやくわかった。

翌日は早朝にケープタウンを出発して内陸のヴスターをめざした。朝から空が真っ青に晴れわたり、宿の窓からテーブルマウンテンがくっきりと見えた。渇いた空気に容赦なく照りつける強い陽射し。長いトンネルを抜けると風景が一変した。

国道一号線は石ころだらけの赤土の広がる土地を突っ切ってまっすぐに走る。「フェルト」と呼ばれる広漠とした平地に、地面にしがみつくようにして灌木が生えている。よく見ると道を囲うようにして両サイドに有刺鉄線のフェンスが張られている。ブッシュのあいまに羊の影がちらほら見えて、遠く農場の屋敷を囲むように防風林が繋っている。背の高い樹木は南アフリカにはなかったもので、すべて植民者がヨーロッパや他大陸からもってきて植えつけたのだという。植林されて大きく育ったユーカリ、オーク、ポプラ、ジャカランダといった木々のあいまに、貯水池の水面がきらっと光る。

ケープタウンのウォーターフロント近くに、鉄道が初めて敷かれたことを記念する場所があって、そこには防火林が植えられていた。乾燥したこの土地では列車の車輪とレールの軋轢による火花で頻繁に火事が起きた。そこで防火林を植えて、飛び散った火花の熱が緑の葉に吸収されて火事が起きないようにしたのだ。空気の乾燥したケープタウンでは、いまでも毎年のように山火事が起きる。

『マイケル・K』には、ユーカリの木をめぐる印象深いシーンがある。マイケルは母親を手押し車に乗せて真冬にケープタウンを出発するが、ステレンボッシュで母親はあっけなく死んでしまう。それでも幹線道路（国道一号線）をひたすら避けて内陸のプリンスアルバートをめざす。球技場のそばの空き家で一夜をあかしたマイケルは、空腹に耐えられず、どしゃぶりの雨のなかに走りでて、畑からじかに生の人参を食べる。球技場と道路を隔てるようにして一列に植えられていたのがユーカリだ。そんなことを思いだしているうちに、車は『少年時代』でジョンが八歳から十二歳まですごした町ヴスターに着いた。

ヴスターの町外れの、鉄道線路と国道に挟まれた住宅地に彼らは住んでいる。住宅地を走る通りには樹木の名前がついているが、樹木はまだない。住所はポプラ通り十二番。住宅地の家はどれも新しくて画一的だ。家々は草も生えない赤い粘土質の広大な区画地に建てられ、金網のフェンスで仕切られている。それぞれの裏庭に、一部屋とトイレから成る狭い区画がある。召使いなどいないのに、彼らはそこを「召使い部屋」、「召使いのトイレ」と呼ぶ。

冒頭に描かれる「町外れの、鉄道線路と国道に挟まれた住宅地」を探しながら車はゆっくりと進む。「ポプラ通り十二番」を頼りに家を探す。やがて英語とアフリカーンス語の入り混じった「ポプラ通り」の標識が見つかる。ポプラ通りには大きなジャカランダの木が紫色の花を咲かせていた。

訪ねあてた家と通りの写真を、宿にもどってから、メールに添付して作家に送ると、自分が住んでいたころは緑はまったくなかった、というメールが返ってきた。あなたの見た風景は作品内の風景とは違うことを忘れないで、といわれているようで、観察と認識の手綱を引き締めた。

ヴスターの駅前広場から伸びる通りには、大きなユーカリの並木道がある。訪れたときは初夏の強い陽射しに、人影がまったくなく、背の高いユーカリ特有の樹影の下を走る道の向こうには、どこか打ち捨てられて「荒涼とした bleak」としかいいようのない風景が広がっていた。ヴスターは土埃の町だと少年がいうように、吹き寄せられた赤土が分厚く積もり、車から降りると靴が沈むほどだった。

この「ヴスター Worcester」という地名、もとはイギリスの「ウスター」からきたものだが、住民のほとんどがアフリカーンス語を母語とする人たちなので、現地では「ヴスター」というとアフリカーンス語の専門家に教えられたのは『マイケル・K』を初めて訳したときで、二〇〇六年に作家が初来日したとき真っ先に確認したことでもあった。

そこから少し内陸に入ったところにTouwsrivierという町がある。通行許可証をもたないマイケルが強制労働に駆りだされたあと汽車でたどりついた駅だ。これを現地ではなんと読むか、最後まではっきりしなかった。アフリカーンス語であることはrivierでわかる。英語ならriverだ。前半は「タウス」「トウス」それとも「タウヴス」か。町の人にきくのを忘れてしまったと気づいたときはすでに帰路についていた。ケープタウンにもどって何人かの人に尋ねてみたが、どうもはっきりしない。

泊まっていた宿の受付に座っていた黒い肌の男性は、自信たっぷりに「俺はこの名前、知ってるぞ。トイスリヴァーだ!」といった。ロングストリートのクラーク書店を訪れると、店主のヘンリエッタ・ダックスから留守をあずかっていた作家メグ・ファンデルメルヴェがその質問にはたと考えこむ。オランダ系の姓ながら英語で小説を書き、大学教師でもある彼女は「じゃあアフリカーンス語が母語の人を呼んであげる」といって受話器を持ちあげた。店の奥からあらわれたのはマレー系のムスリムとおぼしき服装の女性だった。

ヨーロッパ言語間の翻訳なら原文のアルファベット表記をそのまま残せばすむところだが、日本語では固有名詞をカタカナという表音文字で表記しなければいけない、だから発音をきちんと調べる必要があるのだと説明すると、彼女は「wはサイレント」だといって、小声で「タウスラフィール」と聞こえる音を口にするなり、店の奥へさっと姿を消してしまった。

書店を出て、はたと気づく。日本語のカタカナ表記はあくまで便宜的なものにすぎない。おなじ南アフリカの、おなじケープタウンという街に住む人たちのあいだでも、それほど明確ではないのだ。アルファベットでは同一表記でも具体的な音にするプロセスは人それぞれ。どんな母語によって育ったか、その語をどんな音として最初に耳にしたか、ふだんどんな言語で暮らしているかなどによって異なる。その違いにこだわるか、こだわらないか、それもまた人それぞれなのだ。「ボフォート Beaufort」など、フランス語と英語の表記と音が一語内に混在することさえあるのだから。

たった一つの地名の読みが、多言語、多文化が重層的に行き交う混成社会ではさまざまに異なるまま、揺らぎながら存在している。部外者が、どれが「正しい」などと決めつけることはできない「虹色の世界」、それをカタカナという日本語表記に変換することによって、ある一つの音として固定するのは、一方的で、断定的な行為であることにあらためて気づいた。決めつけない、それが大事なのだ。だからケープタウンへの旅は、クッツェー作品の日本語翻訳をやる者にとって、逆に、日本語世界そのものに外から光をあてて考える貴重な体験となっていった。

内陸からケープタウンに帰るときは、トンネルではなく山越えをした。峠のてっぺんの休憩地、デュ・トイ渓谷から南をながめると、遠くパールの小丘が見える。ヴィクトリア女王が快速船でケープ植民地へやってきて、雨に光る小山が真珠のようだといったために、そんな名前がついたのだという。

デュ・トイという地名は『サマータイム』の「マルゴ」の章にも出てくる。ジョンが父方の農園フューエルフォンテインまで出かけるたびに、古いピックアップのエンジンを冷ますために、二度も休憩しなければならなかった場所だ。ユグノー・トンネルは一九八八年の開通だから、『サマータイム』に描かれる七〇年代にはまだなかった。フランスの新教徒を意味する「ユグノー」が南アフリカのトンネルの名前になっているなんて、と不思議に思うかもしれないが、ユグノーとはカトリックを国教とするフランスで迫害されたカルヴァン派新教徒のことだから、おなじカルヴァン派のオランダ改革派教会の信徒に混じって南アフリカへ大勢移住したことが、そんなトンネルの名前からもわかるだろう。

峠を越えると風景は一変して、遠く緑地や葡萄園が広がっている。その濃い緑にどこかほっとしながら岬の街へ向かった。

『恥辱』をめぐる二、三の事柄

南アフリカの英語

南アフリカ最大の文学賞「M-Net文学賞」が一時中止になったと知ったのは二〇一四年だった。それまでのCNA賞を受け継ぐかたちで一九九一年に創設された賞だ。CNA賞はナディン・ゴーディマの主著やJ・M・クッツェーの初期作品が、のきなみ受賞してきた大きな賞だった。後続のM-Net文学賞は二〇〇一年にゾーイ・ウィカムの『デイヴィッドの物語』が受賞し、二〇〇五年にはズールー民族詩人マジシ・クネーネが生涯にわたる業績を評価されて受賞している。

M-Net文学賞の特徴は、南アフリカ解放後に公用語となった言語で書かれた作品をも対象にしてきたことだ。つまり英語やアフリカーンス語といったヨーロッパ系言語だけでなく、コーサ、ズールー、ングニ、セソト、ヴェンダ、ツォンガなどの言語で書かれた作品にも、個別の枠が設けられてきたのだ。それがなくなると、出版産業のなかでマイナー言語の文学には大打撃となるのは想像に難くない。

二〇一四年九月二十二日と二十三日、京都の立命館大学衣笠キャンパスで開かれた「第一回、世界文学、語圏横断ネットワーク」の初日に参加したのは、いくつもの言語を横断して文学を研究するこのゆるやかなネットワークの発起人に、どういうわけか、わたしも名を連ねることになったからだ。声をかけられたとき、アカデミズムとは無縁の一介の翻訳者の名がそこにあってもいいかと思った理由は、言語間を横断するという心躍るネットワークの活動がアカデミズム内に限定されず、できるだけ外部社会に開かれたものであってほしいという願いからだった。

京都で開かれた第一回初日のセッションに、クッツェーをめぐる発表があった。それは『蛮族を待ちながら』と『恥辱』の関連性を、ランサム・センターが所蔵するクッツェーの創作ノートを参照しながら論じる、とても興味深いものだった。そこにはクッツェーが『恥辱』のなかに「南アフリカ英語」について書きこんだ箇所を論じる部分があって、周囲に促されて少しコメントした。南アでは英語はリンガ・フランカとしては最大の言語だが、母語とする話者は減少傾向にある。そのことはドロシー・ドライヴァーの論文などで知っていたが、コメントでは、一般にバンツー系の人たちが受けてきた教育制度のなかで英語がどのような位置にあるか（小学三、四年生までの学習言語は個々の民族言語、それ以後は英語）といったことを述べたと記憶している。だが、言い足りなかったこともあって、ここで補足しておきたい。

一九九九年発表の『恥辱』には、英語という言語が南アフリカの人びとの暮らしのなかでどんな位置にあるかを示す場面がある。描かれるのではなく、主人公デイヴィッド・ルーリーの口を借りて語られるのだ。コーサ人ペトルスを前にした白人ルーリーが「英語は南アフリカでは at homeではない」とつぶやいたりするところは、作家クッツェーの英語に対する考えを代弁しているといえるだろう。

時代はアパルトヘイトが撤廃された直後、ルーリーは離婚歴二回の五十二歳の大学教授でケープタウンの大学で英文学を教えている。専門はロマン派文学。授業でワーズワースの詩を取りあげ、バイロン作品をリブレットにして作曲まで試みている。クッツェーは十代のカレッジ時代にキーツを溺愛してキーツもどきの詩を書き、テキサス大学の博士課程に在籍したころはバイロンを集中的に読んでいる。だからロマン派詩へのアンビバレントなオブセッションは半端ではなく、ルーリーのなかにそれが濃密に描きこまれたのだ。

ルーリーは週に一度、エスコートクラブに通ってソラヤという娼婦と会って「セックスの問題を解決」している。だが「気に入っていた」ソラヤは、ある出来事のあと姿を消してしまう。そこで「問題を解決すべく」学生メラニー・アイザックスを自宅に招いて、パワハラとストーカー的セクハラをくり返す。それが問題になってルーリーは査問委員会にかけられるが（査問委員会の委員長マタバーネMathabaneはバンツー系の名前で、アパルトヘイト撤廃後に設けられた委員会の多人種構成と逆転の力学を示唆している）、その経験をしたことで自分は豊かになった、とセクハラ防止の再学習を頑固に拒む。その結果、大学を辞めざるをえなくなった彼は、最初の結婚で生まれた娘ルーシーが営む小さな農園に身を寄せることになる。ルーシーはいったん母親のいるオランダへ行ったものの、うまくいかずに南アフリカへ帰国して、自給自足で質素に生きていこうとしている。東ケープ州の西端にあるその農園で、ルーリーはルーシーの畑仕事を手伝う農民ペトルスと出会う。

こうしてクッツェーは、アパルトヘイト撤廃直後の社会構造や人間関係を生々しく描きながら、言語をめぐるルーリーのつぶやきを浮上させるのだ。それは白人に奪われた土地の返還要求手続きを済ませて意気軒昂なコーサ人ペトルスと、大学を追われて田舎に引っこんだ白人主人公のやりとりのなかに、南アフリカにおける英語の位置が透かし見えるシーンで、シンポジウムの発表で引用されたのは以下の部分だった。

He [David] would not mind hearing Petrus's story one day. But preferably not reduced to English. More and more he is convinced that English is an unfit medium for the truth of South Africa. Stretches of English code whole sentences long have thickened, lost their articulations, their articulateness, their articulatedness. Like a dinosaur expiring and settling in the mud, the language has stiffened. Pressed into the mould of English, Petrus's story would come out arthritic, bygone. (*Disgrace*, p117)

彼［デイヴィッド］はペトルスの物語をいつか聞くことも厭わないと思う。だが、できれば無理に英語にせずに。英語は南アフリカの真実を伝える媒体として不適切との確信は強まる一方だ。文章全体にくまなく英語のコードを適応させるために、濁って粘つき、明確さを失い、明確に述べることも述べられることもない。泥土に足をとられた絶滅寸前の恐竜のように、この言語は身を強ばらせている。英語という鋳型に押しこめられると、ペトルスの物語は関節炎を思ったように古色蒼然たるものになってしまう。

「code コード」「articulation 文節」といった構造主義言語学の用語でクッツェーが南ア英語を分析するところだが、ここを初めて読んだときに思いだしたのは、九〇年代初めに南アフリカを訪れた版画家のことばだった——タウンシップで黒人たちと話していて思ったのは、彼らは英語で話をするんだけど、そのときは真面目に、外向きの顔で、きちんと話そうとする、でも、ズールー語やコーサ語などで仲間内のくだけた会話になると表情ががらっと変わる。顔つきが、まるでＮＨＫ教育チャンネル（当時の呼称）から民放チャンネルに切り替わったみたいにぱっと変わって、すごくリラックスすると。

このテレビチャンネルの切り替えの比喩は言い得て妙だ。公式の、表向きの言語、つまり英語と、ぶっちゃけた本音が語れる親密なそれぞれの民族言語の違いをよくあらわしている。旧植民地の先住民系、元奴隷などの系譜の人たちが、生き延びるために学ばざるをえなかったのが主人の言語であるオランダ語や英語だった。あとから学習して獲得した言語は、その人の個人史や環境によって重さ、位置づけなどはさまざまだが、この場合はどうなのかと読者は想像の翼を広げなければならない。だから、娘ルーシーの農園を手伝うペトルスとルーリーのやりとりは、コーサ語を母語とする農民と白人の英文学者という、民族も階級も異なる者の関係をあらわにするシーンで、示唆に富む。

南アフリカ、と一般化することの危険を承知でいうなら、ここでクッツェーが述べる「南アフリカ英語」を媒介に、ルーリーのようなインテリが農民ペトルスとコミュニケーションしようとすると、英語という分厚い皮膜を通した、歯がゆいものにならざるをえない。ペトルスの物語を無理に英語に押しこめてしまうと、のっぺりした、硬い、感情が伝わりにくい表現になってしまう。「ペトルスの物語」を聞くなら、その母語であるコーサ語によって語られる繊細な話として聞きたい、細やかな感情を表現できて、本音まですくいとることが可能な言語で語られる物語を、と先の引用部は伝えているのだ。

そんなふうに登場人物に語らせながら、ここにはクッツェーという作家の「本音」に近いものが透かし見える。うわべを取り繕うことを忌避して、本来の対話が成り立つ言語条件へのこだわりは深い。ここには、熟考するための沈黙が少ないインタビューでは真の対話はありえないとして、言語のもつ繊細な部分を諦めずに、時間をかけて考え抜いたことばで構築した思想を伝えようとする作家がいる。そんなふうに生きてきた人間の不器用さもかいま見える。沈黙を読み取ることで真実を伝えたい、とするクッツェーの深い願望が書きこまれている箇所といえるだろう。

この部分は、南アフリカという土地で生じる「コミュニケーションの不可能性」と解釈されることが多かった。そう聞くとなんとなくわかったつもりになるが、はたしてそうだろうか。「コミュニケーションの不可能性」と言い切ってしまうことで背後の関係が見えなくなり、内実を知ろうとする努力を放棄することになりはしないか。作中にはルーリーがコーサ語で「モロ（こんにちは）」とペトルスの妻に声をかけたり、ルーシーが「ハンバ（出ていけ）！」と叫ぶシーンがあったりするのだから。

一方で、右の引用箇所の直前に、ペトルスといるとat homeだ、とルーリーは述べていて、これは要注意だ。ここは白人インテリ男の善意、あるいは勝手な思いこみによる願望、決めつけにも思えるからだ。こんなふうに二重のずらしと揺れをページ内に埋めこんで、読者を試してくるところがじつに曲者だ。だから先の引用箇所は、南アフリカという土地で歴史的条件を背負って個別の生を生きる人間たちを描きながら、クッツェー作品にとって普遍的な要素が深々と埋めこまれた部分だともいえる。

いまひとつ、南アフリカ英語に出てくる厄介な語にkaffirがある。ゾーイ・ウィカムの『デイヴィッドの物語』では、アパルトヘイト体制下で違法とされた解放闘争を戦う主人公デイヴィッド（英語読み）に向かって、父親ダーヴィット（アフリカーンス語読み）が、お前は腰抜けだからあんなカフィールの話に騙されるんだ、と罵倒する場面がある。ここで父親があられもなく罵倒する「カフィール」とはバンツー系黒人を指す最大級の侮蔑語で、アメリカ英語のniggerにあたる。

手元にある英和辞典を引いてみよう。まず『リーダーズ英和辞典』には「a（古）カフィル人（南アフリカBantu族）、カフィル語（Xhosa語の旧称）b［derog］（南アフリカの）黒人」とあり、『ジーニアス英和辞典』には「1カーフィル［コーサ］族（の人）（南アフリカのバントゥー族の一部族：〈南ア〉〈侮蔑〉アフリカ黒人）」とあり、さらに「2カフィール語〈コーサ語の旧称〉」、最後に「4（イスラム教徒から見て）不信心者、異教徒」とある。一方、オクスフォード出版局から一九九六年に出た分厚い辞書『南アフリカ英語歴史辞典 *A Dictionary of South African English on Historical*

Principles/South African Words and Their Origins』には、三段組の細かな文字で、関連項目を含めるとゆうに十ページを超える記述がある。それだけでも、この語が英語と南アフリカという土地の歴史のなかにどれほど深く浸透してきた語かがわかるだろう。

kaffir の語源をたどると、そこから南部アフリカの奴隷売買をめぐる長い歴史が浮上する。インド洋で活躍したアラブの奴隷商人の言語が絡んでくるのはそのためだ。「イスラム教徒から見た異教徒」という意味がコーサ人を指すようになり、総じて黒人全体への激しい罵倒語になっていったのだろう。南部アフリカにおける十七世紀以降の政治経済が奴隷制によって支えられてきたことは、意図的に歴史認識の後ろに追いやられ、忘れ去られてきた。それを指摘し、さまざまな研究や例証をあげながら解きほぐしたのが、南アフリカ生まれのムスリム詩人ハベバ・バデルーンの著書『眼差すムスリム *Regarding Muslims*』（二〇一四）で、『恥辱』について鋭い分析をしている。『恥辱』という作品内にもルーリーが会話で平然と kaffir を使う場面が出てくるのだ。

南アフリカ特有の英語で極めつけは coals だ。『マイケル・K』には主人公が熟したカボチャの輪切りを金網にのせて炙るシーンがあって、このとき燃やすのが coals、これを八九年の初訳で「石炭」と訳してしまった。ところが、南アフリカ英語で coals といえばもっぱら charcoal（木炭）のことで、九一年に出た『オクスフォード南アフリカ英語辞典 *A Dictionary of South African English*』にもそう明記されていた。それを知ったときは悔しさにほぞを嚙んだ。一九五〇、六〇年代の雪深い北海道で育って、冬は石炭やコークスを燃やして暮らしていたのに、その経験をすっかり忘れていたのだ。マイケルはカボチャを炙るときマッチで火を熾す。石炭はマッチごときで火は点かない。新聞紙をぎゅっとまるめてその上に割いた薪をのせ、さらに石炭を置く。新聞紙に点けた火が石炭に燃え移るまでには、かなりの時間がかかる。だからこれは木炭だったのだ。この間違いを文庫化に際して訂正できたときはほっとした。

こういった南アフリカ英語の固有性は本当に要注意だ。クッツェーの作品はさらさらと一見「わかりやすい」「無国籍的な」英語で書かれているため、その奥に隠されている固有の意味合いを読み飛ばしてしまいがちだ。「言語」と繊細な「表現」をめぐるクッツェーの感覚、思想、立ち位置は、やがて、ポール・オースターとの往復書簡集『ヒア・アンド・ナウ』で、ジャック・デリダとフランス語の関係をめぐって詳しく語られることになり、覇権言語としての「英語」中心主義批判へと繋がっていく。六十八歳から七十一歳までに書かれたこの書簡集では、手紙という形式によって、フィクションではなく本音に近い率直な語りが展開されている。ちょうどクッツェーが自伝的三部作の最終巻『サマータイム』を書いていた時期と重なり、『サマータイム』の種明かしのような話も出てきて、一皮も二皮もむけた作家の姿をかいま見る瞬間に立ち会えるのだ。自分でも映画制作にたずさわるオースターがクッツェーに、映画 *Disgrace* でルーリーを演じるジョン・マルコヴィッチは「きみがいっていたようにミスキャスト」と書き送ったことも付け加えておこう。

メラニーの肌の色

京都で第一回「世界文学、語圏横断ネットワーク」シンポジウムが開かれた二年後、二〇一六年七月十六日に下北沢の書店B&Bで、清岡智比古さんとぱくきょんみさんをゲストに迎えて拙著『鏡のなかのボードレール』の出版記念イベントが開かれた。ボードレールの詩篇を清岡さんがフランス語で、わたしが日本語で朗読し、附録として訳したアンジェラ・カーターの短篇「ブラック・ヴィーナス」からぱくさんが読むという楽しいイベントだった。そのとき第九章「J・M・クッツェーのたくらみ、他者という眼差し」で触れた『恥辱』をめぐって質問が出た。最初に出てくるエスコートクラブのソラヤは「色が浅黒い」とあるので有色の女性だとわかるが、大学教授ルーリーがパワハラ、セクハラ的な関係をもって訴えられる女子学生メラニー・アイザックスもまた、前後の脈絡から白人ではありえないとあるのはなぜか、「メラニー」は白人女性の名前としてはごく一般的なものではないかというのだ。確かにそう。

そのときは残念ながら例証を示しながら即答できなかったが、それでは、南アフリカの作家クッツェーと出会い、彼が六十二歳まで南アの現実と対峙しながら作品を書いてきたことを重視する訳者として、説明責任を果たしていないと反省した。おまけに二〇一五年からブエノスアイレスで展開してきた「南の文学」講座のラウンドテーブルで、この作家は「南」の物語の細部をはしょりたがる「北」のゲートキーパーの態度を痛烈に批判しているのだ。というわけで、メラニーがなぜ白人ではありえないのか、その理由を書いておきたい。南アの読者たちは最初からメラニーは「カラード」だと読み取っていた。そして、よく読むと作品内にはっきりとそう書かれていたのだ。

ルーリーが娘ルーシーの農場から車でケープタウンへ向かう途中、ジョージという町に立ち寄るシーンがある。ジョージは西ケープ州の東端、海沿いに実在する地名で、ここにメラニー・アイザックスの家族が住んでいる。その町に立ち寄ったルーリーは、メラニーにレイプまがいのセクハラをしたことを家族に詫びるのだ。ルーリーがアイザックス家を最初に訪ねたとき出てきたのは一人の少女だった。家族はいま留守だ、と少女はいう。名前をたずねるとDesireeと答える。「デジレー」とケープ・ダッチ（初期アフリカーンス語）風に読むのか、「デジリーア」と現代アフリカーンス語風に読むのか、いずれにしてもフランス語風に「デジレ」と読むことはないはずだ（フランスのユグノーはオランダ人社会に同化することを条件に入植した）。とにかく、作品内ではこう続く。

Desiree: now he remembers. Melanie the firstborn, the dark one, then Desiree, the desired one. Surely they tempted the gods by giving her a name like that!

デジレーか。それで彼は思いだす。メラニーは初めての子で、浅黒い肌の子、その次がデジレー、強く望まれた子。きっと、彼らはそんなふうに彼女を名づけることで神々の意思にあえて挑んだのだ！

最初の子供であるメラニーは浅黒い肌の子だった。そして次に生まれた娘は「強く望まれた子」であり、その先で「美人――Desiree, the beauty」だとルーリーは語る。右引用部にある

「dark one──浅黒い肌の子」が決め手だ。この表現の意味は奥が深い。

いわゆる「カラード」の人たちは自分たちのなかに白人、アジア人、先住民、黒人などの血が混じっていることを熟知していた。長いあいだに混じり合ってきた人たちを制度上「カラード」とくくったのがアパルトヘイト制度だったのだから当然だ。その入り混じった要素がどんなふうに子供に出るか、はらはらしながら、より白い子が生まれてほしい、と親は願っていた。それが右の文章から読み取れる。これはヨーロッパ白人が頂点に位置する「人種」制度を是とした世界各地に見られた通念であり、否定できない歴史的事実だ。より白い肌で生まれてくるなら、一九五〇年制定の人口登録法によって皮膚の色で明確に区分される社会では、地位も富も、より上位のものが約束される。「白人」に登録しなおすことも不可能ではない。カラードとされてきた肌の色の薄い人物が係官に賄賂を渡して白人になる、そんな制度上の抜け穴を扱ったのがゾーイ・ウィカムの小説『光のなかで戯れて *Playing in the Light*』(二〇〇六)だった。自分の生い立ちを隠して、カラーラインをまたいで人口登録をしなおした母親をもつ女性が、解放後、なぜ自分には母方の親戚がいないのかと疑問を抱いて、自分のオリジンを探す物語である。アパルトヘイト制度が撤廃された後だから書けた作品だが、それは『恥辱』もおなじだ。

アイザックス家の雰囲気を見て、プチブル的上昇志向の強い家族だとルーリーは判断する。娘につける名前から肌の白さへの願望と野心を、アパルトヘイト的価値観にまだとっぷりひたったままの主人公が揶揄する場面だ。メラニーもデジレーも、生まれたのはアパルトヘイト時代なのだ。もしもアイザックス一家が白人であれば、こんな書き方をすることはなかっただろう。ルーリーがアイザックス家の夕飯に招かれたとき、出てきた料理がカレーという駄目押しまでついている。この土地の料理文化を多少知っていれば、アイザックスはケープマレー系の人たちかもしれないと推測できる、暗示に満ちた細部だ。事情に通じた人たちにとってはいわずもがなでも、初めて南アフリカを舞台にした作品を読む人にはなかなか読み取れない重要な細部である。

こんなふうに、南アフリカを舞台にしたクッツェー作品は細部に書きこまれたニュアンスに、重要かつ絶妙の味わいがあることを強調しておきたい。その奥には南ア特有の風景が広がり、深い歴史的意味合いが潜んでいる。アパルトヘイト体制下の社会では、「白」対「黒」という大雑把な区分だけでは見えない微妙に絡み合った要素が、人の心の奥に複雑な刻印を残してきたのだ。外側から乱暴に「白と黒」と二分しがちな視点については、『鉄の時代』を訳しているとき、再来日した作家自身と話す機会があった。翻訳するとき、そんな大雑把な視点から抜けだすために留意すべきことはなにか、という訳者の問いに、作家からは「注意深く読んで」というシンプルきわまりないことばが返ってきた。

ルーシー問題

クッツェーが五十代後半に、大学で教える時間を削って書いたという『恥辱』は、セクハラで訴えられた大学教授が転落していく物語として読まれることが多い。舞台はアパルトヘイト撤廃直後の激動する南アフリカなので、ポストアパルトヘイト社会の厳しい状況がこれでもかというほど盛りこまれている。最大の特徴は読者の思考や立ち位置によって読後感が大きく異なることで、読み手の顔や内面を映しだす鏡のような、ちょっと怖い作品である。「クッツェーを読むことはクッツェーに読まれることだ」という表現がとりわけ強く当てはまる作品、それが『恥辱』なのだ。

描写が詳細で容赦なく暴力的であるためか、南ア国内では議論が噴出した。出版直後は文学作品としてより、ジャーナリスティックで実況中継的な物語として読まれたのかもしれない。南アフリカに住む人たちにとってはそれほどリアルな物語だったのだ。体制が根底から変わっていく激動期の不安定な社会では、あらゆることが一触即発の危険と隣り合わせだ。この作品はついに、人権委員会や政権党から人種差別的だと批判され、作家自身が呼びだされて証言しなければならなかったほどだ。

二度目のブッカー賞を受賞したこの作品は、日本では二〇〇〇年に翻訳刊行されたが、当時の時代状況と相俟って、中高年男性の読者にはもっぱらセクハラをめぐる衝撃的な作品として読まれたらしい。女性読者にとっては「嫌なオヤジ」が堕ちていく痛快だがキモい物語だ。それから二十年。この間のジェンダーをめぐる視点の変化はめざましいが、数年前に日本語のネット上にこんな投稿が載っていた。

Q「クッツェーの『恥辱』について。オランダに行こうという父親の提案を拒否して、ルーシーが頑なに農村に留まろうとしたのは何故ですか？」

それ以来ずっと気になっていたのだ。日本語訳が出たときから多くの読者が抱く疑問だと気づいてはいたが、いまだに解けない謎として立ちあがってくるらしい。

『恥辱』という作品は、クッツェーが多岐にわたる問題を、緻密な構成と端正な文章のなかに投げこんだ小説で、植民地主義と人種、ジェンダー、パワハラと性暴力、グローバリズム経済を優先して人文学を冷遇する大学の再編成、ロマン主義思想のストーカー的オブセッション、植民の歴史、動物の生命と人間の関わりなど、そう簡単に答えが見つからない問題提起がいくつも埋めこまれている。とりわけ「動物の生命」について、最後で主人公が馴染んだ犬を安楽死させるシーンは、大きな疑問符を読者に突きつける。これは後々まで尾を引く最大の問題だ。とにかく優れて「問題含み」の小説なのだ。読者の意識にすぐに立ちあがってこないほど深いところに置かれた疑問もある。

南アフリカという土地にあまり馴染みのない読者には、ルーシーの行動が解けない謎として残ってしまうのも無理はない。とりわけ若い女性の読者には不可解なのだろう。その点について考えてみたい。

前述したように、ルーシーの母親、つまりデイヴィッドの最初の妻エヴリーナはオランダ人で、いまはオランダに住んでいる。ルーシーはその母親を頼っていったんはオランダへ行ったが、母親の再婚相手と折り合いが悪く故郷へ舞いもどってきた。そして東ケープ州の小さな農園と「恋に落ちて」、父親の援助でその農園を買って自給自足の暮らしを営もうとしている。自分はやっぱり南アで生まれ育った人間だと思ったのかもしれない。さらりと書かれているが、アパルトへイト撤廃後の南アフリカへのルーシーの「帰国」には、彼女自身のある決意が秘められている。セクハラで訴えられても意見を変えない父親も頑固だが、後半、ルーシーもまたそれに輪をかける頑固さを見せるのだ。

ルーシーの生活は質素で、大学教授として都会に住んできた父親の目からすれば、はっきりいって貧乏暮らしだ。パートナーのヘレンが出ていってしまったとあるから、どうやらレズビアンらしく、たった一人で住んでいる。それがアフリカの農村社会にとってどれほど「異質」かつ「奇異」な行動で、歴史的な報復の暴力を受けやすい《ヴァルネラブル》か、なかなか外部の読者からは理解されないらしい。

旧態依然とした男尊女卑の、ヘテロセクシュアルを絶対視するアフリカの村社会に、女性があえて（果敢にも）無防備に身をさらす、ルーシーの行動はそういうことだ。これまで圧倒的な特権をもっていた白人が「虹の国」として再生しようとする土地で「人みな平等に」生きていこうとするなら、その解決法として白人の特権を手放して、共同体の規範に従わざるをえない、とルーシーは考える。だから黒人の強盗三人組にレイプされて妊娠がわかっても、それは自分個人の問題だとして、警察にも届けず、農園の仕事を手伝うコーサ人ペトルスの申し出を受けて、契約上の妻として身柄を保護してもらうことを（はたしてそれが保護かどうかは疑問だが）真剣に考える。でも家屋は彼女の所有物として不可侵のものにする、という苦肉の妥協案だ。そんなふうにして、クッツェーは白人女性が単独で「あらたに」アフリカの農村社会で生きる試みをこの作品に書きこんだ。だがこれは南アフリカ社会のジェンダーの問題が、外部から見たとき、あたかも現実肯定的な諦めとして描かれているように読めなくもない。その点に反論噴出、それもまたむべなるかなだ。

すでに二人の妻をもつペトルスが（南アには解放後もズールーやコーサなど民族の伝統は重んじられるべきとして一夫多妻制が残存している）、身内の若者がルーシーへのレイプに関係していたことを知って、一族の長として、ルーシーを「生まれてくる子供ともども面倒をみる」と申しでることは、農村共同体の旧式な責任の取り方であることも頭に入れておきたい。面倒をみる、といったことばで語られる内実は「女性を隷従させる」ことなので、ここで女性読者はさらに反発することになるだろう。

女性が自立して一人で生きていくことを許さない社会規範。それはアジア・アフリカの共同体内でまだ根強く残っている。半世紀前の日本の農村社会にも綿々と続いていたし、いまも続いている。それは都市生活でも深いところで尾を引いている。六〇年代半ばの日本の地方都市では、若い女性が兄の結婚式に東京から出かけていっても席さえなかった。そんな体験談をつい最近も聞かされたばかりだ。必ずだれかに「属して」いなければならない共同体の縛りは、世界中のいたるところに存在する。

十七世紀以降、アフリカ南端に入植したヨーロッパ系白人、とりわけオランダ系入植者の多くは、後発のイギリス人と違って、農村をベースに何代も暮らしてきた人たちだ。孤絶した農場の暮らしを、第二作『その国の奥で』の続編として『恥辱』のなかで、クッツェーは都市と比較しながら書きたかったのだろうか。ルーシーは一度はヨーロッパへ向かったが、とにかく故国へもどってきた。自分で決意してもどってきたのだ。だからそう簡単に逃げだすわけにはいかない。たとえ黒人にレイプされて、その子供を産むことになっても、というのがこの小説でルーシーに課された役割なのだ。そんなふうに土地と関係を結ぶ人間として描かれている。長い植民の歴史への贖罪を背負うかのように。だからルーシーは、ある意味、作家J・M・クッツェーの分身のように見えなくもない。ところが、これを書きあげてから、作家自身はオーストラリアへ移住してしまった。南アフリカにとどまり続ける分身を作品に刻印してから、その土地を去ったのだ。南ア国内では、そこに批判が集中したこともあった。

とにかく、この「ルーシー問題」は作品が発表された直後、南アフリカだけでなく世界中のフェミニスト読者のあいだに大きな議論を惹き起こした。なぜ、歴史的な責任を一人の白人女性に異常な重さで背負わせるのかという憤懣だ。だが、当時の南アフリカには、ここまで極端ではないにしても、身を投げだすようにして歴史的責任を引き受けようとする白人女性がいなかったわけではない。そのような態度への繊細かつ冷静な批判もまた、この作品から読み取れるかもしれない。

また、黒人男性の集団レイプ事件を描いたことに対して政権側から批判があがったのは、それが「新生」南アフリカにとって、あまりにありふれた「マイナス・イメージ」だったからだ。これまで特権の上にあぐらをかいてきた白人層に属する作家が、そんなマイナス・イメージを外部社会に向かってあからさまに描くのは許しがたい——強烈なマチスモ社会である黒人コミュニティからすれば、そう思われたのだろう。冷静に考えるなら、そういうことだ。

しかしこの問題は、植民地で白人男性が先住の有色人女性をレイプしつづけてきた長い歴史のネガとして考えてみる必要があるだろう。人物の肌の色を逆転させてみるといい。作中ではその順序に従って出来事は起きているのだから。この歴史的反転の意図を理解するには、先述のバデルーンの『眼差すムスリム』が示唆的だ。『恥辱』の冒頭でルーリーは、娼婦ソラヤが従順でおとなしく、思いどおりにできるところが自分好みだと述べる。この第一章にシャルル・ボードレールの『悪の華』詩篇がいくつも埋めこまれていることは『鏡のなかのボードレール』でも詳しく論じたのでぜひ参照してほしい。「踊る蛇」などジャンヌ・デュヴァル詩篇の残響が、物語展開に強烈なサブリミナル効果をもたらしているのだ。ジャンヌ・デュヴァルとはボードレールの生涯の愛人だったカリブ海生まれの女性で、褐色の肌をしたムラータ（混血）だった。つまり『恥辱』で展開される「欲望」は、まずヨーロッパ白人男性が褐色の肌の女性に抱く性的欲望として「ロマン派的に」「ごく自然に」描かれ、後半では、人種差別が撤廃された社会でそれが逆転する「恐怖と不安」が現実となる報復的犯罪として描かれているのだ。とりわけ街で偶然見かけた子連れのソラヤが「仕事中」の「従順さ」とは正反対に、凜とした眼差しでルーリーを見返してくるシーンがあって、暗転する後半部分を指差すキーポイントになっているところが見逃せない。

先にも触れたが、傑作小説『恥辱』が発表された一九九九年は「セクシャルハラスメント」という語が大きな衝撃とともに世界に揺さぶりをかけた時代だった。そのころ世界中の中高年男性は「身につまされる」思いでこの作品を読んだはずだ。そしていま、男性読者はおもに「こんなふうにはなるまい」という反面教師として読むのかもしれない。『恥辱』という小説は、作者、主人公、読者のあいだの距離感が、読む者の立ち位置や認識によって大きく異なる、玉虫色の作品であることは再度確認しておこう。その意味でもすでに古典といえるだろう。

時代の経過で色あせることなく多面的な読みに耐える『恥辱』は、『ダスクランズ』から南アフリカという土地を舞台にクッツェーが書いてきた作品群の——回想的な『サマータイム』を除く——最後の作品だった。ヤコブス・クッツェーに始まる唯我独尊的な白人男性の系譜を「究極の植民地的ホラー小説」の主人公として描いたあと、作家自身はロマン派詩の思想が染みついたヨーロッパ仕立ての分厚い衣装をざっくりと脱ぎ捨てるように、オーストラリアへ移住してしまった。そんなふうにクッツェーは南アフリカという土地と距離を置き、若いころから馴染んできたロマン派詩との関係に区切りをつけたのだろう。

だが「ルーシー問題」は、ジェンダーという軸を立てながら「南」と「北のメトロポリス」の関係で考えるとき、未解決のさまざまな問題が噴出する「場」として、ほとんど普遍的テーマへと変貌していく。結局、「なぜルーシーは留まったのか」という問いに簡単に答えなど見つからないのだ。地球規模で人の移動が起きているいま、コロニアリズムの長い歴史的文脈を知り、北と南、貧富の差、人種やジェンダーといった複数の軸を立てて、登場人物たちが抱える問題を個別に分析しながら答えを探っていくしかないだろう。なぜこの作品のタイトルが『鉄の時代』に頻出した、個人の感覚としての「恥 shame」ではなく、外部から恥さらしに見える「恥辱 disgrace」になったかを考えるヒントが、そこに隠れている。

紙とPDF

翻訳をやっていて、まいったなと思うことがある。使用する原著テクストの問題だ。翻訳する原著のテクストは、いまはPDFファイルで送られてきて、それを使って企画にかける時代になったが、ひと昔前は、海外エージェントから紙にタイプされた原稿がどさりと郵送されてきた。少なくとも一九八九年暮れまではそうだった。そう言い切れるのは、J・M・クッツェーの『鉄の時代』のタイプスクリプトが送られてきたのが一九八九年暮れだったからだ。八〇年代半ばまで、基本的に日本語の原稿は手書きだった。翻訳もまた四百字詰原稿用紙のマスをこつこつと埋める作業だった。数百万円の大型ワードプロセッサを買った男性作家が話題になったりした時代だ。

ワープロはまたたくまに小型化されてだれもが買える値段になり、やがて初期のパソコンが出まわりはじめた。それでもまだまだワープロは健在で、このころまでは翻訳の対象となる原著は「紙」が主流だった。タイプスクリプトがまず手元にきて、企画としてどうかと相談を受ける。企画が通ればそれを使って翻訳する。厄介な事態になるのは、翻訳作業中に原著が出版されて、その内容がタイプスクリプトと異なるときだ。

これは悲惨。作業が大幅に進んでいたりすると泣きたくなる。本として出版されたバージョンといちいち照合しなければならない。そこで、早めに送られてきたタイプスクリプトはあくまでパイロット版と見なして、企画会議のための資料と考える。それが賢明だと知った。紙の本が出てから、それを翻訳に使うことにしたのだ。九〇年代はこの試行錯誤が続いた時期だ。

最近では最終版PDFが送られてくるのを待ってから翻訳にかかる。それでも実際に出版された本の内容が微妙に異なるときがあって、こうなるともう、かぎりなく翻訳者泣かせの泥沼だ。正直いって手に負えない。

ここで、紙にタイプされた原稿を郵便でやりとりしていた「古き良き時代」に体験したエピソードを紹介しよう。原著が一九九〇年に出版された『鉄の時代』は、末期ガンの女性が当時の南アフリカの状況を国外に住む娘に遺書として書き残す書簡形式の作品で、季節は真冬だ。出版直前に郵送されてきたタイプスクリプトの表紙中央にAge of Ironと文字がならんでいた。ところがその下にもう一枚Winterとタイプされた紙がはさまっていたのだ。

これはなに？　と思ったけれど、日本語訳がすぐに出ないまま時がすぎた。池澤夏樹個人編集の世界文学全集に初訳の一巻として入ることになって、おりしもその翻訳作業と著者クッツェーの二度目の来日が重なった。細かな疑問点を膝詰めで解決したあと、ずっと心の隅に眠っていた疑問を著者にぶつけてみた。

このWinterはなんですか？

シートを見せるとジョン・クッツェーは「覚えてないなあ」と答えて、すぐに紙をもどしてきた。それから一瞬、宙を凝視し、「もう一度見せて」という。再度手渡すと、タイプ文字をじっとにらみ、ポッと記憶に火が灯るように相好をくずした。

「ああ、これはあのころ使っていた古いマシンの活字だ、紙を一枚一枚ロールに巻きつけて印刷したので、ものすごく時間がかかって……」と懐かしそうにいったのだ。

ＰＤＦや写真を一瞬にして送れる時代に、記憶とモノをめぐる、こんな心に残るエピソードが生まれることはない。それがいまになってみると、ちょっと淋しい。

第二章　自伝、フィクション、真実

自伝、物語ること──『少年時代』『青年時代』『サマータイム』

はじめに

二〇一一年十一月にケープタウンを訪れた目的は、クッツェーが生まれて育ち、六十二歳まで暮らした土地を見てまわることだった。日本語初の訳書となった『マイケル・K』やアパルトヘイト末期を描ききった『鉄の時代』の舞台も見ておきたかった。アパルトヘイトが撤廃されて三年後に出た自伝的三部作の第一巻『少年時代』を読んでいるとき、これはあなたの仕事だという声が聞こえてきたのはなぜだったか、それも考えたかった。『少年時代』から始まる三部作は「自伝」ではあるがフィクションだ。つまり作家J・M・クッツェーが人間ジョン・クッツェーの個人史を素材に書いたフィクションなのだ。

自分の家族はどうもみんなと違う、と学校や地域社会のなかでアウトサイダーの感覚を強めながら内向する少年の心理を、震える針先で探りあてようとする『少年時代』（一九九七）。そこにみずみずしいタッチで描きだされるのは、自意識と性のめざめ、愛憎なかばする母親と嫌悪の対象としての父親のもとで成長する少年の姿だ。

『青年時代』（二〇〇二）では、大学に入ったジョンが母親のあまりに献身的な愛情から逃れて自立生活を始める。やがて息苦しい南アフリカを出てイギリスへ渡って詩人としての道を切り開こうとする。そんな、青年期に特有の青い、濃密な自問自答がくり広げられる。

最後の『サマータイム』(二〇〇九)には、十年におよぶ海外生活から舞いもどった故国で、作家として出発しようとするジョン・クッツェーがいる。びっくりするのは、作中ジョンが独身で、老父といっしょにケープタウン郊外で暮らしていることだ。これは事実とは違うなと思いながら読んでいくと、ジョン・クッツェーがすでに死んでいることを知らされて度肝を抜かれる。

とにかくどの作品も強弱の差はあれ、みずからの記憶と出来事の差異を随所に匂わせながら、あくまでフィクションとして書かれているところが際立った特徴だ。この三部作は母親の死後すぐに準備が開始されて、四半世紀近い時間をかけて、じっくりと書き進められた。突き放すように自分の記憶と距離を取りながら、どれも鍛え抜かれた端正な筆致で書かれている。作家は「長いあいだ温めてきたプランだった」と、訳者宛てのメールで述べていた。

自伝と物語

アパルトヘイト体制からの解放が視野に入ってきた時期の解放感のなかで、クッツェーが作家としての手のうちを明かしたインタビューがある。相手はかつてケープタウン大学で教えたデイヴィッド・アトウェルだ。そこには自伝とストーリーテリングの関係を述べたクッツェーのこんな発言がある。

自伝はすべてストーリーテリングであり、
書くということはすべて自伝である。

このインタビューは初期エッセイ集『ダブリング・ザ・ポイント』に収められているが、そのなかでクッツェーは、自伝というのは意識するしないにかかわらず、物語化＝フィクション化する行為なのだと語る。そもそも書き手が圧倒的に優位な位置から過去の情報にアクセスできる自伝とは自己本位な企てであり、取捨選択を盲目的にやってしまうことは避けられない。しかもその語りは多かれ少なかれ、ほころびのないやり方で「いま」へ繋がる。

過去の自分について、その当時の自分とは異なる存在が書いていることを念頭に置いて、意識的に距離を取り、読者にもその距離を感知させるようにして書く。それがクッツェーという作家が「自伝」を書くときに採った方法だ。作品内の出来事はどこまでが事実でどこまでがフィクションなのか、うっすらと読み手の側に疑念をかもしだしながら、最後は作品の枠組みそのものを組上にのせて、事実と虚構を可視化させていく。また、先の引用の後半部は、作家クッツェーにとって「書く」とはどのような行為かを端的に述べた分析で、クッツェー作品を理解する上で不可欠な視点が含まれている。

一九九二年に出たこのエッセイ集のタイトル *Doubling the Point* の意味がなかなかわからなかった。これは航海術用語で「岬を回航しながら」という意味だった。クッツェーの生まれ育った岬の街、ケープタウンには「グリーンポイント」「シーポイント」といった地名が多い。各章の頭にクッツェーのインタビューを置いたこのエッセイ集は、名実ともに、作家にとっての折り返し点だったのだろう。

『少年時代』は、一家がケープタウンから内陸の町ヴスターへ引っ越したところから始まって、少年ジョンの八歳から十四歳ころまでの出来事が描かれる。アパルトヘイト政策が強化されていく時代だ。各章ごとに展開されるシーンは時間軸にほぼ沿って進みながら、ところどころに過去の記憶が挿入されるが、その境界はあいまいだ。主人公には三人称が使われ、時制は現在。三人称を使うことで、書き手と主人公のあいだに一定の距離が生まれ、そこへ人知れずフィクション化された細部がモザイクのように嵌《は》めこまれている。

第二部の『青年時代』でも、この手法は踏襲される。十九歳から二十四、五歳までを描いたこの作品では、詩人になることを熱病のように夢見る青年の思考と経験が、容赦なく描きだされる。第一部でしかめっ面の練習を始めた少年が自立生活を開始して、年上の恋人との同居生活を始める。「芸術のための芸術」論が幅をきかせた時代、アフリカ大陸最南端のケープタウンから船に乗ってロンドンへ渡り、寒さに凍えながら憧れのメトロポリスで暮らす。歯を食いしばって通過する暗い茨の道、「青春」とはそういう時期だと作品は物語る。だが、この第二部は読み進むにつれて、どうやら、ぼかしや削除といったフィクション化が侵入してきたことがじわじわと伝わってくる。というのは、クッツェーは二十代の早い時期に結婚して、ロンドン時代の後半は妻帯者だったからだ。

第三部『サマータイム』では三十代半ばに焦点があたり、ここで手法は大きな飛躍を見せる。ページを開くとまず作家自身のノートがあり、米国から帰国したジョンが妻を亡くした父親と廃屋のような家に住んでいる。だがこれは事実と違う。クッツェーが米国滞在から南アにもどったときは妻と二人の子供がいて、母親も健在だった。続いてジョンと交流のあった人物たちが登場、若い伝記作者が聞き手となったインタビューが始まる。最初のジュリアは当時ジョンと不倫をしていた人妻で、いまはカナダに住むセラピストだ。読み進むうちに読者は作家クッツェーがすでに死んでいることを知らされて愕然とする。次いで、従姉妹のマルゴ、ラテンダンスの教師アドリアーナ、大学の元同僚マーティン、元同僚で恋人だったフランス人ソフィーが登場して、ジョン・クッツェーがどんな人物だったかを当時の時代状況を背景に鮮やかに浮上させる。

作家がすでに死んだとするフィクションと、事実としての出来事を織り交ぜたナラティヴに目眩を覚えながら、読者は、一九七四年に『ダスクランズ』を発表して作家J・M・クッツェーが誕生する場に立ち会い、三十代という朱夏《サマータイム》のときを他者《オトル》の目から活写する企みを目の当たりにするのだ。この第三部はクッツェーが『ダブリング・ザ・ポイント』内で初めて使ったフランス語混じりの表現「*autre*biography 他者による自伝」そのものといえるだろう。

事実とフィクション

では、具体的に三つの自伝的作品を見ていこう。

◉『少年時代』

第一部『少年時代』の前半で語られるのは、少年が大好きだったケープタウンのローズバンクの家から、父親の仕事のために引っ越した内陸の町ヴスターでの生活だ。鉄道線路と国道のあいだの土地に画一的に建てられた住宅団地の周辺にはまだ緑がなかった。ヴスターの住民はアフリカーナが圧倒的多数を占める。クッツェーという名は典型的なオランダ系、つまりアフリカーンスの名前だが、アフリカーナとして認められるにはアフリカーンス語を母語とし、オランダ改革派教会の信徒でなければならない。少年の家庭では英語が使われ、学校でも英語で学ぶクラスに入った。日曜は教会に行かず、家庭内では母親が指導権を握り、少年が王様のように君臨して父親は影が薄い。周辺住民とは異なる暮らしぶりに、少年はどうしてみんなと違うのかと悩みながらアウトサイダーとしての感覚を強めていく。政教一致を国是とする当時の南アフリカで、アフリカーンス名をもつ子供はすべてアフリカーンス語で学ぶクラスへ入れられるという噂に怯えながら、あんな粗暴な生徒たちといっしょになるくらいなら自殺する、と思い詰める。それでもこの時期はまた、毎年、父方の農場フューエルフォンテインを訪れた幸福な記憶を残してもいる。春に羊の毛を刈る祝祭めいた体験の描写はもっとも幸福な記憶として描かれている。さらに、食用として売られていく羊たちの姿を見て抱く疑問、銃を握るときの充実感など、のちに動物の生命について考える作家の少年期の基礎的な体験も描かれている。

ケープタウンにもどってからがまた試練のときだ。弁護士事務所を再開した父親がまたしても返済不能の借金をこしらえてしまい、それを家族に隠して酒浸りになる。その借金を埋め合わせようとする母親の自己犠牲的な態度に少年はやり場のない憤懣をつのらせ、税務署からやってきた役人に自分の預金までもっていかれるのかと不安にかられる。そんな身の置き所のない思春期の心理が切迫した感情とともに描きだされていく。

『少年時代』がおおむね事実に即していることを示す一例として、ボーイスカウトの制服を着たジョンが右手にモールス信号を焼きつけた細い板を握り、左手を飼い犬の首輪に伸ばしている写真がある。一方、明らかにフィクションとわかるところもある。家事手伝いとしてやってくる少年エディーの年齢の矛盾だ。これについては第五章の「ジョン・クッツェーと笑い」で詳述する。また、父親の従軍中に母子三人が父方の農場から一度も招かれなかったというのも少し違う。農場に滞在したものの、祖母レニーと折り合いが悪くなった母親が子供たちを連れて農場を飛びだし、転々としたらしい。最終章のアニーおばさんの葬儀も、作品内では少年ジョンのカレッジ時代になっているが、実際はケープタウン大学入学後だ。そういった細部を明らかにしたのが二〇一二年九月に出版された『クッツェーの伝記 *J. M. Coetzee: A Life in Writing*』（ミヒール・ヘインズによるアフリカーンス語からの英訳、以後『伝記』とする）だった。

二〇〇八年六月、クッツェーは『サマータ

イム』を書いている最中にJ・C・カンネメイヤーというアフリカーンス語で書く伝記作家から、あなたの伝記を書きたいという申し出を受けた。クッツェーは承諾して、当時はまだ手元にあった私文書を含む原稿類、書類、手紙のすべてに目を通すことを許可した。二週間にわたるインタビューにも快く応じて、ときに熱心に語り、取材すべき人物を紹介し、のちのメールによる質問にも丁寧に答えて協力を惜しまなかった。素材をどのように使うかは書き手にそっくり委ねられた。ただし「書籍内の事実が正しく書かれること」をクッツェーは強く希望した。ここで思いだすのは、学術書であれネット情報であれ、この作家をめぐるおびただしい誤情報が放置されつづけてきたことだ。二〇一二年に出版された七〇〇ページを超えるこの『伝記』の書きだしはなんと、そういった数々の誤情報に対する反証で始まっている。特筆すべきはこの『伝記』によって、自伝的三部作に描かれた出来事を裏づける（裏づけない）事実の詳細が明らかになったこと、そして、作家の幼いころやロンドン時代を伝える貴重な写真が公開されたことだ。ところが驚くことに、著者カンネメイヤーは原稿を書きあげた二〇一一年のクリスマスに、本の完成を見ることなく他界してしまった。遺された原稿は翌年ほぼそのまま分厚い書籍として刊行されたが、著者による最終的な編集作業を経ていないために、残念ながら事実関係をめぐる細部に一抹のにじみが残ってしまった。

つい最近明らかになったことがある。ジョン・クッツェーがカレッジ時代に写真に凝っていたことだ。プラムステッドの自宅に暗室を設けて、将来は写真家になろうと真剣に考えていたというのだ。そのころ撮影された写真が『少年時代』に出てくる農場や学校生活のシーンの裏づけとなり、あるいは事実との差異を明らかにした。これについては第五章の「少年の本棚──詩と写真と哲学と」で詳述する。写真集は『少年時代の写真』として二〇一九年に出版され、日本語訳も本書と同時に出版される。

少年期の特徴を思春期の屈折した心理に寄り添うように描きだす筆致が、読者の内部に鮮やかな感覚を呼び起こす、そのみずみずしい臨場感がこの『少年時代』の読みどころだ。

●『青年時代』

ここでも事実と虚構を可視化させる手法は踏襲される。ケープタウン大学に入学したジョンは両親の家を出て、アルバイトと奨学金で自立生活を送ろうとする。予備校教師の時給まで書きだすリアルな細部がクッツェーらしい。一九六〇年に起きた「シャープビル事件」に抗議するデモを目の当たりにして、自分の信条に反することのために生命をかけるような徴兵を避けたいと真剣に考える。大学を卒業したら即座にこの国を出てロンドンへ渡り、芸術家になるという決意はすでに固い。生活の糧を得るために有用な手段となる数学の学位を得よう。地味な仕事をしながら詩人になろう。そのためになにをすべきか？　あらゆる経験を作品に凝縮するにはどうすればいいのか？　ミューズはやってくるのか？　運命の女性と出会えるだろうか？　疑問は次々と湧いてくる。自分のカプセルに閉じこもって芸術のために経験すべき深淵をひたすら探ろうとする。

『少年時代』や『サマータイム』は彼が生まれ育ち、六十二歳まで住み暮らした南アフリカを舞台にしているのに対して、『青年時代』では舞台がロンドンに移る。南アが舞台となるのは四章までで、全二十章の五分の一にすぎない。しかしこの時期は『サマータイム』へ繋がる重要な出来事が出てくる。疑問や疑念が怒濤のように押し寄せる青年時代、十歳年上の看護婦ジャクリーンとの神経を磨り減らす情事、女の子を妊娠させてしまった狼狽ぶり、非合法の中絶を受ける彼女に付き添うときの自分のふがいなさ。ここにはまた、生まれなかった生命への未熟な思考がリアルに描かれていて、人間を含む生き物の生命と真摯に向き合おうとする姿勢の萌芽が見られる。だがこの部分は自伝を書く過程で加筆されたのかもしれない。

若きクッツェーは詩人として成功することを夢見てロンドンへ渡る。なんとかコンピュータ会社に就職したものの、植民地生まれの田舎者にはどうあがいても決定的になにかが欠けている。鬱屈した孤独な日々、寒さに身をこごめながら厳寒の冬を生き延びようとする詩人の卵。「芸術のための芸術」が幅を利かせたモダニズム時代の申し子である「ジョン」は、どんな経験も芸術家になるための糧であると積極果敢に実践を試みる。とりわけ、セックスの目くるめくエクスタシーによって、沈黙の核心へいたり、自己変革し、宇宙の基本的な力と一体化するというロマン派的、象徴派的な詩から得たファンタジーを求道的に実践しようとする姿が、いまから見ると、なんとも痛い。

思えばこれはヨーロッパ文化を追いかける近代日本でも、ドイツやフランスの詩に憧れた、少なからぬ数の男性詩人とファルス信仰の女性詩人に影響をあたえた考え方ではなかったか。戦後アメリカ経由の自然回帰的ヒッピー思想とフリーセックスに心酔した詩人たちもまた、その反転する流れのなかにあったといえる。

そしてジョン・クッツェーは映画狂でもあった。ミケランジェロ・アントニオーニ監督の『エクリプス（太陽はひとりぼっち）』（一九六二）を観て主演女優モニカ・ヴィッティにぞっこんになったり、ジャン＝リュック・ゴダールの映画に出てくるアンナ・カリーナに惚れこんだり。クッツェーの映画好きは写真家になりたかったことと深い関係があって、『少年時代の写真』に収められたインタビューでも「写真の痕跡は（それに映画の痕跡は）（……）ぼくのすべての作品に見られる」とみずから語っている。

ロンドン時代の青年は、パウンドやエリオットを耽読しながら、ひたすら女を追いかけることを自分に課すが、「内部から発せられた」「彼の身体に根ざした欲求」ではなく「すべては彼の頭のなかの観念」に従っていたためか、あれもこれも上手くいかない。後づけ的に言語化した部分とはいえ、ここに描かれるのは内面的には悲惨で孤独な青年期だ。しかし、現実のジョン・クッツェーが自伝的作品で描かれるような悲惨な日々を送っていたかというと、必ずしもそうではなかったとカンネメイヤーの『伝記』は伝える。それは「青春」というフィクションを描くための舞台装置と考えるべきかもしれない。また『青年時代』には、ハムステッド・ヒースの芝生に寝転んで春の訪れを感じ取るこんな場面もある。

ある日曜の午後、疲れ切った彼は上着をたたんで枕代わりにして、芝生の上に寝ころがり、うとうとまどろむ。意識は失われないまま宙を漂いつづける。これまで経験したことのない状態、彼の血の内部で地球が確かに回転するのが感じられる。遠くに子供たちの叫び声が、鳥の歌が、ブーンと唸る虫たちが、勢いを集めて一つにまとまり歓喜の歌を歌っている。彼の心が一気にふくらむ。ついに！　と彼は考える。ついにやってきた、万物と一体となる恍惚の瞬間が！　その瞬間が消えてしまうのが怖くて、彼は思考のざわめきを締めだし、ひたすら、名づけられない偉大な宇宙の力への導管であろうとする。

ここにはある種の至福感さえあふれ、十九世紀フランスの詩人シャルル・ボードレールの「コレスポンダンス＝万物照応」（『悪の華』）へ通じるフィクションめいた響きが感じられる。そして、この青年がそのまま熟年を迎え、ロマン主義と少しのモダニズムを信奉しながらワーズワースやバイロンを講じる男になって『恥辱』に登場したと考えると腑に落ちる。そこには真っ向から他者と向き合うことを避けてきた十九世紀的ロマンティスト、つまり第一人称至上主義者の核がある。『恥辱』の巻頭にボードレールの『悪の華』からジャンヌ・デュヴァル詩が幾篇も埋めこまれているのはすでに見たとおりだが、時期的に見ると、『少年時代』と『青年時代』に挟まれるようにして出版された作品、それが『恥辱』だったことも見逃せない。

現実には、クッツェーは一九六三年春にＩＢＭを辞めたあと、ヴィザの問題もあってか、安価なアエロフロートなどの飛行機を乗り継いでアフリカ大陸を縦断し、ケープタウンに帰っている。このとき、大学で一年下だった友人——といっても生まれたのは彼より二カ月前——のフィリパ・ジャバーと結婚し、半年ほどケープタウンに滞在して修士論文を完成させて、学位を得ている。そのときに写したと思われる、背広にネクタイを締めコートをはおった青年がケープタウンの街中を闊歩する写真がある。手には革鞄とこうもり傘まで持っている。一年あまり滞在したメトロポリスでは紳士たる者このような出で立ちをするのだ、といわんばかりに風の街を歩く姿には「都会帰りの田舎者」の姿がもろに出ていて、思い切り苦笑を誘う。

　修士号を得た年の暮れに新婚夫婦は船で渡英し、翌年、ジョン・クッツェーはインターナショナル・コンピューターズに就職してふたたびプログラマーとして働きはじめる。ロンドン郊外のサレーに住んだこの時期は、ジョンよりはるかに社交的なフィリパに助けられて友人との交流もさかんだった。カンネメイヤーの『伝記』には、渡英した弟デイヴィッドとジョンを母親ヴェラが訪ねてきたときの写真もある。コンピュータのプログラムを書き、ケンブリッジで定期的に試験を重ね、オールダマストンで監視されながら自作プログラムをインストールする一方で、パブロ・ネルーダの「マチュピチュの頂」の英訳詩をぶつ切りにしてコンピュータでシャッフルした詩を作り、ケープタウンに送って雑誌に掲載したりしている。

　ロンドン時代の友人、ライオネル・ナイトがカンネメイヤーに宛てた手紙が描くジョン・クッツェーは『青年時代』の主人公とはかなり違って、斜にかまえた鋭い批評家でありながら、悪戯好きで、ユーモラスだったというから、そこからは人間味あふれる人物像が浮かんでくる。一九

八一年にショーナ・ウェストコットが出した質問へのクッツェーの回答「イギリスは寒くて灰色で、コインランドリーの使い方くらいしか学ぶものがなかった」にも、この作家特有の皮肉たっぷりの笑いが感じられる。

一方、自伝作品で描かれる「青年」は、この年代の青年にありがちな、どこまでもモダニズムのカプセルの内部に閉じこもって現実と関われなかったことを強調しながら、イギリス人になれない植民地出身者として描かれる。だが、それがクッツェーにとって青年期の核心部分であったことは間違いない。

◉『サマータイム』

第三部は三十代という人生の朱夏の季節を描いている。それまでの書き方をガラリと変えて、作家自身のノートと日付のない断章に挟まれた五つのインタビューで構成され、メタフィクション性が高くなる。独身者のクッツェーが農場労働者の住まいだった古い家に老いた父親と住んでいる。これは明らかなフィクションだとわかる。コンピュータ・サイエンスから足を洗って水難救助のように文学の道へもどり、米国滞在を経て南アに帰郷したころ、前述したように、クッツェーには妻と二人の子供がいたし、両親も健在だった。

冒頭と末尾に置かれたノートと断章にも虚構は入りこんでいる。巻頭のフランシスタウンの焼き討ち事件も、南部アフリカ全域で南ア警察が暗躍したあの時代を伝える典型的な事例ではあるが、厳密にいうと創作だ。一九七二年八月二十一日付サンデータイムズにはこの事件の記事がないという。しかし異人種間の結婚が違法だったのは事実で、フランスでヴェトナム出身の女性と結婚したアフリカーナ詩人ブライテン・ブライテンバッハの話や、南ア軍の行動はほぼ当時の出来事に即している。

そして生前のクッツェーには会ったことがないという伝記作者によるインタビューが始まる。当時のジョン・クッツェーがどんな人物だったかを語るのは、子持ちの人妻ジュリア、ジョンが幼いころから心を開いて話ができた従姉妹のマルゴ、夫が強盗に襲われて娘二人を必死で育てるアンゴラからの難民アドリアーナ、大学の就職試験をいっしょに受けたマーティン、恋人だった大学教師のフランス人ソフィーだ。

メインとなる五つのインタビューでは、死んだ作家が若かったころに関わった人物たちの声を借りながら、三十代の男の心理を徹底的に分析する容赦ないことばが炸裂する。ときに爆笑を誘うエピソードには、作家の本音や作品行為論が他者のことばを装いながら滑りこむ。たとえばセラピストとして鋭い分析をするジュリアは、ジョンのセックスは自閉症的な性質があったと述べ、彼が現実と関われなかったのはなぜか、という問いが追求される。

そこからは、疑問を論理的に探りあてようとする針の動きと、当時の自分は他者の目にこう映っていたのではないか、という作家の自己分析が混在したかたちで透かし見える。青年期にセックスを求道のプロセスとした男に対する分析の苛烈さは圧巻だ。ジュリアはまた、はなからインタビュアーにこう釘を刺す。

物語は二つある、つまりあなたが聞きたい物語とわたしからあなたが受け取る物語（……）ジョンの物語はわたしの結婚生活という長い物語を彩るエピソードの一つにすぎないのですが、にもかかわらず、ひとひねりして、巧妙な操作ですっと視点を変えて、さらに狡猾な編集者の手が加われば、それをジョンについての物語のなかに、彼の人生を通過した女たちの一人をめぐる物語として編入させることができてしまう。そうではないのです。

作品とはあくまでも作家の主観によって書かれ、編集され、変形されるという事実に突っこみを入れるこの視点が、他者の存在を明示しようとする技法の手の内をさらに批判分析する語りになって、書き手のオーソリティをとことん疑問視する視点を誘いこんでいる。それでいてこの人物には「良いキャラクターを創作するより悪いキャラクターを創作するほうがはるかに容易」などといわせて、心理分析はプロでも、こと文学となるとナイーヴであることを作者は忘れずに書きこむ。これはのちにアラベラ・カーツとの往復書簡集 *The Good Story* を出すクッツェーの、精神分析と文学的真実をめぐる辛辣な批判の前触れとも読める。

「マルゴ」の章では、マルゴのナラティヴを伝記作家ヴィンセントが三人称で勝手に物語化する。それを不審がるマルゴに伝記作家が、形式が変わったからといって内容に変わりはない、といわせて、この伝記作家があまり信頼できない書き手であることを匂わせる。

一方、ラテンダンス教師に一方的にのぼせあがるジョンを、ダンスを踊れない頭でっかち人間と徹底的に笑いのめすアドリアーナは、彼を「木偶《でく》人形」とまで呼ぶ。それでいてナイーヴにも

「偉大な作家は偉大な男」でなければならないと言い張るこの威勢のいい語りは、ブラジルからアンゴラへ追われ、さらにケープタウンに流れ着いた難民一家の窮状を描いている。強盗に襲われ意識不明のまま病院に収容されつづける夫を抱えながら、必死で二人の娘を育てようと奮闘したころを語る女性のナラティヴは、埋めこまれた悲劇的要素を巧みに混ぜながら、押しの強い語りの裏に切ない感情を滲ませる傑作コメディとなっていくのだ。

作家の三十代をフィクションとして突き放すように描きだすこの『サマータイム』は、作品としての熟成度、強度ともに群を抜き、二〇〇九年に出版されるや、おびただしい数の書評が新聞雑誌に掲載されて、この年のブッカー賞の最終候補に残った。

このようにクッツェーの自伝的作品は、作者が登場人物と距離を置いて「自伝」を書く姿を意識させる手法から、時系列に沿う書き方ながら事実との明らかな差異を匂わせ、さらに、完全な虚構を組み立てて語りの細部に出来事を入れこみ、削除し、「他者性」を取りこんで作品構造そのものを可視化する手法へと発展する。読者が登場人物に安易に自分を重ねる読みを封じこめて、最後まで引きこむ力を保ちながら、作品内部から、真実を語りたい、という衝迫を痛烈に響かせて読者を揺さぶるのだ。単なる告白が信憑性をもちえない時代の「告白」への衝動は、この作家のどの作品にも見られる大きな特徴だ。

しかし、じつはこの『サマータイム』のなかで、自伝的な告白への衝迫がもっとも強く出ているのは最初の「ノート」と最後の「日付のない断章」なのだ。五つのインタビューがあまりに面白く読めてしまうためか、書評などではこのブックエンド部分に言及されることがあまりない。

これは不可解だ。

とりわけ最後の「日付のない断章」は要注意。手術を受けて自宅へもどった父親はケアを必要としている。作家への道をようやく歩きはじめた息子はそれに対応しきれない。

かつて彼には、ジョンには、ほとんど仕事がなかった。いまそれが変わろうとしている。いまは対処できる雇われ仕事を目いっぱい引き受け、さらに多くを引き受けようとしている。いま彼は個人的プロジェクトをいくつか放棄して看護師になることを迫られているのだ。二者択一、看護師にならないなら、それを父親に告げねばならない——**昼も夜もあなたの世話をすることは僕にはとてもできません。あなたを見捨てます。さようなら。**あれかこれか——第三の道はない。

このように『サマータイム』は『ダスクランズ』で作家デビューを果たし、さらに『その国の奥で』を発表した三十代のクッツェーが、病身の老父を介護できなかったことを懺悔するような「告白」の残響で幕を閉じる。実際の父親の死はデビューから十四年後だが、作家六十九歳のときに出版された『サマータイム』には、クッツェーにとってはあたかもそれが「朱夏のとき」の水底の記憶であったかのように記されているのだ。

クッツェー作品は、草稿では書きだしが非常に個人的かつ状況的なもので、何度も書きなおされる過程で「生々しい部分」が消えて、古典などへのアリュージョンが加筆されていったという。

仕掛けめいた意匠に富んだテクストの表層にはあらわれない、奥に隠されたものを読み取ることがもとめられているのだろう。作品にちりばめられた「自伝的事実」を裏づける（裏づけない）詳細な記録をあれほど完璧な形で保管して、早々と生前に公開した意図はその辺にあるのかもしれない。

南アフリカの歴史について

ここで、自伝的作品のおもな舞台となる南アフリカの歴史的背景について再度ざっくりと見ておこう。アパルトヘイト制度の根幹は、アフリカーナを支持母体とする国民党が政権を掌握した一九四八年に突然始まったわけではなく、ヨーロッパ諸国が新しい動植物を発見すべく、植民地化できる「南」をめざしたころにまでさかのぼる。つまり、国家が経営する世界最初期の株式会社「オランダ東インド会社」の社員たちがヤン・ファン・リーベックに率いられて、一六五二年にアフリカ大陸最南端の岬に上陸し砦《カッスル》を作ったころ始まったのだ。「会社」といっても東インド会社が統治するケープ植民地は事実上の国外国家で、最初はアジア東南地域へ航行する商船に新鮮な水や食料を供給するための基地にすぎなかった。江戸時代の日本がヨーロッパ諸国のなかで唯一公式に国交を維持したオランダの商船は、このケープタウンを経由して長崎の出島と往復していた。リーベック自身も江戸時代初期の長崎を訪れている。やがて大陸の南端から内陸部にヨーロッパ移民が入りこみ、奴隷労働をベースにした植民地社会が築かれていく。

オランダ人は農業用の土地を開拓し、フランスから入ってきたユグノーが伝えたワイン作りなども盛んになって、次第に奥地へ入っていった。行く先々で当然、先住のコイサン人や南下してきたバンツー系黒人と衝突した。だが十八世紀になるとイギリス人の勢力が増して、ヨーロッパ系植民者のあいだで先住民やバンツー系の人びとを巻きこんだ土地の争奪戦がくり広げられる。十八世紀末にオランダ東インド会社は解散し、ヨーロッパ本国との縁も切れて孤立したオランダ系植民者は、後発のイギリス系植民者に押されて内陸への大移動をくりかえした。それが「グレート・トレック」だ。奥地で「トランスヴァール」や「オレンジ・フリーステート」といった「独立国」を築いた彼らはみずからを「アフリカーナ（アフリカ人）」と呼び、神から選ばれた民族という選民思想を打ち立てた。「新天地」をもとめてアメリカスで植民地を作ったヨーロッパ人にも共通する思想だ。

ところが内陸のオランダ系植民者や、彼らと先住コイサン人との混血であるグリクワ民族やバンツー系のコーサ人やポンド人の土地にダイヤモンドと金の鉱脈が発見された。その利権をめぐって複雑な土地争いが起きて戦争になる。それが二度にわたるアングロ＝ボーア戦争だ。最初は地勢を熟知したオランダ系農民兵が少数でゲリラ的に出没してイギリスの大軍を破ったが、およそ二十年後、外交手腕では二枚も三枚も上手のイギリスに追い詰められて始まった第二次戦争で、オランダ系植民者は完敗し、イギリスの覇権が決定的になった。

それから約半世紀後の一九四八年、ひさびさにアフリカーナを支持母体とする国民党が政権を掌握して、アフリカーナ民族主義の歴史観のもとで「人種」という「科学的」根拠をもとに合法的差別制度が作りだされていった。植民地化の過程ですでにできあがっていた土地や人種をめぐる搾取制度に、さらに細かな、人びとの活動をがんじがらめにする法律が作られていったのだ。もちろんこの制度から利を得たのはアフリカーナだけではなくイギリス人を含むヨーロッパ系白人全体であり、最大の犠牲者はヒエラルキーの最底辺に位置づけられた多数派の黒人《ネイティヴ》だ。

言語の問題は大きかった。アフリカーナたちはオランダ語が土着化したアフリカーンス語を地方の農場と行政や司法の場で公用語としてもちい、鉱物資源の輸出によって富を得る経済界ではイギリス人が主流となって英語を使った。与党国民党が教育言語の締めつけを強めていく。ヴスターの小学校時代に少年ジョンがアフリカーンス語に感じる葛藤には、そんな歴史的背景があったのだ。

さらに、六〇年代に入ると国防軍の徴兵制度が厳しくなり、いつ召集令状が届くか知れない状況になった。南アフリカ連邦は共和国を名乗ってコモンウェルスから脱退、国際政治の舞台で孤立を深めていく。青年ジョンがケープタウンから船に乗り、ロンドンへ向かったのはそんな時代だった。

七〇年代になると、独立運動が激しさを増すモザンビーク、アンゴラ、ローデシア（現ジンバブウェ）などで抵抗運動そのものが東西冷戦の代理戦争の様相を呈するようになり、南ア国内ではスティーヴ・ビコを中心に盛りあがった「黒人意識運動」が厳しい弾圧を受けた。それが作家として出発したころのジョン・クッツェーを取り巻く南（部）アフリカの情勢だ。

名前とモデル

ここでクッツェー作品と名前をめぐるエピソードをいくつか書き留めておきたい。まずこの作家の名前について。クッツェーを作家たらしめたデビュー作『ダスクランズ』は二つのノヴェラ（中篇小説）から構成されている。前半が「ヴェトナム計画」、後半が「ヤコブス・クッツェーの物語」だ。後半はロンドン時代に英国博物館で『バーチェルの旅行記』を読んだときに構想し、米国滞在中に書きはじめた。オースティン時代に発見した古文書を十八世紀のオランダ人探検家の報告記として書き換え、作者の父親である学者S・J・クッツェーがアフリカーンス語に訳して編集出版したものをさらに作者J・M・クッツェーが英訳するという入り組んだ構造を作りあげた。学者の父というのは「でっちあげ」だと「ジュリア」の章で明かされるが、この作品は十八世紀のオランダ植民者と現実の作家との関係を「クッツェー」という記号で幾重にも絡ませたテクストで、前半の「ヴェトナム計画」にも主人公ユージン・ドーンの上司としてクッツェーなる人物が登場する。「クッツェー」という名は南アフリカではごくありふれたものだが、作者の姓が複数の作中人物と重なる奇妙な作風は、当時の南アの読者には馴染みがなかった。この作品の出版を引き受けた出版社レイバンの編集者ピーター・ランドールから「著者略歴」を求められたクッツェーは、作家名をシンプルに「J・M・クッツェー」と表記することにした。

だが、このシンプルなイニシャルがのちに厄介な事態を招くことになる。一九八三年に最初のブッカー賞を受賞した『マイケル・K』との連想からか、ミドル・ネームのMが「マイケル」と勘違いされて欧米のメディアで広まり、フランス語版の訳書カバーにまで載ることになったのだ。作家自身の手配によって一九九〇年刊NELM（国立英語文学館）版バイオグラフィーを入手していたわたしは「マクスウェル」であることを知っていたので、ノーベル賞受賞時の二〇〇三年十月三日付ガーディアンおよびニューヨークタイムズに「生まれたときはマイケルだったが作家になるときマクスウェルに変えた」という記者名入りの記事が載ったときは驚いた。二〇〇六年九月に初来日したクッツェー自身に確認すると、彼はにこりともせずに「生まれてから名前を変えたことはない」と言い切った。さらにフランス語版のカバーのことをたずねると「彼らはジャン・マリー・クッツェーとまでいったんだ」とにべもない返事だった。NELM版のバイオグラフィーを調べると、確かに、ヌーヴェル・オプセルヴァトゥール紙（一九八五年六月二十八日付）に「抑圧に抗するジャン・マリー・クッツェー」なる記事が載ったと記録されていた。記録魔クッツェーの面目躍如である。

作品内に登場する人物とモデルとの関係でいうなら、自伝的三部作と「イエスの三部作」をのぞいて、自伝的要素がもっとも強く感じられるのは『ペテルブルグの文豪』だろう。これは作家ドストエフスキーが息子パーヴェル（妻の連れ子）の死因——高所から落ちて死んだとされる——をめぐり、ペテルブルグの街を彷徨し、警察に出向き、真相を究明しようとする物語だ。下敷きになっているのはロシアで実際に起きたネチャーエフ事件だが、この作品から読み取れるのはクッツェー自身の体験だろう。一九八〇年にフィリパと離婚したのち二人の子供を育てたクッツェーは、息子ニコラスの反抗に手こずった。母親を慕っていた息子は両親の離婚に憤怒をつのらせ、ことあるごとに父ジョンに反駁し、学校も休みがちだった。激動の南アで自己形成期を送ったニコラスは一九八九年四月、当時住んでいたヨハネスブルグの建物の十一階バルコニーから転落死した。自殺も疑われたが遺書はなく、誤って転落したものと思われる。二十三歳の誕生日を迎える直前だった。作家が『鉄の時代』を書いていたときだ。『鉄の時代』は、隠退した元ラテン語教師エリザベス・カレンが乳ガンの再発を告げられた日から娘に遺書として書き残す手紙、という形式の小説だ。出版されたとき、離婚した妻フィリパをモデルにしたのではないかと噂が立った。フィリパもまたそのころ乳ガンにかかって数年後に他界している。だが、クッツェーはポール・オースターとの『往復書簡集』のなかでこう述べる。

しばしば（ほとんど常に？）小説家は自分のモデルのユニークな、個々の本質部分に探りを入れることに興味があるのではなく、彼女の面白い、使えそうな奇癖や外観——髪がカールして耳にかかっているようすとか（……）発音の仕方とか、歩くときに爪先が内向きになるといったことを拝借することに興味があるだけなのだ。

僕についていえば、登場人物はゼロから造形するのが好きだ（……）そのほうがより現実に近いような気がする。

作品内の登場人物に、現実に存在したモデルをそのまま探してもあまり意味はないようだ。それでもカンネメイヤーの『伝記』によると、『青年時代』に出てくるコンピュータ・プログラマーの同僚ガナパディを思わせる友人がロンドン時代にいたことは確かで、『サマータイム』のマーティンにしても、ケープタウン大学に就職するためにいっしょに面接を受けた人物がいた。作中ではマーティンだけが受かったことになっているが、実際は二人とも職を得て、その後も同僚として親しかったというから、ここにもまたクッツェー特有の自己周縁化、というかハッピーエンド嫌いの作家の顔が出ている。また自伝的三部作を通して登場する大勢の女性たちは、二〇一二年に来日したクッツェー研究者デレク・アトリッジのことばを借りるなら、クッツェーが人生で出会った女性たちの「アマルガム」というのがあたっているだろう。彼が知る女性たちを徹底的に解体し、細部の仕草などを生かして再構築（創造）したキャラクターと考えると納得がいく。しかし、ここで思いだすのは「自伝と物語」であげた引用部後半「書くということはすべて自伝」ということばだ。これはなにを意味するのか。

クッツェーの作品はいわゆる私小説からはほど遠い。しかし、個々の作品が書きだされる瞬間はきわめて個人的なものだったと述べる研究がある。二〇一五年に出た、デイヴィッド・アトウェルの著書 *J. M. Coetzee and the Life of Writing, Face to Face with Time* だ。クッツェーの初期原稿類を詳細に調べると、どの作品も作家自身の個人的な経験から書きだされ、何度も書きなおされて原型を留めないまでに変形されているという。しかし細部には生身の作家の経験が埋めこまれたチップのように残る。だからことばが強い身体性をもって迫ってくる。読者を作品内に巻きこんでいく強力な引力は、おそらく、そこから発生するのだ。「書くということはすべて自伝」というのはこの作品を書きあげるプロセスと深く関連しているのではないか。

書きなおしの徹底がまた半端ではない。『マイケル・K』は手書き原稿でそっくり六作分の草稿があり、それぞれ主人公や筋立てが違う。初期の草稿には語り手が一人称のもの、詩人のものもあった。『恥辱』は十四回書きなおされ、『遅い男』は最低二十五のバージョンがあるという。

解体され再構築されるキャラクターといっても、クッツェーの自伝的作品には名前を変えながら登場しつづける、非常によく似た人物もいる。『少年時代』のアグネスと『サマータイム』のマルゴだ。この二人の連続性は一目瞭然だ。「心を開いて、自分の思いをなんでも話せる相手」として少年ジョンの「女性に恋をする」かたちを決定づけたとされる人物だ。少年の一方的な語りのなかに登場したアグネスが「マルゴ」では幼なじみとしてジョンに好意的な語り手となる。しかし朴訥で誠実なこの女性の目から描かれるジョンの素顔は、アフリカーナ社会では不穏な人物と見なされたことを物語っている。

また「アドリアーナ」では、五作目の小説『敵あるいはフォー』のスーザン・バートンのモデルはあなただ、最終的にはイギリス人女性になったが、最初の草稿ではブラジレイラ（ブラジル人女性）だったのだ、と伝記作家にいわせたりしている。二作目の『その国の奥で』が書かれたころの恋人ソフィーが、当時はナイーヴにもこの作品に自分が出てくるものと思ったと述べる箇所もある。クッツェーの性格や政治的立ち位置を適確に分析できる知的なソフィーに、恋愛中は「ほかの人間と親密になりながら想像世界からその人を締めだすなんて不可能」だと思ったと述べさせて、知的なソフィーへ疑問符をつける。それでいて、この人物はクッツェー作品について、大胆でワイルドな初期の作品はすばらしいが『恥辱』のあとは野心に欠ける、フィクションの構成要素をコントロールする力が強すぎて創造的な情熱が足りない、とまことに鋭い評をくだす。これは作家自身による腹話術的自作分析でもあるのだろう。

『サマータイム』の最初のノートブックの末尾に加えられた「さらに追求されるべきは」云々は一九九九年か二〇〇〇年に作家自身によって書かれたものだ、と若い伝記作家ヴィンセントは述べる。つまり少なくともこの時点ではまだ作家クッツェーは生きていたという想定だ。そこで想起されるのが、クッツェーが実際に南アフリカからオーストラリアへ引っ越したのはそれからわずか二年後だったことだ。『青年時代』——原稿は二〇〇一年四月には完成——のゲラを抱えての引っ越しだったのかもしれない。移動後の作品『サマータイム』では「ジョン・クッツェー」はすでに物故した作家になった。思うに、ジョン・クッツェーという人間は南アを出たとき一度死んだ、死んだことにした、と考えると腑に落ちる点がいくつもある。

土地《ランド》への愛着

第二部『青年時代』にはエピグラフがついている。ゲーテの『西東詩篇』からの引用だ。『青年時代』として一冊で出たときはそれほど明らかではなかったエピグラフの意味が、『少年時代』『サマータイム』と合わせて一巻に収められたとき俄然、光を放ちはじめる。

詩人を理解しようとする者は
詩人の国に行かねばならない。

——ゲーテ

引用される「詩人」とはもちろん青年ジョンであり、「詩人の国」とは南アフリカであることは言を俟たない。『少年時代』や『サマータイム』にエピグラフはない。この二作は彼が生まれ育ち、六十二歳まで住み暮らした南アフリカを舞台にしているのに対して、『青年時代』は五章から舞台がロンドンに移る。ロンドンで名をあげようとする「詩人の国」は遠い大陸の南端にあるのだ、それを忘れないで、とエピグラフはいっているようだ。

こんなふうにクッツェー三部作の二作目にエピグラフが入る例がもう一つある。『イエスの学校時代』だ。なぜかいつも二作目だけにエピグラフが入るのだが、『イエスの学校時代』で読者はのっけから「第二部が優れていた試しはない、という人もいる——『ドン・キホーテ』第二部四章」と告げられるのだ。「イエスの三部作」には『イエスの幼子時代』を読んだ人なら知っているだろう。『ドン・キホーテ』が重要な書籍として出てくることはミゲル・デ・セルバンテスの『ドン・キホーテ』第二部それにしてもこのエピグラフにはニヤリとなる。暗に第三部があることを仄めかしているように読めるからで、案の定、三年後に最終巻『イエスの死』が出た。

自伝的三部作に話をもどすと、二作目『青年時代』ではロンドンに渡った若きクッツェーは詩人として成功すべく、パウンド、エリオット、リルケに読み耽り、詩の集まりに顔を出し、納得できる詩行を生みだそうと必死だ。そのためなら悪魔に魂を売ってでも、と思ったかどうかは不明だが、後半ブラックネルの暮らしでは、この願望を棚上げにしてチェスばかりやっている。

クッツェーは大都会が嫌いだと明言する。ロンドンに移り住んだ当初は新しい映画、音楽、美術、そして運命の女《ひと》との出会いを求めて、田舎に住むのを避けた。必死でイギリスに溶けこもうとしたが、歓迎されないよそ者として孤独に苛まれるばかりだった。

南アフリカは宗主国から見れば紛れもない属国《プロヴィンシャル》的な土地だ。そこから出ていく決意も固く、大学へ進み、メトロポリスへ出て詩人になることを夢想し、さらに時代の大国アメリカのオースティン、バッファローと移り住むあいだに、クッツェーが身にしみて体験したことは、自分を形成した南アフリカとの断ちがたい結びつきだったのだろう。

人は生まれる場所も時代も選べない。荒々しいまでに美しい南アフリカという土地は、彼の「内部にある傷」であり、もどりたくはないがもどるしかない場所であり、どこへ行っても追いかけてくる記憶でありつづけた。自分はアパルトヘイトという人種差別制度による体制から最大の利を得る世代の人間であり、さらに大きなスパンで見るなら、「十六世紀から二十世紀半ばにかけてヨーロッパ拡張期に行なわれた、物や人の動きをともなう戦略的移動の典型的末裔」だと認識しはじめたのは、おそらくこの青年期だっただろう。以来、作家の脳裏からこの土地の記憶が薄れることはなかったし、いまもないだろう。それがゲーテを引用したエピグラフの意味なのだ。

父方の農場を頻繁に訪れた少年時代も遠くなり、なんらかの理由で往き来がなくなっていたフューエルフォンテインの農場。仕方なく南アへ舞いもどってきたジョンは『サマータイム』のマルゴの章でこう述べる。

この国で僕にどんな未来がある？　上手く適応できたためしがないこの国で？　きっぱり縁

を切ったほうがよかったのかもしれないよ、やっぱり。愛するものから自分を切り離して自由になり、その傷が癒えるのを待つ。

少年期には自分が死んだらここに埋めてほしい、それがかなわぬなら荼毘にふしてここに撒いてほしいと思ったカルーへの愛を、アメリカから帰国したジョンが深いメランコリーとともに、歴史的事実と絡めて語るシーンだ。これは作家がすでにオーストラリアへ移り住んだあとに書かれたものであることに注意したい。南アフリカという土地へのクッツェーの距離の取り方が非常によく出ている部分なのだ。マルゴとジョンがエンストしたピックアップ内で一夜をすごして、曙光に包まれて姿をあらわすカルーを描く場面は、マルゴという心根の優しい女性の口を借りて、この土地への思いが光とともにこぼれ落ちて美しい。

あるインタビューでクッツェーは「人は人生において心から愛せる風景は一つしかないと思う。多くの地理地形をすばらしいと思い楽しむことはできても、直感的に愛することができるのは一つの風景だけだ」と述べている。ロンドン郊外のサレーの森を散策しても、テキサスの広い丘陵を歩きまわっても、思いだされるのはカルーの広漠とした風景だったという作家にとって「心から愛せる風景」はカルー以外にないのだろう。乾いた赤土の広がるカルーの風景は、ジョン・クッツェーという人間の心の拠り所であり、原風景なのだ。そんな土地を「愛しすぎない」とはどういうことか。

南アのアパルトヘイト体制は一九九四年の五月、多くの人が待ち焦がれた全人種参加の総選挙によってネルソン・マンデラが大統領になり、完全撤廃された。体制は変わったが、経済格差の問題や住宅問題は期待に反してあまり改善されなかった。クッツェーが望んだ変化は、短篇「ニートフェルローレン」にも描かれているように、残念な結果に向かったといわざるをえない。あまりにユートピア的な解放を望んでいたクッツェーの思想については、ソフィーの口を借りて『サマータイム』のなかでも縦横に語られている。

クッツェーがオーストラリアへの移住を考えるようになったのは、アデレードを初めて訪れた九〇年代初めから半ばにかけてだという。実際に移住した時期が政権党ANCからの『恥辱』をめぐる批判と重なったためにスキャンダラスなほど話題になったが、直接の関係はない。「懐かしい場所をうろつき、永遠に失われたものを嘆きながら」日々を送るよりは立ち去ったほうがいいと考え、ケープタウン大学を退職後、二〇〇二年にアデレードへ移り住んだ。そう考えれば、オーストラリアへ移ったあと彼が何度も口にしてきた「わたしは南アフリカからそれほど遠く離れたわけではない」という発言の真意も理解できる。

辺境から世界を見る

クッツェーが作品を出版するときの、辺境とメトロポリスをめぐる立ち位置は単純ではない。単純ではないどころか、近年は言語と翻訳の問題を含めて非常に重要な意味をもち、それを身振りで示すようになっている。

初作『ダスクランズ』を英米の出版社から出す計画がすべて挫折し、南ア国内の名のある出版社からも断られて、最終的には同僚ジョナサン・クルーの強い推薦に助けられて、ヨハネスブルグのレイバンというキリスト教系の出版社から出すことになった。反体制を打ちだす、勇気ある新進気鋭の出版社だった。喜びながらもクッツェーは、文芸書にはあまり縁のない宗教色の強い出版社であることに驚いた。

一九六一年に南アフリカ連邦から南アフリカ共和国になり、コモンウェルスを脱退したこの国には、独自の辺境的な位置から国民文学を確立すべきだという機運があり、そこには従来の植民地白人文学の内部に閉じこもる感情と、それに対抗する政治的動機に裏打ちされた国民文化を奉じる傾向が見られた。クッツェーはそのいずれにも反発する姿勢を見せた。作家として、あるレッテルを貼られることを強く警戒し、作品がどのような文脈で出版されるかについても非常に慎重だった。書評家や各賞の審査員の権威づけも、必要とあらば回避しなければならないと考えて、意に反する結果を招かないよう、インタビューを受けるための高度な技術を磨きあげた。

この態度は、欧米のメトロポリスの出版界やジャーナリズムおよび外部の読者が、アパルトヘイト体制内から出てくる文学に、南アの政治状況を外部世界に「解説」する役割を期待したことにも関係する。国内においてクッツェーは、良くいってコスモポリタンなモダニズム文学を継承する作家、悪くいえば政治に無関心な反民族主義的作家と見なされた。彼が「南アフリカ文学の作家」といわれることを避けた理由は、メトロポリスと辺境をめぐる「英語圏文学」内の複雑なコンテクスト抜きには語れないのだ。

次々と文学賞を受賞して世界的な知名度を獲得した『蛮族を待ちながら』以降、彼の作品はまずイギリスで出版され、約一年後にアメリカで、という形が定着するが、義に厚いクッツェーは初作を出したレイバン社に南部アフリカ地域内で独自版を出す権利をあたえつづけた。この体勢は『敵あるいはフォー』まで続いたが、レイバンが文芸書から手を引いた時点で終わった。

ノーベル賞受賞後はだれもが「世界文学」の作家と認めるようになったものの、この作家の出発点には、どのような作家として位置づけられるかをめぐる作家自身の強い意志と、どう売るかという出版社側との微妙かつ複雑なせめぎあいがあったのだ。クッツェーが最初から、いわゆる国や民族の境界を越えることを決意していたのは明らかだ。それをいま解きほぐしてみることは無意味ではない。それは「世界文学」なる語が喧伝されてグローバリズムが吹き荒れる時代に、日本語という「辺境的な」言語のなかにクッツェー作品を投げこむことの意味を照らしだし、文学における辺境と中心の関係を明らかにすることに繫がるからだ。

クッツェーの初期作品は、数学の論理に強く牽引された作風を示している。たとえば『ダスクランズ』の第一部と第二部の細部にわたる響き合いは、三次元の座標軸上で図形を回転移動させるさまを連想させる。前半と後半の関係についてクッツェーは「アイディアのレベルで関係があるが、それ以外での関係はゆるやか」だと述べているが、二つのピースには用語上の緊密なクロス・レファランスが存在する。時代的に二百年の隔たりをもち、地理的にアメリカ合州国とヴェトナム、ヨーロッパと南部アフリカ、という帝国と辺境の組み合わせをもつ二つのテクストを結ぶ糸が「クッツェー」という名前だったりする。

しかし、この初作について作者は二〇〇九年の『サマータイム』で登場人物ジュリアにこう語らせて、まったく異なる光をあてる。

一つの作品として『ダスクランズ』を見るとき、情熱が不足しているというつもりはありませんが、その背後にある情熱は曖昧です。わたしはそれを残虐性についての本として、征服の諸形態にまつわる残虐性を暴露する本として読みました。しかしその残虐性の具体的な出所はどこにあったか？　いまとなって見れば、その出所は作者自身に内在するものだったと思えるのです。この本についてわたしに提示できる最良の解釈は、それを書くことが自己管理されたセラピーとなるプロジェクトだったということです。それは私たちの時代、彼とわたしがともに生きた時代に、一定の光を投げかけることになります。

『ダスクランズ』を出した年にクッツェーはヴェジタリアンになった。それ以来、作者自身に内在する残虐性は徹底して作品内に叩きこまれることになっていった。ジュリアとジョンが「ともに生きた」七〇年代の南アフリカはイデオロギー的には破綻寸前の状態にありながら、検閲制度は極めて厳しい時代だった。検閲制度下で書くとは「愛していない人物とひどく親しくなることのようだ。親しくなりたくないのに、身体を押しつけてくる人物と」と作家自身も述べているが、それは『サマータイム』冒頭のノートブックが示すように、猜疑心と激しい抑圧を内面化することでもあったのだ。

ソフィーとのインタビューに出てくる『その国の奥で』は一九七七年に出版された二作目で、

「1」から「266」まで番号が打たれた断章から構成され、個別のシーンが映画のモンタージュ風に連なっている。舞台は南アフリカ奥地の農場、隔絶された環境内の語り手マグダの想像と現実の出来事が交錯する。この実験的な作品が検閲委員会で厳しい審査を受けた。これについては次章の「発禁をまぬがれた小説」で詳述するが、通常なら一人の検閲官が担当するところを、三人の検閲官が精読し審査する異例の扱いを受けたのだ。問題はレイプと異人種間の性交場面。異人種間の結婚は当時「雑婚禁止法」により、異人種間性交もまた「背徳法」により禁じられていた（とはいえ白人男性の異人種間性行為は特例扱いだったことは強調しておきたい）。検閲官は三人三様の報告書を提出した。当時の南アでは発禁書をもつことは「名誉のバッジ」だったと、のちにクッツェーはやや皮肉をこめて語っているが、最終的にこの作品は読者がインテリ層に限られ、一般社会への影響はあまりないことを理由に発禁にはならなかった。

この作品は映画技法としてのモンタージュに目を奪われがちだが、よく読むと、いたるところに「メトロポリスと辺境」の対比が書きこまれている。辺境の農場に閉じこめられた者の憤怒と、こんな田舎で朽ちて終わるものかという強烈な意志と野心が刻まれているのだ。たとえば断章「9」の「時間」をめぐる主人公マグダのこんなつぶやき。

薄暗い廊下で時計が夜も昼も時を刻む。時計のネジをまいておくのはわたしの仕事で、週に一度、太陽と暦に倣ってそれを修正する。農場の時間は広い世界の時間とおなじ、わずかな一部でもちっぽけな部分でもない。わたしは断固として、盲目的で主観的な心の時間を、ほとばしる興奮と尾を引く懈怠もろとも押さえこむ。だからわたしの鼓動は、とくんとくんと都市文明の安定した一秒一拍を刻むだろう。そのうちだれか、まだ生まれてもいない学者が、時計のなかには野生世界を手なづけてきた器械があると認めることになるのだろう。でも、はたして彼にわかるだろうか？　涼しげな緑の、高天井の家のなかで午睡の時間にチャイムが鳴り、そこでは植民地の娘たちが横になり、目を閉じて、チャイムを数えている。その惨めさが彼にわかるだろうか？　この土地にはわたしのような、メランコリーに満ち満ちた未婚者がたくさんいる。歴史から見放されて、先祖の故郷に棲む鯉のような鈍色の気分で、銅製の器具をぴかぴかに磨きあげたり、広口瓶にジャムを詰めたりしている者が大勢いるのだ。私たちは幼いころに支配たくみな父親たちの甘言で、一生涯台なしにされて憤怒をためた処女なのだ。子供時代のレイプ——という幻想に宿る真実の核心を、だれか研究すればいいのに。（傍点引用者）

次の『蛮族を待ちながら』は架空の時代の何処《いずこ》とも知れぬ帝国の植民地という設定の、明らかに「メトロポリスと辺境」を描く作品だ。「架空」というところが南アの検閲制度をかいくぐる戦略だったのではないかと批評家たちは考えた。ところがなんと、書きはじめたときの舞台は「革命後」のケープタウンだったという。ロベン島はもはやネルソン・マンデラとその仲間が捕囚されている監獄ではなく、国連の救助船が白人難民を一時上陸させるための場所となっていた。これは「クッツェー・ペーパー」と呼ばれる初期草稿の研究によって明らかになったことで、作風はエミール・ゾラばりのリアリズム、緊張した性関係を描く暗い恋愛小説だったという。ソフィーの推測もあながち外れていたわけではないのだ。作品の主人公は、共和国最後の日々の喧噪に投げこまれたマノス・ミリスなるギリシア系南ア人で、難民センターの管理者であり、コンスタンティノープル陥落に関する本を書いている、いわゆる「世紀末小説」だ。しかし、この作品は途中で放棄されて、新たな設定で書きなおすためにクッツェーはモンゴルの歴史を徹底的に調べあげた。

この時期、南アで新たな政治的惨事が起きた。拘禁中の黒人意識運動の思想家スティーヴ・ビコが一九七七年九月十二日に拷問死したのだ。死因究明の審問が公開法廷で開かれたときのケープタイムズの詳細な記事を、クッツェーはいくつも保存していた。それがクッツェーが作品を新たな設定で書きなおした主要な動機だったといわれている。

「メトロポリスと辺境」については第四章の「北と南のパラダイム」でクッツェー自身の最近の発言を引用しながらさらに詳しく論じたい。

南アフリカの文学と政治

青年ジョンは「この国の土埃を足から振り払う」意気込みでロンドンに向かう船に乗る。一九六一年十二月、二十一歳のときだ。国外へ出るのは初めてだった。一九七一年に帰国するまでの約十年間、途中帰国をはさんで、自分が生まれて育った土地の外部に身を置きながら南アフリカのことを考えた。行った先では常に自分をよそ者であると痛感し、故郷の土地への愛着と社会政治体制への嫌悪という、両極に揺れる感情を抱きながらすごした。この時代についてふりかえりながら「あのころの自分がいかに方向性を失っていたか、それはどれほど強調してもしすぎることはない」と『ダブリング・ザ・ポイント』でクッツェーは述べている。これは彼の作品を理解するうえで重要な鍵だろう。

「ほとんど水難救助のように」一九六五年から移り住んだ米国では子供も二人生まれ、その子供たちにアパルトヘイト体制下の教育を受けさせたくない、と永住の道を必死で探ったが、当時の米国では「野獣の腹のなかに迷いこむよう」にヴェトナム戦争が泥沼化していった。「アフリカ文学の講義をするため招かれ」たニューヨーク州立大学バッファロー校で教えていたとき、学生たちの反戦運動が熱を帯びて、大学構内に警察が常駐する事態になった。警察の常駐や学生への処分に抗議して、学長（代理）への面会を求めて座りこんだ教師四十五人全員が逮捕される事件が起きて、そのなかにクッツェーもいた。一九七〇年三月のことだ。その結果、永住ヴィザを取得する努力は水泡に帰した。ヴィザの条件に「合州国を出て自国のためにアメリカでの教育を役立てる」ことが明記されていたこともあり、彼はやむなく南アへ帰国した。そこには「ある種の運命というか、危機のなかに留まる決意」もあった。

それ以後、初作『ダスクランズ』を出し、第二作『その国の奥で』を出し、ついに作家として認められるまでの約六年間を書いたのが『サマータイム』だ。これは作家J・M・クッツェーの「重要なのに無視されている」生成期を伝える作品であり、ハードカヴァー版『サマータイム』には当時の作家のプロフィール写真が使われている。妻フィリパが撮影したというその写真は顔半分が暗くて見えない。少年時代に下から光を当てて自分の顔写真を撮っていたクッツェーが、作家デビューしたころのポートレートとして使った写真だ。

米国から南アへ帰国せずに「脇へ身を引き」カナダや香港で英文学を教える道もあった。そんな選択をしていたらどうだったか。「アフリカ文学を教えられる教師」として一生を終えたかもしれない。その選択をせずに南アというあからさまな暴力社会に身を置き、いわば身を削るようにして書いてきたからこそ、あれほど強力な作品群が生まれたのだろう。しかし子供の教育からのみ考えるなら、その代償も大きかったかもしれない。これについては第五章の「『子供百科』と「イエスの三部作」」で詳述する。

作家クッツェーは一九八〇年発表の『蛮族を待ちながら』によって世界的な知名度を獲得し、一九八三年の『マイケル・K』でブッカー賞を受賞し、その後も『敵あるいはフォー』『鉄の時代』『ペテルブルグの文豪』『恥辱』と三、四年に一作の割合で着実に小説を発表しつづけた。一九九九年に『恥辱』でふたたびブッカー賞を受賞、ダブル受賞は賞の歴史はじまって以来のことだった。この時期、彼は米国のいくつかの大学で短期講座を教えながら基本的にケープタウンで暮らした。アパルトヘイト体制の厳しい検閲制度下で、体制が崩れていく激動の時期を、その土地で起きた出来事と向き合いながら書いた。この時代の作品にはどれも強い緊張感がみなぎって

いるのはそのためだろう。オーストラリアへ移住したのちに発表された作品と読みくらべると、作家みずからが作中人物に語らせるように、歴然とした違いがあるのだ。これはクッツェーが作品を創造する原動力をどこに置いていたかを示す重要なポイントだ。例外が『サマータイム』、洗練された技法でありながらオーストラリア移住後のものとしては作品強度が群を抜いているのは、南アで体験した出来事と彼自身の記憶をそのまま素材にしているからだろう。

『青年時代』には、六〇年代初頭のロンドンにいたジョンがヴェトコン、つまり南ヴェトナム解放民族戦線に共感して、中国で英語教師として役立ちたいと在英中国大使館に手紙を出すエピソードが出てくる。コンピュータ・プログラマーとして英国国防省の原子力兵器研究所の仕事に携わったことで「誤った側の」「軍拡競争に手を貸し、冷戦の共犯者となった」と述べながら、当時の反核デモには違和感も感じている。左翼思想に共感はするが、ハイスクール時代に軍事訓練をあの手この手で回避した人間はまた「群衆やスローガンをひどく嫌」い「命令への服従にはほとんど身体的な嫌悪感を示してしまう」のだ。

八〇年代後半、南ア国内だけでなく世界中で反アパルトヘイト運動が盛りあがりを見せた時代、解放運動に近い文学者たち、たとえばナディン・ゴーディマは「文学を闘争の武器とする」ANCの文化戦略を積極的に引き受けた。これはあらゆる手段を闘争のプロパガンダとして利用する戦略だった。みずからの原則に断固として忠実であろうとするクッツェーは、しかし、その文化戦略に対して、一九八七年十一月の「ウィークリー・メール・ブック・ウィーク」で「今日の南アフリカにおける小説と歴史」をめぐる根底的な疑義を公表した。物語はゴキブリとおなじくらい旧いのだとする「今日の小説」という一文が物議をかもした。これが、『マイケル・K』の書評でナディン・ゴーディマが、主人公には覇気がないと公然と批判する当時の南アにあって、まことにセンセーショナルな発言と受けとめられた。クッツェーは「強力なイデオロギー的圧力」のかかった「歴史の下に小説を包摂する」傾向を徹底批判し、「平常時は牧草地で草を食む二頭の雌牛のような関係の小説と歴史」がいまや、小説には「補足するか敵対するか」の二者択一しかなくなっているとして、小説の自立性を強く主張した。作家として、あるいは学者、教育者としてのクッツェーの、当時の政治、文化、解放運動、民族的アイデンティティに対するスタンスは、『サマータイム』の「マーティン」と「ソフィー」の章でおおむね明解に解説されている。

アパルトヘイト解放闘争に積極的に関わった南アのリベラルな白人は、たいがい南アフリカ共産党のメンバーかシンパであり、彼らが政権からどのような弾圧を受けたかは『少年時代』でも示唆されている。解放闘争はその流れのなかで展開された。東西冷戦の枠が崩れたことと軌を一にして、アパルトヘイトが撤廃へ舵を切ったのは偶然の一致ではないのだ。クッツェーは「もしも冷戦がなかったら、南アフリカの混乱全体はもっと早期に解決していたかもしれない。何十年ものあいだ、南アフリカの政治制度は、鉱物資源に富んだサハラ砂漠以南のアフリカへロシアが侵攻するのを防ぐための要塞代わりを務めていたのであって、合州国政府は代々そのシナリオに乗っかってきた」とアメリカ市民であるポール・オースターに書き送っている。南部アフリカの歴史や政治情勢をめぐるこの二人の作家の認識の差異は、現代世界のメトロポリスと辺境の力学をあざやかに浮かびあがらせるやりとりにもなっているのだ。

多言語世界で

作家J・M・クッツェーの第一言語は英語だ。母親が英語で子供を育てたためだ。教育も英語で受け、作品もみごとな英語で書く。それでも英語は「他者の言語」だったとこの作家は述べる。『サマータイム』をしあげたころ、クッツェーはポール・オースターへの手紙のなかで、「僕はジャック・デリダが母語について書いた薄い本『他者の単一言語主義』を愛読してきた」が、デリダがこの本で書いているのは「僕のこと」であり「僕と英語の関係のこと」ではないかと思った、と書き送っている。これはどういうことだろう。

複数の言語が飛び交う社会内でクッツェーは長年生きてきた。アパルトヘイト時代の南アフリカではヨーロッパ系白人は人口の二〇パーセントにすぎず、現在はさらに少ない。彼らの言語は初期にオランダ系移民が持ちこんだオランダ語が変化したアフリカーンス語と、十九世紀以降勢力を伸ばしたイギリス系移民の英語に大別される。ヨーロッパからの移民はオランダやイギリスのほか、ドイツ、ギリシア、フランス、ポルトガル、ポーランドなど東欧圏やバルト三国など広く各地からやってきた。オランダ、イギリスが植民地としたマラヤ、バタビア（インドネシア）、セイロン（スリランカ）、南インドなどから奴隷として輸入された人たちの子孫も暮らしている。中国人もいる。年季奉公で働きにきたインド系もいれば、「ブッシュマン」や「ホッテントット」の蔑称で呼ばれた先住民の女性とヨーロッパ人男性の混血に始まるグリクワの人びとなど、何世代にもわたる混血が進み、受け継ぐ文化も混じり合っていた。

「人種」なる概念を「創造」したヨーロッパ近代思想を支えにして、それを合法的搾取制度のなかに組みこんだアパルトヘイト体制下で、為政者は「カラード」というカテゴリーを設けて、ヨーロッパ系白人にもバンツー系黒人《ネイティヴ》にも入らない人たちをすべてそこに含めた。「ソフィー」の章でも出てくるように、クッツェーが「あたうるかぎりその使用を回避し」たこの「カラード」という語を使うときは要注意で、バンツー系の黒人を指すわけではない。彼らの言語は基本的にアフリカーンス語だ。ケープ州はこのアフリカーンス語話者が非常に多い。もちろん南ア全体で見るなら、ズールー語、コーサ語、ヴェンダ語、ツワナ語、ソト語、北ソト語、ンデベレ語、といったバンツー系言語を母語とする人たちが国民の多数を占めている。

ジョン・クッツェーの父母はおおよそアフリカーンスの家系ではあったが、母方の曾祖父バルタザール・ドゥ・ビールがポメラニアの村（現ポーランド）出身のドイツ系宣教師として南部アフリカへやってきたことを少年ジョンは母親ヴェラから聞かされて育った。ところが、この曾祖父はドイツ人ではなくポーランド人として生まれていたことが二十一世紀になって判明した。これについては第五章「ヘンドリック・ヴィットボーイの日記」で詳述する。『少年時代』には、その娘アニーが父親の書いた本をドイツ語からアフリカーンス語に訳して売り歩いた話が出てくる。だが宣教のため渡米中にイリノイ州で生まれたルイザ（作中ではマリー）は生涯アフリカーナ文化への嫌悪感を抱きながら、子供たちにはローランド、ウィニフレッド、エレン、ヴェラ、ノーマン、ランスロットとイギリス風の名前をつけて英語で育てた。夫はアフリカーナでユニオンデール地区の国民党創設者だったというから、ジョンが生まれるかなり前に他界したこの母方の祖母は、なかなかの人物だったようだ。

父方の家系は旧くは十七世紀に移民したオランダ人の系譜までさかのぼることができる。一介の行商人から始まり農園主になった祖父ヘリットはイギリスびいきのアフリカーナだったが、婚姻関係をさかのぼると母方の系譜には英名も見られるため、ジョン・クッツェーの祖先にはイギリス系が含まれていると勘違いした表現が事典類にもいまだに見られるが、作家自身は「わたしにはイギリス人の血は一滴も流れていない」と何度も明言している。植民地社会というのは混成社会であって、父系の名前だけから決めつけるわけにはいかないのだ。それだけでも、アフリカーナ民族主義の「純血」なる概念がアメリカ合州国の白人至上主義に似て、いかに歴史的フィクションであったかがわかるだろう。

クッツェーの父方の親族内の言語は英語混じりのアフリカーンス語で、農場を訪れた少年ジョンはその雰囲気を「貪るように吸いこむ。彼が好きなのはこのおかしな、踊るような言語、文中のあちこちで不変化詞がするりと脱落する言語」だったと書いている。アメリカやイギリスの漫画を好んで読み、映画館ではスクリーンにユニオン・ジャックがひるがえると起立した少年にとって、それでもアフリカーンス語は「話すときは、人生のさまざまに絡みあった要素が突然はがれ落ちて」いく言語であり「どこへでも彼に付着してくる目に見えない包み紙のようなもの」であり「そのなかに自由自在に入りこみ、即座に別人になれる。より単純で、より朗らかで、より足取りの軽い人物になれる」言語なのだ。ロンドン時代にもまた、南アの田舎からやってきた従姉妹と会って「アフリカーンス語を話すのは数年ぶりだが、まるで温かい風呂の湯に滑りこむようにすぐにリラックスできる」と感じる。親族、縁者たちと話をするときのアフリカーンス語は、大嫌いなアフリカーナ民族主義が教育現場で押しつけようとした言語でありながら、ジョン・クッツェーという人間のオリジンに深く組みこまれた言語でもあったのだ。その言語への侮蔑を少年は許さない。

「イギリス人のことで落胆すること、真似はしまいと思うこと、それはアフリカーンス語に対する軽蔑だ。彼らが眉を吊りあげて横柄にもアフリカーンス語のことばを間違えて発音するとき（……）彼らとは距離を置く――彼らは間違っている、間違いよりもはるかに悪い、滑稽だ。彼としては譲歩しない、たとえイギリス人に囲まれていても。アフリカーンス語のことばを、本来口にされるべき音で、固い子音も難しい母音もすべて発音し分ける」と決意する。「クッツェー」という名のオリジナルの（オランダ語風の）発音に、この作家があくまでこだわる理由がこれでわかるだろう。とはいえ、青年時代にロンドンの街中で従姉妹の友人が大声でこの言語を話すと「もう少し低い声で話せばいいのにと思う。この国でアフリカーンス語を話すのはナチスの言語を話すようなものだといってやりたくなる」と考える。『サマータイム』のなかでもソフィーが、彼は「アフリカーンス語で書いているわけではな」いが「アフリカーンス語の尊厳への侮蔑だと思えるものに対しては（……）むかっ腹を立て」たと述べている。これがジョン・クッツェーのアフリカーンス語への屈折した姿勢だ。六十八歳のときに『伝記』を書くことを許諾した相手がアフリカーンス語作家であったことは偶然ではないのだ。

クッツェーはオースティン時代、オランダ語を集中的に学んだ。それを生かして早い時期からオランダ語の小説や詩を英訳している。『青年時代』でもオランダ語のほかに、この言語に近いドイツ語への親近感を随所で述べている。カレッジ時代にラテン語を徹底的にやったこと、残念ながらギリシア語がカリキュラムにはなかったこと、憧れのフランス語や、パウンドの本に出てくる中国語を短期集中的に独習したがものにならなかったこと、スペイン語にはフランス語のようにサイレントの文字がないので助かるといったことが『青年時代』には出てくる。

クッツェーのほとんどの作品に描かれているのは基本的に多言語社会だ。そこには多様な言語を背景に生きる人たちが登場する。自伝的三部作のなかでは『サマータイム』にその傾向がもっとも強く、それぞれの登場人物の背景に複数の言語が透かし見える。ジュリアはソンバトヘイ（現ハンガリー西部の都市で、時代によってさまざまな呼称をもつ）出身のユダヤ人宝石研磨工の子であり、本来の名前はユリア・キシュ、いや、キシュ・ユリアだ。その父母の生涯にはドイツ語、マジャール語、イディッシュ語などの奥深い世界が広がっている。マルゴはアフリカーンス語が母語だが、妹キャロルはドイツ人と結婚している。ブラジルからアンゴラへ政治亡命し、さらに難民としてケープタウンにたどりついたアドリアーナの母語はブラジル・ポルトガル語で、インタビューは通訳を通して行なわれる。ソフィーはフランス語が母語だ。

クッツェーが最初にオランダ語から英訳した作品はマルセルス・エマンツの『死後に発表する告白』で、翻訳にとりかかったのはバッファローで教えはじめた一九六八年だ。なぜ翻訳をしたのか、というカンネメイヤーの問いにクッツェーは、エマンツの属する自然主義の潮流――ゾラやハーディ――に興味があったなどいくつかの理由をあげているが、カンネメイヤーは『ダスクランズ』の第一部の結び「いったいだれの落ち度が僕なのか」を引用して、エマンツ作品の主人公、愛なき結婚から生まれたテルメールのなかに、クッツェーが自分の生い立ちとの漠然とした類似を認めたのではないかと推察している。死後に残るテクストというのは『鉄の時代』で使われる形式だが、いずれも作者の死後に生き残る文書の存在が強烈に意識される作品だ。

クッツェーにはアフリカーンス語からの訳書もある。ウィルマ・ストッケンストロームの『バオバブの木への遠征』だ。原著は一九八一年刊、クッツェーによる英訳は『マイケル・K』とおなじ一九八三年に刊行されている。著作と翻訳が同時進行的に進んでいたのだ。マイケルが洞穴のような住処を作って暮らそうとする場面と、アフリカ遠征隊で生き残った奴隷女性がバオバブの木のうろに住み着く話は感覚的に共通するものがありそうで興味深い。

クッツェーは第一作『ダスクランズ』から翻訳を作品内に組みこんできた作家だ。第二部「ヤコブス・クッツェーの物語」の「物語」本文はオランダ語からの英訳、学者の「後記」はアフリカーンス語からの英訳、補遺の証言文書はオランダ語からの英訳という設定だ。翻訳という行為を、複数の言語によってテクストとテクストの関係を繋いだり剝がしたりする手段として使ってきたのだ。その結果、作品内に、作家という絶対的に優位な位置からテクストを編みだす行為そのものを相対化する視点が組みこまれる。この傾向は後期作品になるほど顕著になる。初作から約四十年後に書いた「イエスの三部作」も「翻訳」で、デビュー作へ発展的に回帰したと考えるべきなのだろうか。

二〇〇九年の『サマータイム』に見られる多言語を意識的に重ね合わせて書きこむ姿勢は、二〇一三年の『イエスの幼子時代』に始まる「イエスの三部作」でさらに顕著になった。学習されたスペイン語社会で展開される物語の英訳という設定になっているのだ。この「イエスの三部作」内に重要なテクストとして『ドン・キホーテ』が出てくるが、かつてCBCのインタビューで、絶海の孤島に流されるとして本を三冊持参できるとしたらなにを選ぶか、という問いにこの作家は『イーリアス』と『ドン・キホーテ』をあげていた。ミゲル・デ・セルバンテスの超大作『ドン・キホーテ』には、ムーア人の歴史家シデ・ハメテ・ベネンヘリの著作をアラビア語からスペイン語へ翻訳した作品というメタフィクション的設定が含まれている。

翻訳という網をくぐった設定で書かれる英語作品が無国籍ふうの英語になるのは当然かもしれない。ピーター・マクドナルドがオクスフォード大学の「偉大な作家」シリーズで語るように、ここでもまた「クッツェーを読むことは、英語が話されているもう一つ別の国を訪れる」ことになっていくのだ。

移り住む

クッツェーは二〇〇二年に長年住み暮らしたケープタウンからオーストラリアのアデレードへ引っ越した。そして、ケープタウン時代とは打って変わって「ディナー・パーティでも客に対して大きな身振りを交えて冗談を」いう人間になったという。南アでは手を出さなかった庭作りにも精を出すようになった。相変わらず自転車で遠出をし、おびただしいメールにも丁寧に応答し、一日の日課を変えることはない。しかし彼は移民先のオーストラリアという土地の社会や言語について、さらに深く考えるようにもなった。ポール・オースターとの往復書簡集『ヒア・アンド・ナウ』でクッツェーはこう書く。

オーストラリアは――その領域内で数多くのアボリジナル言語がいまも生き延びている事実があるにもかかわらず、一九四五年以降、南部ヨーロッパやアジアからの大量移民を奨励してきた事実があるにもかかわらず――僕が生まれた南アフリカよりはるかに「イングリッシュ」だ。オーストラリアでは公的生活はモノリンガルなんだ。さらに重要なのは、現実との関わりがだれの目から見ても疑問の余地のないやり方で、単一言語、つまり英語を仲立ちに成立している。

おなじ南半球の旧イギリス植民地でも、彼が生まれ暮らしたケープタウンと移住先のアデレードの社会のありようがまったく異なるというのだ。さまざまな文化や言語を背景にした人びとが通うケープタウン大学で長年教師をしてきた人間が、オーストラリアの単一言語主義の生活に感じる強い違和感は、フランスからの移民である主人公やクロアチアからの移民である介護士一家が登場する『遅い男』にも書きこまれている。二〇〇七年の『厄年日記』の主人公は「フアン」とジョンのスペイン語読みをあて、フィリピン系の移民が登場したりする。そこに描かれるのはいわゆる「ニューカマー」だ。オーストラリア社会を「これほど英語にどっぷり浸かった環境」と呼び、そこで「暮らすことが僕におよぼす影響はひどく特異なものになってきた。つまりそれは僕自身と、僕がおおまかにアングロ的世界観《ヴェルトアンシャウウング》と呼ぶものとのあいだに懐疑的距離を作りだし、その世界観に組みこまれたテンプレートの枠内で人がどう思考し、どう感じ、どのように他の人たちと関係を結ぶかといった点で、その距離は広がるばかりだ」とオースターへ書き送ることになっていった。

そして二〇一三年の『イエスの幼子時代』にいたっては登場人物は難民となり、舞台は時代を超越した輪廻的な架空空間となる。そこではだれもが記憶を消され、あらたに学習したスペイン語を使う。いまや世界の全地域を取りこむ勢いのグローバル経済のツール＝英語という言語そのものを、クッツェーは英語で書かれた作品内部で剝離させてみせた。ある意味、これは「愛着のある土地」から自分を切り離した者に初めて見える地平なのかもしれない。

一方、オースターとの『往復書簡集』のなかでクッツェーは、オーストラリアへ移動してからひどい不眠症に悩まされ、連続して四時間熟睡できれば至福だ、とも述べている。タイムラグは不眠症の大敵であるにもかかわらず、国境や言語を越えて文学によって繫がる共同体を求めて、彼は講演や朗読のために世界中を駆けまわる。それでいて「奇妙なことに、僕はオーストラリアより西ヨーロッパにいるほうが寝つきがいい。そこは偶然ながら僕の生まれた南アフリカとおなじ時間帯だ（……）ひょっとすると、九年も住んだあとでも、僕の生物的有機体は対蹠地には適応しないということかもしれない」と吐露する。生物としての人間の個体は細胞レベルで記憶するものがあるのかもしれない。

この時期からクッツェーは北のメトロポリスを介さずに南部アフリカとオーストラリア、ニュージーランド、そして南アメリカ諸国を横につなぐ「南の文学」構想を立ちあげて、目覚ましい活躍をすることになるのだけれど、それについては第三章の「文体と文学論」や第四章の「北と南のパラダイム」で詳述することにしよう。

南アフリカ一国内で見ると「政治嫌い」のレッテルを貼られそうなクッツェーだが、ノーベル文学賞受賞後は求められる仕事を誠実に、積極的にこなそうとする姿勢が見られる。たとえば二〇〇五年に非営利出版社「オーク・トゥリー・プレス」の創設を支援し、そこからあがった利益をエイズ関連の子供たちの援助にまわす活動を始めた。二〇〇八年には中国政府のチベットへの軍事行動に抗議する二十六人のノーベル賞受賞者に名を連ね、二〇一〇年にはノーベル平和賞受賞者である中国の作家、劉暁波の釈放キャンペーンのため彼の詩を朗読する動画をネット上で公開し、また南アの「情報保護法案」への反対をいち早く表明した。二〇一二年にはエルサレム国際作家祭に招かれたが和平交渉が再開されないうちは参加しないと述べ、二〇一四年のソチ冬季オリンピックに際してはプーチン大統領宛の「反同性愛プロパガンダ法」に抗議する手紙に署名、さらに二〇二一年四月には獄中のロシア反体制活動家アレクセイ・ナヴァリヌイが適切な医療ケアを受けられるよう請願する手紙に署名している。また動物の生命をめぐる議論に加わるために欧州議会に立候補しようとしたこともあったが、EU諸国内に居住していることが立候補の条件だったために、これはかなわなかった。この間、彼はオーストラリアを根拠地とする動物保護団体「ヴォイスレス」の支援者となって積極的に活動している。

告白と贖罪

三十代のジョン・クッツェーと恋愛関係にあった人妻ジュリアはその後セラピストとなってカナダに住んでいる。心理分析の専門家として記憶のなかのジョン・クッツェーを分析しながら、当時のクッツェーの「人生をかけるプロジェクトは穏やかであること《ジェントル》」だったと述べる。『ダスクランズ』が「出たころ、ジョンはわたしにヴェジタリアンになると宣言しました（……）ヴェジタリアンへの移行は自己改造という、より大きなプロジェクトの一部であるとわたしは解釈しました。彼は自分の生活のあらゆる場で残虐かつ暴力的な衝動を封じこめると強く決意したのです（……）封じこめた暴力的な衝動を書くことのなかに投入した、その結果、彼にとって書くことは終わりなき、カタルシスを求める修行となって」いったと語る。これはいうならば作家の自己分析であり、クッツェーという作家の作品行為の核となる思想をあらわしている。この姿勢は『少年時代』にもくりかえし描かれる短気で頑固な内向的性格や、幼いころから暴力に満ちた社会（アフリカーンス少年たちの粗暴さ、学校教師が生徒に使う鞭、男なら十歳前後で銃を手にして狩猟に出かける農場の生活、徴兵制度のある社会）で自己形成したクッツェー自身に内在する残虐性への対処法として編みだされたともいえる。そもそも旧植民地の白人社会（そして社会全体）には、宗主国から乗りこんでいった人間が「文明」の名において先住民を虐殺、屈服させて成立した歴史が埋めこまれ、それが過ちであったと気づいた（気づかない）人間の恐怖、不安が染みついているのだ。

クッツェーは南アフリカという情報統制された社会の外部へ出ることによって——書物によっ

て、実際にイギリスやアメリカで暮らすことによって――そのありようを徹底的に批判する目を養った。六〇年代初めにロンドンで田舎者として暮らした時間によって、それは鍛えられもした。『サマータイム』だけを見ると、複数の声が語る苛烈なことばがジョン・クッツェーという作家の三十代を描きだすフィクションだが、三部作を通して読むと、この部分が『少年時代』や『青年時代』の主人公の思考や行動を分析し、補完し、人間クッツェーの全体像を多面的に描きだす部分であることがわかる。もちろん個別に読んでもそれぞれ十分に楽しめる作品であることはいうまでもない。

それにしても『サマータイム』がなぜこういう仕掛けめいた書き方になったのか、という疑問は残る。いったん自分を死んだ作家にし、他者の目からどう見えていたかを探り、突き放して描きだそうとする姿勢はどこからくるのか。この手法には、一作ごとにだれもやっていないことをやる、というみずからに課した条件を満たすだけでなく、他者が語ることで装われる客観性という利点がある。それはまた根っから「ふりをすること」が苦手な人間の滑稽さを活写する方法としても有効だ。しかし、さえない父親とぱっとしない息子が廃屋に住むというフィクションによってクッツェーが書きたかった本音は、五つの語りを挟みこむ「ノートブック」に秘められているのではないか。『少年時代』や『青年時代』のように三人称単数で語られるこの部分は極めて政治的かつ個人的なもので、まるでインタビュアーが五人の語り手にあびせる数々の疑問に間接的に応答しているようにも見える。その底には、ある種の個人的贖罪の低い響きさえ感じられるのだ。

どうやら『サマータイム』の隠し味はこのノートブックに、とりわけ最後の「日付のない断章」にありそうだ。その一つが教育者の職務について述べる箇所だ。母親がわずか一年だが大学へ通ったときに学んだ教育理論――ふと脳裏に浮かぶモンテッソーリ、シュタイナー――によって育てられた少年は、みんなと違うという疎外感を抱えながら、カルヴァン主義者の教育理論が提唱する「型に嵌める教育」に抵抗しつづけた。子供にみずからの希望を託す母親は「教育者の職務として、別の理想を選び取」り「その理想をなんとか自分の子供たちに刻印」しようとした。だが、その期待が息子たちにとっていかに重たかったかは容易に想像がつく。そんなに強く愛されても、それとおなじ強さで母親を愛することはできない、これは罠だ、と少年の憤懣はつのるばかりだった。がしかし、みずからも親になり、ときが経ち、教師であった母親が「教育者の職務とは子供の生得の才能を見抜いて育てることであり、才能はその子が生まれながらにもっているもの、その子の個性となるもの」と信じて育てたゆえに現在の自分があることを再認識するときが訪れる。最近の彼の教育論を聞いていると、母親が自分を育てた理論に従って亡き息子を育てなおす試みを新作内でやっているのではないかと考えてみたくなる瞬間があるほどだ。

一方、父親は他人に気に入られたいあまり、自分を律することのできないふがいない人間だと息子の目には映った。そんな父親に少年は嫌悪感を隠さず、青年時代も自分は父親のようにだけはなるまいとロンドンで歯を食いしばる。その強固な感覚がふっと緩んだとき、作家自身もまた二人の子供の父親として分厚い壁にぶちあたり「自分は家庭向きの人間ではない」と吐露するとき、いまは亡き父親の姿に別の光があたったのではないか。プラムステッドの借家で日曜ごとにくり広げられたテバルディ好きの父親とバッハ好きの息子のたたかい。テバルディのレコードにジョンは思い切り傷をつけたことを告白する一件はなにを語るのか。いま晩年が間近に迫り、これまでの人生を回顧するとき、若いころ父親に感じていた軽蔑や嫌悪の記憶とそれなりの和解の方法が必要になったのだろうか。父親と息子の関係を再度、作品内に書きこむことが人生の残り時間になすべき贖罪の一つだと考えたのだろうか。父親が咽喉ガンの手術をして帰宅した場面で、父親を見捨てて作家としての道を進むしかない、と述べる最終部は胸に迫る。日々謝ってきたのは幼いころカルーの農場でマルゴらと遊びながら殺したカマキリに対してだけではなかったのだ。

真実というイデア

『サマータイム』は、いってみればクッツェーという作家が死後残したノートを使い、作家が生前に親しかった知人友人にインタビューして書かれる伝記のメイキング本だ。ペーパー類をすべて記録のために保管する「記録魔」クッツェーは『サマータイム』が出版された二年後に、一九五六年にまでさかのぼるみずからの私文書、草稿類の入ったダンボール箱一五五個分をオースティンのランサム・センター——彼自身がベケットの初期草稿を発見した場所——にすべて譲渡した。譲渡額は一五〇万ドル。それ以来、クッツェーという作家の背景を伝える文書類、作品の生成現場にだれもがアクセスできるようになった。プライベートな手紙類は作家の死後に公開する契約だという。ここまで人間ジョン・クッツェーと作家J・M・クッツェーの記録文書を完璧に残そうとする姿勢はどこからくるのだろう。

思えば、この自伝的三部作はクッツェーという人間の生い立ち、家族関係、自己形成期、作家J・M・クッツェーが誕生した歴史的背景の舞台裏をみずから伝える作品であり、そこにはフィクション化された「他者による自伝」という形式によって初めて描くことができる(と作家が考える)真実が詰まっている。それは自伝とフィクションの揺らぎのなかに感知される真実といえるだろう。

クッツェー作品は無批判に登場人物とその行動に自分を重ね、共感してストーリーを読み、消費することをなかなか許さない。明晰かつ簡潔な強いことばの物語を一気に読ませながら、読者の側に知らず知らず自省へ誘う契機を手渡すからだ。手渡された側の内部には、他者との関係や、歴史や土地をめぐる、みずからの立ち位置を見なおす沈黙がかもしだされていく。すぐれたクッツェー研究者でケープタウン大学のジョン・クッツェーの元同僚でもあったキャロル・クラークソンが著書『カウンターヴォイス』のなかで分析するように、そんな批評空間へのきっかけを文章内に埋めこむ作家、それがクッツェーなのだ。「クッツェーを読むこと」は、水面は穏やかだが水中には激烈な暗流が潜む海を泳ぐようなもの、といわれるのはそのためかもしれない。

ピーター・マクドナルドは「偉大な作家」シリーズで『敵あるいはフォー』と『恥辱』を取りあげ、『恥辱』の書きだしに焦点をあてる。セックスの問題を上手く解決してきたはずの主人公デイヴィッド・ルーリーが直面する問題は、セックスの問題を上手く解決できなかったことではなく、セックスを解決すべき問題だと考えたこと自体にあり、作中でそれが次第に明らかになっていくのだと論じた。『恥辱』という作品で読者が立ち会わされるのは、問題の立て方が崩壊し、動物をモノと見立てた近代ヨーロッパの合理主義そのものの残虐性が問われるシーンだ。クッツェー作品に見られる顕著な傾向、それはマゾヒズムや自虐ではなく、ヨーロッパ的伝統によって整然と理解される言語内で、とりわけ植民地化とそれがもたらした現実のなかで次々と頭をもたげる矛盾と疑問、そして真実を求める徹底した省察と自己検証なのだ。その意味で、『サマータイム』のような手法を編みだした作家の内的衝動は、『ダブリング・ザ・ポイント』の最後に出てくる次の発言に照らして考えてみることができるだろう。

真実がわたしの利益にならないかもしれないときに、なぜわたし自身の真実について関心をもたなければならないか？　それに対して、わたしはプラトン的な答えを提出しつづけます、つまり、われわれは真実というイデアをもって生まれついているからだと。

ナカグロ詩人

肩書きは「翻訳家・詩人」としてきた。「・」は編集用語で「ナカグロ」と呼ばれるから「ホンヤクカ、ナカグロ、シジン」だ。ところが、ある新聞に半年間、週に一度コラムを書くことになったとき、肩書きは一つに絞ってくださいといわれて、やむなく「翻訳家」とした。

最初は詩を書いていたのだ。最初の詩集『風のなかの記憶』は三人目の子供が生まれる前月の一九八一年六月に出した。その三年後に藤本和子さんに跋文を書いていただいたのが第二詩集『山羊にひかれて』だった。初めての訳書が出たのはそれから五年後だから、順序としては「詩人・翻訳家」でもいいはずだった。でも、いまや訳書のほうがダントツに多い。だから「翻訳家・詩人」でいいのだと思っている。

吟遊詩人、抒情詩人、桂冠詩人など、「詩人」の前にはいろんな修飾語がつく。「でもさ、ナカグロ詩人ってのは初めて聞くなあ、ケッサク、笑える！」と仲間にからかわれたのは、三冊目の詩集『愛のスクラップブック』を出したころだ。バブル期の余韻が感じられる、いまとなってはちょっと気恥ずかしいタイトルだが、いまはなき詩人の長田弘氏から「サンドラ・シスネロスの翻訳者に」とご指名いただいたのはこの詩集のおかげだった。

翻訳にかまけていたナカグロ詩人がひさびさに出した詩集『記憶のゆきを踏んで』(二〇一四年)には、タイトルと同名の詩がある。翻訳をめぐる詩になったのはJ・M・クッツェーの自伝的三部作『サマータイム・青年時代・少年時代』を初訳、改訳している最中だったからだ。

いま生きている
作家自身が望むなら
その改稿とひきくらべ
いま生きている
翻訳者が共感をもって
木肌美しいことばの戸棚
しあげるために
ばかばかしいほどの愛をそそいで
記憶とことばに鑿をうつ

翻訳には戸棚職人が使うハンドブックが一冊あればいい、あとは実践あるのみ——と論じて翻訳もやるクッツェーの主張には、想定がヨーロッパ言語間という限界が感じられるものの、ある真実がこめられている。翻訳理論というのは作業中はほとんど役に立たず、むしろ足を引っ張るものだからだ。それに翻訳論とは、いってみれば比較言語論、比較文化論にならざるをえず、世界をどうとらえるかを含む「ものの見方」の比較と移植について論ずることだ。となると、戸棚職人のハンドブックだけではとても足りない。

『記憶のゆきを踏んで』には、ケープタウンの宿で書いた「ピンネシリから岬の街へ——JMCへ」という詩もある。JMCはジョン・マクスウェル・クッツェーの頭文字で、その詩はこんなふうに始まる。

ニアサランド製サンダルはいた
爪の先から土埃はらい落とすように
男は　真夏の岬の街から船に乗り
赤道をひらりとまたぎ……

この詩に目をとめた詩人の田中庸介さんがゲスト編集者として「ユング・ジャーナル　日本現代詩歌特集号」（二〇一六年）に英訳を載せてくれた。できあがった雑誌のPDFをジョン・クッツェーに送ると、びっくりするような返事がきた。

この雑誌の編集者の一人で、ユング心理学の研究者で詩人でもあるポール・ワツキーは、なんと、クッツェーがニューヨーク州立大学で教えはじめたころこの大学の大学院生で、家族ぐるみで親交があったというのだ。

半世紀近く前の話なのだ。作家からのメールには、あのポール・ワツキーがいまもこうして活躍しているのを知るのはとても嬉しいとあった。それを機にクッツェーとワツキーの交流が再開した。

翻訳者の詩が仲立ちとなって、原著者が若いころの友人と旧交を温めることになっていったのだ。偶然とはいえ、この奇跡のようなめぐりあわせには軽い目眩を感じる。

「ホンヤクカ、ナカグロ、シジン」の面目躍如、人生も捨てたものじゃない。

第三章　世界のなかのJ・M・クッツェー

驚異の自己改造プロジェクト――『ダスクランズ』

J・M・クッツェーの自伝的三部作を訳し終えて、新たな疑問が浮上してきた。『サマータイム』の書き方だ。自分を死んだことにしてまで距離を置いて作家が描きたかったものとはなにか。また、作家の「朱夏」にあたるこの時期のデビュー作『ダスクランズ』は、フィクションであれ「書くということはすべて自伝である」という作家の発言とどう関連するのか。それを理解するには自分で訳してみるしかないようだった。艱難辛苦とはこのことか、と思いながらユージン・ドーンやヤコブス・クッツェーに「なってみた」。

アルジェリア独立戦争への対応に追われるフランスがディエンビエンフーの戦闘で多くの戦死者を出してインドシナから手を引いたあと、アメリカ合州国がそれを受け継ぎインドシナ＝ヴェトナム戦争に深入りしていったのは一九五〇年代半ばだった。一九六一年にヴェトナム戦争を公式に開始した大統領ケネディの名を冠した戦略研究機関が第一部「ヴェトナム計画」には出てくる。そこで心理作戦を担うエリート青年が主人公のユージン・ドーンだ。第二部の「ヤコブス・クッツェーの物語」には、十八世紀の南部アフリカを「探検」して暴虐の限りを尽くすヤコブス・クッツェーという人物が登場する。その冒険を称賛し、植民地統治の方法としてアメリカの先住民虐殺の「効果」を褒めあげる南アフリカの歴史学者がS・J・クッツェーだ。

翻訳しながら彼らに「なってみる」経験が押しひろげた視界は驚くべきものだった。だがそこには、この世に産み落とされた「場所と時代の制約」を超えようと手探りする人間の、微かな希望に触れる瞬間も秘められていた。

一九七〇年一月一日、あとひと月ほどで三十歳になるジョン・クッツェーはオーバーコートとブーツに身を包んで、当時住んでいたバッファローの借家の半地下へ降りていった。三十歳がタイムリミットだ、千ワード書きあげないうちは絶対にここから出ない、そう決意して机に向かい、書きはじめたのが「ヤコブス・クッツェーの物語」つまり『ダスクランズ』の後半だ——というのは作家クッツェーの誕生をめぐって語られてきた神話で、実際に書きはじめたのは一九六九年だったという。とにもかくにも、南アフリカ出身の白人としての過去を封じこめて、アメリカ社会で生きていくためのプロジェクトは、こうして口火が切られた。

デビュー作にはその作家のすべてが出るといわれるが、J・M・クッツェーの場合も例外ではない。この年の三月に勤務していた大学で起きたある事件のために滞在ヴィザの取得ができなくなり、翌年五月にやむなく帰国の途についたとき「ヤコブス・クッツェーの物語」はほぼできあがっていた。帰国後に仕あげて英米の出版社やエージェントに送ったがなしのつぶて、南アフリカ国内の名だたる出版社に持ちかけたがそれも不首尾に終わる。そこで「ヴェトナム計画」を書き足した。同僚の強い推薦で、ヨハネスブルグにできたばかりの小出版社レイバン・プレスから、一九七四年、ついに『ダスクランズ』は出版された（イギリスでの出版は一九八二年、アメリカでは一九八五年）。こうして南アフリカという「世界の辺境」からJ・M・クッツェーは作家として名のりをあげた。

それにしても「夕暮れ・黄昏の地 Dusklands」を意味するタイトルの作品に、のっけから「僕の名前はユージン・ドーンだ。それはどうすることもできない。さあ行くぞ」と出てくるのだから面喰らう。「ドーン Dawn」は詩語としては「薄明」、一般的には「夜明け」のことだ。夕暮れの土地に夜明けという名の人間がいきなり顔を出すのだ。なんともアイロニカルな組み合わせではないか。それだけでどこか悪戯っぽいパロディが立ちあがってきそうな予感に包まれる。『ダスクランズ』がシュペングラーの『西洋の没落』、ニーチェの『偶像の黄昏』と響き合うというのは定説だが、W・E・B・デュヴォイスの『夜明けの薄明』をも連想させると指摘するのは、作家の映像バイオグラフィーをいくつも制作してきたSOAS（ロンドン大学東洋アフリカ研究学院）のカイ・イーストンだ。「シリアスなコメディ」をめざす若い作家はタイトルや登場人物の名について頭をひねったことだろう。とにもかくにも、この『ダスクランズ』で青年ジョン・クッツェーは作家J・M・クッツェーになったのだ。

『ダスクランズ』には総勢四人のクッツェーが登場する。この名前をめぐる混み入った作品構造を細かく見ておくことは、クッツェーという作家の誕生物語を理解するために欠かせないだろう。
まず一人目は第一部「ヴェトナム計画」の主人公ドーンの上司。二人目が第二部「ヤコブス・クッツェーの物語」の語り手で、十八世紀に象狩りに出かけた農場主のヤコブス・クッツェー。三人目はその「物語」を使ってステレンボッシュ大学で講義をし、序文をつけて書籍化した歴史学者S・J・クッツェー。最後に登場するのが「ヤコブス・クッツェーの物語」の訳者J・M・クッツェーだ。第一部に出てくる上司クッツェーは影が薄い。この人物は「二十代にコンピュータ・サイエンスによるテクスト分析に明け暮れたジョン・クッツェーが自分の内部から追い払おうとした分身」なのだ、とデイヴィッド・アトウェルは指摘する。一方、第二部のワイルドなヤコブスは迫力満点だし、歴史学者S・J・クッツェーの修正主義的思想傾向も、その文章からリアルに立ちあがってくる。だがなんといっても第二部の訳者J・M・クッツェーが本書全体の作者というところが曲者だ。

重層的なテクストの襞に作者のファミリーネームが何重にも組みこまれて、各テクストと作者の境界にぼかしが入る。そんな作品内の登場人物と著者の関係について、これから出版しようとするレイバン社の編集者ピーター・ランドールから質問がきた。このとき作者クッツェーは「作品についての説明」をしぶり、手紙で「わたしの家族的背景についていうなら、わたしは一万人のクッツェーの一人」であり「なにかいえるとしたらヤコブス・クッツェーがその一万人の先祖であることだけ」と答えた。

こんな応答も、いまなら南部アフリカとオランダ人入植者の関係を脱構築的に表現する、鋭く大胆な挑戦と理解できる。だが、そういったポストコロニアルの歴史観など彼方にあって、旧態依然としたリアリズム文学が主流の一九七〇年代南アフリカの出版界、読書界では不可解きわまりないものと受け取られた。S・J・クッツェーは完全なフィクションで「でっちあげ」だ、と作者は『サマータイム』の登場人物にいわせている。また、一九五一年に書籍化したという本も存在しない。しかし、十八世紀にナマクワの地を探検した人物をめぐる古文書は実在した。

クッツェーは一九六五年から一九六八年までテキサス大学オースティン校に在籍して、サミュエル・ベケットの文体研究によって博士号を取得している。この大学付属の資料館で南西アフリカの歴史に関する書物を読みあさっているとき、偶然その文書の存在を知り、バッファローに移ってから大幅に書き換えて自作内で使ったのだ。また、ヤコブス・クッツェーなる人物が、直系ではないが、作家の系譜内に実在することもわかっている。

ポストモダン文学理論が主流だった一九八八年に初めて一冊のまとまったクッツェー論『J・M・クッツェーの小説』を書いたテレサ・ダヴィは、一九九〇年のNELM版バイオグラフィーの序文で「クッツェーのような作家の場合、個人的経歴はそれほど重要ではないようだ」と述べた。だがその後「クッツェー・ペーパー」による草稿類で作品の生成過程を目の当たりにしたアトウェルは、二〇一五年の自著で「クッツェー作品とは、フィクション化された自伝にもとづく巨大な実存的試みなのだ。この試みのなかで自伝と印されたテクストはフィクションと印されたテクストと一連のものであり、フィクション化の度合いが異なるだけ」と大胆に言い切る。

そんなふうに見れば、第一部の終わり「いったいだれの落ち度が僕なのか」という叫びのような問いは、みずからのアイデンティティを現実のなかに探る旅の始まりと読めるだろう。だが、注目すべきはその問いが「自分はだれか」ではなく「だれの落ち度が僕なのか」であって、アトウェルが指摘するように、そこには「自分のオリジンに対する怒りと、そのオリジンが彼に割り当てた役割に対する怒り」がこもっているのだ。

　クッツェーはのちに、だれの目にも自伝的作品とわかる『少年時代』や『青年時代』を発表するが、「ヴェトナム計画」に「ケネディ研究所の職場も灰色だ。灰色の机に蛍光灯、一九五〇年代の機能主義」と書いているのは、ロンドン時代にコンピュータ・プログラマーとして働いた経験に裏打ちされているし、「東から昇る太陽に顔を向けながら、身を切るような悲嘆のなかで(……)僕のルーツは夕暮れの土地にある」には、生地から離れてみずからのオリジンを探る姿が透かし見える。自伝とフィクションの境界を越えようとする作風は初作から明らかだったといえる。クッツェーは自分の「歴史的ルーツ」と「同時代的な現在」を見いだすことを作家としての出発点としたのだろう。

　青年期にロンドン、オースティン、バッファローと移り住むなかで、クッツェーは自分が生まれ育った土地の歴史を外部から厳しく批判する視点を養った。学校で教えられた歴史はもっぱらオランダ系植民者の目で見た南アフリカという土地の「輝かしい開拓史」であり、未開の先住民に文明をもたらすキリスト教徒（カルヴァン派）の歴史だった。神に選ばれた民族として新天地へ赴き、額に汗しながら築きあげた民族の歴史を少年ジョンは教えられたのだ。しかしそんな歴史観の「人種」をめぐる嘘も、混血である「カラードの父は白人なのだ。ヤン・ファン・リーベックたちがホッテントットに産ませたのだから」と『少年時代』に出てくるところを見ると、幼いころからすでに見抜いていたのだろうか。それとも五十代に少年期をフィクション化する過程で加筆されたものだろうか。徴兵が目前に迫り、逃げるようにイギリスに渡った二十代前半、自分には決定的になにかが欠けているという植民地出身者の気後れとたたかいながら詩人になることをめざすジョンは、生まれ育った土地のことを徹底的に再考する。英国博物館の図書室でバーチェルの『旅行記』に読みふけり、彼の「本に匹敵するほど説得力のある本を書き、それをこの、すべての図書館を定義づける図書館に所蔵させたい」と野心を燃やす姿が『青年時代』には書きこまれている。

やがて結婚してアメリカに留学し、三十歳を目前にして「ヤコブス・クッツェーの物語」を書きはじめるが、窮屈なイギリスではなく、南アフリカとおなじヨーロッパの旧植民地ながら、相対的に開放的なアメリカで彼は書くことができたようだ。テキサス大学の古文書館で十八世紀南西アフリカを探検した人物の記録を発見したことも背中を押した。まずは「歴史の哲学」を。それが作家として出発するクッツェーの切迫した重要課題となったのだ。ちなみに「ヤコブス・クッツェーの物語」のエピグラフ「重要なのは歴史の哲学である」は、ギュスターヴ・フローベールの『ブヴァールとペキシュ』からの引用だ。

『ダスクランズ』の入り組んだ構造を解きほぐすと、その方法論が見えてくる。「ヤコブス・クッツェーの物語」では、まず十八世紀南部アフリカの農場生活がどのようなものであったかが語られる。次に先住民との関係が象狩りの旅をめぐる冒険物語のなかに描かれて、その物語を巧妙に書き換えて自民族の歴史内に位置づける歴史学者の「後記」が置かれる。当時のアパルトヘイト政権の歴史観を補強する文章だ。

一九四八年、長いあいだ後発のイギリス勢力に圧迫されてきたオランダ系白人アフリカーナを支持母体とする国民党が政権について、人種隔離政策が強化されていった。「ステレンボッシュ大学で一九三四年から一九四八年にかけて毎年」歴史の講義にもちいられたテクスト（物語本文）がアパルトヘイト政権誕生の三年後に書籍化されたとすることで、植民者の非道な冒険物語を「歴史上の先駆的行為」と位置づける時代の趨勢を示したのだ。注意したいのは、物語本文、後記、証言を配置しなおして、改訳したことにして註をつけることで、作品内に、当時の南アフリカの公的歴史に対する明確な疑問符を埋めこんだことだ。そこで使われる固有名詞が現実の歴史的事実を強く連想させることも特徴といえる。「訳者まえがき」のファン・プレッテンベルグ協会は実在するファン・リーベック協会のあからさまなパロディだし、「後記」でヤコブスの農場があったとされるピケットベルグ付近のアウローラはクッツェーの父方祖父の生地名と重なる。それは、南部アフリカの歴史を書きながらそこから自分を切り離すのは責任回避だ、とするこの作家の姿勢を明示する細部だ。テクストを注意深く比較するだけで見えてくることもある。ヤコブスが語る「物語」と後ろの「証言」では旅の報告内容が大きく異なり、細部も食い違う。それは公文書や歴史文書なるもののいいかげんさを、あえて際立たせようとする試みでもあるだろう。

そこに透かし見えるのは記憶と記録のずれであり、歴史とは生き延びた強者によって選ばれた出来事が語られ、さらに細部が書き換えられて、自集団の誉れ高い物語として修正、改竄される事実だ。当然、辻褄の合わない部分が出てくる。物語展開でも、激流に飲まれて死んだはずの従者クラーヴェルが、いつのまにか旅の道連れにもどっていて読者を混乱させたりする。おまけに「証言」の最後に記されるサイン「X」が、ヤコブス・クッツェーが読み書きのできない人間だったことを明かして、読者を驚愕させるのだ。

こんなふうに読み解かれるべき「歴史の嘘」が重層的に埋めこまれたデビュー作は、南アフリカの厳しい検閲制度下で出版された。もちろんケープ植民地と南西アフリカを舞台にした「物語」の内実は、オランダやイギリスにかぎらずポルトガル、ドイツ、スウェーデン、フランスなど、広くヨーロッパ諸国の民族学者や言語学者の旅行記とも響き合っている。そこまで視野におさめて、六〇年代構造主義言語学の申し子を自認するクッツェーは、「解体と脱構築」の方法を縦横に駆使しながら最初の作品を書いた。そこに作家としての出発点と意気ごみが滲みでている。

「ヴェトナム計画」にしろ「ヤコブス・クッツェーの物語」にしろ、この初作には暴力的なシーンやエピソードが盛り沢山に出てくる。そのためクッツェーがまず選んだテーマは暴力だといいたくなる。大航海時代にさかのぼるヨーロッパ列強の植民地主義的領土拡大の動きが、過去から現在にいたるまで、土地と住民にふるってきた暴力のことだ。オーストラリア移住前のクッツェー作品は、舞台が南アフリカとそれ以外の土地を、架空の土地も含めてジグザグに移動するが、どの作品にも通底するのは帝国が長きにわたって築きあげた制度内で血を流しつづける歴史の爪痕だ。

「ヤコブス・クッツェーの物語」は南西アフリカに広がるナマクワの土地で、十八世紀に一人のオランダ系移民がふるった途轍もない暴力の内実を詳細に描きだす。先住民への生々しい暴力行為と、女を完全にモノとして扱う男の欲望と心理が執拗に分析され、言語化される。あとから書き足された「ヴェトナム計画」は、一九七〇年前後のアメリカ合州国を舞台に、国防総省からの要請で、泥沼化するヴェトナム戦争の神話作戦計画を立案する自意識過剰のエリート青年が、上司との関係で神経をすり減らし、妻マリリン（ケネディ大統領の相手をさせられたアメリカのセックスシンボルのハリウッド女優マリリン・モンローと同名！）に対する猜疑心をつのらせて、子供を連れて逃亡し、ついには精神崩壊にいたる物語だ。

二つのノヴェラは「思想のレベルで関係があるが、それ以外での関係はゆるやか」と作家自身はいうが、いやいやどうして、四十数年後の東アジアからながめやれば緊密な関連性が透けて見える。むしろ黄昏《たそが》れる二つの土地の細部は、とめどなく響き合っているとさえいえるだろう。そこに立ちあがってくるのは、二十世紀後半にヴェトナム侵略戦争にかかわる人間の病んだ心理と、十八世紀南西アフリカで先住民を虐殺する植民者の「天上天下唯我独尊」の精神構造の類似性だ。

これが発表当時はまことに謎めいて見えた。注目したいのはそれを書いているときの作者の位置だ。南西アフリカの歴史物語を書くクッツェーはニューヨーク州バッファローの貸家の半地下にいた。作品末に一九七二〜七三年とある「ヴェトナム計画」の執筆時期は、南アフリカに帰国してすでに一年（ヴェトナム戦争はまだ終わっていない）、ケープタウン大学に職を得て妻と幼い二人の子供を連れて郊外を転々と移り住んでいたころだ。ここから見えてくるのは、生活の内部にシステム化された暴力を、暴力として認識し批判的に描きだすには、そこから一定の距離や時間を置く必要があるということだろう。自分が育った土地の植民地主義の暴力と向き合い、それを可視化することに腐心したクッツェーにとって、それは後年『サマータイム』で言語化したように、彼自身の内部に巣喰っていた暴力を外部へさらす作業でもあったのだ。

第一部「ヴェトナム計画」のユージン・ドーンが鞄のなかに秘かに忍ばせている写真の数々は、国防省の下請け仕事をするシンクタンクの青白きインテリ男のグロテスクな性的嗜好を描きだす。斬った首をトロフィーのようにぶらさげる米兵、子供かと見紛うヴェトナム女性を得意げにペニスで持ちあげる元ラインバッカーの巨漢米兵、そして捕虜収容所内を撮影した動画。ここからはヴェトナムの戦場ではなく合州国内にいて、写真や映像を見ることによってそれを消費する人種主義の嗜虐性も浮上する。少年時代に写真家になりたかったクッツェーが写真や映像を作品内に取りこむ姿勢は、デビュー作にもはっきりとあらわれていたのだ。

第二部「ヤコブス・クッツェーの物語」では、十八世紀の南アフリカでの先住民と植民者のほとんど区別のつかない暮らしぶりが描かれ、奴隷制と主従関係の内実が概説される。ナマクワへ象狩りに出かける旅では、植民者に内面化された暴力（ヤコブス自身の認識では統治力）と、土地と人間や動物との関係が克明に描きだされる。復讐心に燃えて先住民を殺戮するヤコブスの意識を、その正当化のプロセスを、あますところなく描きだそうとするクッツェーは、ヤコブスに「野蛮とは人命の尊厳に対する蔑みと、他者の苦痛に対する官能的喜びにもとづいた生き方だ」

と語らせるが、「野蛮人」とされる「ホッテントット」に介護されて生き延びた白人が自問しながら述べるこの論理の矢は、即座に、野蛮とは「ホッテントット」ではなく白人入植者ではないかという疑念を生みだし、論理の矢はそのまま「ヴェトナム計画」のアメリカ人とヴェトナム人の関係をも照射して、のちに『蛮族を待ちながら』で核心的テーマとなっていく。

人がこれほど残虐になれることを克明に描くためには、当然その「悪」を描き分け、読者の目にさらす方法論が必要となる。そこでは善悪の混交する人間の内部に入りこみ、悪を悪として浮上させる明晰な言語と強靱な倫理性が書き手のなかに担保されなければならない。行間にカウンターヴォイスを響かせながら悪を映しだす鏡像を埋めこむための、身を切るような省察もまた不可欠だ。綱渡りのようにそれを可能にしているのが徹底的な自己検証の姿勢と、「登場人物の自分が自分に向かって自分を無限に読み解く」終わりなき自問だ。その結果、作品はどれも深い倫理性に貫かれる。

瞠目するのは、その倫理性が前面にしゃしゃり出ることなく、作品の奥深く埋めこまれていることだ。物語の展開に気を取られて読み進み、気がつくと後もどりできないところへ連れていかれてしまう、恐ろしいまでの力である。そのための装置が「終わりなき対話」を含む端正でしなやかな文体なのだが、これは最初から獲得されていたわけではなく、作品を書き継ぐことで鍛え抜かれていったものだろう。まだごつごつした文体の『ダスクランズ』を書くプロジェクトが「嘘」と名づけられていたことも興味深い。詩人になることをひたすらめざしていたクッツェーが、散文への移行を決意したとき認識したのは、散文とは、ストーリーテリングとは、「語る」

ことであり「騙る」ことだという事実だったのだろうか。
それから三十五年後、クッツェーは人間のもつ途轍もない悪を実行者の内側から描きだそうとする当時の切迫した志向を、『サマータイム』のなかでジュリアという登場人物にこう分析させた。第二章でも引用したが、ここでも再度確認しておこう。

一つの作品として『ダスクランズ』を見るとき、情熱が不足しているというつもりはありませんが、その背後にある情熱は曖昧です。わたしはそれを残虐性についての本として、征服の諸形態にまつわる残虐性を暴露する本として読みました。しかしその残虐性の具体的な出所はどこにあったか？　いまとなって見れば、その出所は作者自身に内在するものだったと思えるのです。この本についてわたしに提示できる最良の解釈は、それを書くことが自己管理されたセラピーとなるプロジェクトだったということです。

『ダスクランズ』を自分で訳してみようと思ったのは、この分析を読んだときだった。J・M・クッツェーが作家として生涯かけてなにを書こうとしてきたか、そして実際になにを書き継いできたかを解明しなければ、彼の作品の真髄は理解できないのではないかと気づいたのだ。『サマータイム』に描かれる物語でジョンと不倫関係にあったジュリアは東ヨーロッパからの移民第二世代で、その後、精神分析医になった人だ。七〇年代は、南アフリカ政府が破綻寸前のイデオロギーにしがみつきながら検閲制度を厳しくしていった時代だった。そんな暴力が内在する制度内で育つと、人はその暴力性を当然のものとして内面化する。植民地主義が実行した暴力――先住民の虐殺、土地の収奪、植民地での奴隷労働をもとにした農場経営や商業行為による莫大な収益、本国へ流れて代々継承される資産――を発展させた形式が二十世紀後半になっても、人種差別にもとづくあからさまな搾取制度として残っていた。それがまずオランダの、後年はイギリスの植民地だった南アフリカの「分離して発展する」ことを是としたアパルトヘイト制度だった。白人人口が少なく、ヨーロッパからの移民を積極的に推奨した社会内で人生の大半をすごした作家が、自分のなかに無意識に染みこんでいる暴力性を、書くことで検証しようとした。その過程を、オーストラリアへ移住したのち、作中人物に「セラピー」と呼ばせたのだ。これもまた作中人物の声を借りたクッツェー自身の分析と考えられる。

どんな人間も生まれながらに残酷な者はいない、どこかで、いつのときか、残酷な態度を身につけて、それを問うことを放棄してしまうのだ――と生き物の生命に深い関心を寄せる作家は述べる。というわけで『ダスクランズ』を訳すことは、この作家が、書くことで暴力の解毒剤をもとめる旅を始めたことを確認する作業となった。なんとも凄まじい翻訳経験だった。

発禁をまぬがれた小説――検閲制度と『その国の奥で』

一九九〇年二月三日、東京は前日に降った雪が凍って、踏みしめる靴の下でざくざくと鳴った。その日は南アフリカの新聞社ウィークリー・メール社に郵送する銀行為替を作るために、東京銀行の西新宿支店まで出かけていった。家の前の雪道を歩きながら、ざくざくという靴音といっしょにこの日のことをずっと記憶しつづけるだろう、とはっきり意識したことを覚えている。雪上に反射するまぶしい光はいまも鮮明に思いだす。前日の二月二日は、南アフリカでそれまで違法だった複数の解放組織が合法化された歴史的な日だったのだ。

当時、国家の厳しい検閲によって出版停止、記事の黒塗りなど、度重なるban（禁止措置）にさらされながら反アパルトヘイトの姿勢を貫いていた週刊新聞「ウィークリー・メール」を定期購読するには、ヨハネスブルグの新聞社に書留で銀行為替を送る必要があった。南アの政治や文化を伝えながらクッツェーやゴーディマ作品の書評をたびたび掲載するこの新聞は、この国の文化や社会の動向を知るための貴重な情報源だった。年間購読料の四万円あまりの為替を作成するのに手数料が五千円ほどかかった時代で、カード決済はまだできなかった。周囲では、二十七年間も獄中にあった解放闘争のヒーロー、ネルソン・マンデラがいつ釈放されるかという話題でもちきりだった。そして一週間後の二月十一日、マンデラは釈放された。南ア国内の人たちはもちろん、世界中の反アパルトヘイト運動にかかわった人たちが歓喜した。しかし、日本人が不名誉な「名誉白人」扱いを、まがりなりにも返上する態度を示せなかったのは残念すぎる。アパルトヘイトという搾取制度をなくすために南ア政府に圧力をかける世界的な経済制裁の波に、日本政府は最後まで加わることがなかったのだ。

八〇年代末の南アフリカでは、体制に批判的な新聞は、検閲にひっかかった記事を抵抗手段として黒塗りのまま発行したりしていたが、外部から見ると、書物や人に対して、なにが発禁や活動禁止になり、なにがスルーするか、ほとんど判断できなかった。南ア国内で暮らしながら小説を書いていたクッツェーは、事態の推移をおしはかりながら『鉄の時代』を書いていったのだろう。八三年の『マイケル・K』ではぼかしの入った書き方だったが、九〇年の『鉄の時代』ではリアルな描写に変わり、作中に「アパルトヘイト」という語も出てくる。「いまあいつらが僕たちに対してやってるのがテロ行為」と主張する黒人の若者まで登場する。そんな作家の現場を手に取るように明かす本がある。ピーター・D・マクドナルドの『文芸警察 *The Literature Police*』だ。

アパルトヘイト体制下で実施されていた検閲制度が、作家、出版社、編集者にどのようなことを強いたのか？　作家たちは書きたいことを書くために、自分の作品が発禁にならずにすむように、どのような戦略をもちいたか？　その過程でどのような葛藤を内面化したか？　編集者とどんな手紙のやりとりをしたか？　書籍が発禁になった出版社はどれくらいの損害をこうむったか？　検閲制度の具体的な実態と、制度を支えた思想やそれがもたらした結果について、秘密裏に保管されていた膨大な資料をもちいながら緻密に分析した本である。著者は一九六四年にケープタウンで生まれて、現在はオクスフォード大学で教壇に立つ気鋭の学者だ。

全体は二部構成で、第一部には検閲制度、出版社、作家について概説した三つの章がおさめられ、第二部を構成する六つの章では具体的な例をあげて論じている。多くの著作を発禁処分にされたナディン・ゴーディマ、エスキア・ムパシェーレ、ブライテン・ブライテンバッハとルルー、黒人詩人たちについて、発禁をまぬがれたJ・M・クッツェーとその検閲官について、そして最後に反体制文化活動の中心的存在だった雑誌「スタッフライダー」のことが詳述される。図版も豊富だ。八〇年代後半から九〇年にかけて、遠い日本で苦労しながら手に入れた雑誌や書籍の写真がたくさん掲載されていて感慨深い。

この『文芸警察』は年譜（一九一〇-九六年）も充実している。一九三一年に作られた検閲法を実施するための委員会は、ネルソン・マンデラが解放された一九九〇年に実質的に機能停止になったが、法律自体は六年後に新しい出版法ができてようやく廃止された。アパルトヘイトという制度が作家の内面にどのような影響をおよぼしたかを詳細に伝える、クッツェーの検閲論 *Giving Offence* もその年に出版された。この検閲論から日本語に訳されたいくつかの章が二〇一五年に出た『世界文学論集』で読める。

『文芸警察』はクッツェーの著作をめぐる第八章が断然面白い。検閲委員会が対象にしたのは三冊のみというのも興味深いが、いずれも「望ましくない」の一歩手前で発禁をまぬがれている。その理由は、マクドナルドが引用する検閲者の報告書から推察できるが、いま読むと、内実を知りえなかった部外者には不可解に思えるくらいだ。だが、その記述内容は当時の南アフリカで生きる人間の「常識」に訴える「理由」をありありと伝えていて、現代および外部世界との落差／僅差に愕然とする。

南アフリカ奥地の農場を舞台にした第二作『その国の奥で』は、ヌーヴェルヴァーグ時代の映画『去年マリエンバードで』（一九六一）をヒントにした作品だ。アラン・ロブ＝グリエの脚本、アラン・レネ監督の映画から若いクッツェーは強い印象を受けて、思いっきり実験的な小説を書いた。そこには古いリアリズムを基準に判断する検閲官の目をすり抜けるための技法が凝らされている。まずタイトルの『その国の奥で *In the Heart of the Country*』にはジョゼフ・コンラッドの『闇の奥 *Heart of Darkness*』の Heart が含まれているのが目につくが、「1」から「266」まで番号のついた断章から成るアッサンブラージュというのが驚く。作品には、孤絶した世界で起きる、娘の父殺し、異人種間のレイプなど、検閲法に触れそうなシーンが多出する。検閲官の感想や意見は、当然ながら、男女で完全に分かれた。

主人公マグダの妄想が演劇的なシーンとして、時空を交差して語られるところも映画的だ。始まりは父親が若い妻を連れ帰る場面だが、ここからすでに出来事はマグダの頭のなかで起きているとわかる書き方だ。物語はこんなふうにして始まる。

今日、父が新しい花嫁を家に連れてきた。一頭の馬が額のところでダチョウの羽飾りを大きく揺らしながら二輪馬車を牽いて。ポクポクと平原を抜ける長旅のはてに、土埃にまみれて。それとも牽いていたのは羽飾りをつけた二頭のロバだったかもしれない、それもありだ。父は燕尾服にシルクハットをかぶり、花嫁は鍔広の日よけ帽に白いドレスを着て、ウエストも胸元もきっちりしぼっている。細部はそこまで、それ以上は粉飾をしないかぎり提供できない、だってわたしは見てなかったから。自分の部屋にいて、日除けをおろした、遅い午後のエメラルド色の薄闇のなかで、本を読んでたから。というより仰向けになって濡れたタオルを両目にあてて、偏頭痛と格闘していたといったほうがいいか。本を読むにしても、ものを書くにしても、偏頭痛と格闘するにしても、彼女の部屋のなかにいるのがわたしだ。植民地にはそんな女がごまんといるけど、わたしほど極端な女はいない。黒いブーツで床板の上をゆっくりと、行ったり来たり、行ったり来たり、それが父だ。さらに三人目として、遅くまで寝ている新妻がいる。これが敵対する登場人物たちである。

まるでト書きのような書き出しだ。マグダは内陸の農場に父親と暮らす未婚の女性だが、身体の弱かった母親は「息子」を産むことなく死に、残された娘が父親の身のまわりの世話や家事を切り盛りしている。別棟の小屋に農場の使用人たちが住んでいる。家長としての圧倒的な支配力を行使して、使用人の若妻を所有物のように扱う父親をマグダが殺す場面は、妄想が思い切りシャッフルされる展開で、読む者の記憶を攪乱し、面食らわせる。時系列を無視して起きるレイプ、父殺し、違法な異人種間性交など、妄想内とはいえ、この作品には当時の南アフリカ社会では忌避されるべきテーマが山のように出てくる。だが発禁にはならなかった。なぜか。

二〇〇八年五月にニュージーランドのオークランドで開かれた「作家と読者のフェスティヴァル」に招かれたクッツェーは、前年にマクドナルドたちから自分の小説を検閲した報告書が出てきた事実を知らされた、と述べながら検閲対象となった自作を朗読した。ケープタウン大学の同僚が検閲官だったことや、検閲の報告書はとうに破棄されたと思っていたことについて語った。

アパルトヘイト下の検閲制度に関するその発言で注意しなければならないのは、当時の南アフリカ社会において、検閲官はみずからを「文学という共和国の守護者」と見なした作家や大学人であり、無教養な国家から文学が生き残るスペースを保護することを自分の役割と見なしていたことだ。この点はことのほか注意深く検証する必要がある。当時の南ア社会の内部から見れば、彼らは「勤勉な、ごく普通の人」だったのだ。

ちなみにオークランドでクッツェーが朗読したのは次の三作。

『その国の奥で』*In the Heart of the Country*（1977）
『蛮族を待ちながら』*Waiting for the Barbarians*（1980）
『マイケル・K』*Life and Times of Michael K*（1983）

マクドナルドの『文芸警察』によると、三冊はまず一般的な選別を受けてから「文芸委員会」へ送られた。通常なら一人が読んで報告書を出すところ、『その国の奥で』は異例の扱いを受けて、三人の検閲官によって精読された。法に触れる描写が頻出するこの作品が検閲委員会で大きな議論になったのだ。

一九七七年に、ロンドンのセッカー社から『その国の奥で』が出たのを追いかけるように、ヨハネスブルグのレイバン社からアフリカーンス語の会話をそのまま残した南ア独自版が出るとき(南アの大多数の農場ではアフリカーンス語が使われるため、南ア版はそのリアリティを反映させた別バージョン)、作家自身も編集者ピーター・ランドールも、本が発禁にならないよう細心の注意を払った。そのようすが、両者のあいだの書簡から浮上する。クッツェーは何カ所か書きなおしてぼかすことまで提案している。七〇年代は検閲が非常に厳しかったのだ。『蛮族を待ちながら』が出た八〇年も、『マイケル・K』が出た八三年も、検閲委員会は「じゅうぶんに」機能していた。だが八六年の『敵あるいはフォー』やアパルトヘイトの内実をはっきりと描いた『鉄の時代』は対象外、つまり、八〇年代後半は検閲が次第に緩んでいったのだ。そして『鉄の時代』が出版された九〇年、アパルトヘイト崩壊のきざしがだれの目にも明らかになった。

『文芸警察』が出版された翌年の二〇一〇年五月、クッツェーは二十五歳から三年間滞在して博士論文を書いたテキサス大学へ招かれてスピーチをした。この大学で過ごしたときの思い出

（ここで息子が生まれたこと、博士論文を書いたこと、図書館に眠っていた宝物のような資料を発見したこと、滞在中に塔から銃が乱射される事件があったことなど）を語り、「南アフリカの検閲制度が自分の作品をどのように検閲したか」をさらに詳しく述べた。コピーを入手した検閲委員会の記録から具体的に記録番号まで引用しながら、初期の三作をだれが精読し、どのように評価したか、衝撃的な細部を披露したのだ。

それによると、『その国の奥で』は三人の検閲官、H・ファンデルメルヴェ・スコルッ、アンナ・ラウ、F・C・フェンシャムによって精読されたが、スコルッは当時ケープタウン大学のアフリカーンス文学の教授だった。アンナ・ラウという作家名のアンナ・バッセルは、ケープタウン大学の微生物学者である同僚の義母にあたり、クッツェーは彼女の家にお茶に招かれて午後いっぱい文学について語り合ったことがあるという。最後のフェンシャムとは会ったことはないが、ステレンボッシュ大学の言語学者だった。

また『蛮族を待ちながら』を検閲したレジナルド・ライトンはクッツェーが学生だったころのケープタウン大学教授であり、『マイケル・K』の検閲官リタ・スコルッは、H・ファンデルメルヴェ・スコルッの妻だ。スコルッ夫妻は非常に温かい、親切な人たちで、当時クッツェーの両親が住んでいた田舎町グレイトンに休暇用の家をもち、週末にクッツェー親子全員をバーベキューに招いてくれたことがあるという。彼は吐露する。

目の前で明らかになったこの事実にわたしは驚きました。いやむしろショックでした。しかし驚いたのはわたしがナイーヴだからでしょうか？　ナイーヴなのでしょう。そこで話は本題に入ります。

当時の南アフリカのインテリ白人が形成する小さな集団の内部で、検閲という行為が、歴史的な背景と政治的な文脈から見て、個々人のどのような意識のもとで行なわれたか、彼の作品がどう評価されたか、クッツェーは検閲官の心理の奥を深く推し量ろうとする。ここがじつはもっとも興味深く、と同時に、読んでいて背筋がひやりとするところなのだ。

『文芸警察』は、同時代を生きるこの作家を知るための格好の書物であり、クッツェー作品を訳したり研究したりする者には欠かせない内容を含んでいる。どのような場からあの抑制の効いた作品群が生みだされたかを知るためにも、この作家の根幹を形成した、パラノイアに支配される社会と文化の背景を知るためにも非常に役立つ。それはまたあからさまな発禁処分を受ける国や、自己検閲の網の目がきつい社会で書いている少なからぬ作家たちの内面や細部を照らしだす光を放っている。

一九九九年五月八日にマクドナルドがクッツェーに行なった独自インタビューを含むこの本について、作家自身は「アパルトヘイト時代の南アフリカで文芸創作を形成かつ変形した暴力を理解したいと思うなら、必読の書だ」と述べている。現在は電子版も入手可能だ。

じつはこれには後日譚がある。

二〇一九年一月七日、「作家と自由な表現 *Writers and Free Expression*」というウェブサイトで、マクドナルドがクッツェーに再度インタビューをしているのだ。七〇年代、八〇年代の南ア社会における作家たちの動きを回顧して、「作家グループ」など集団に属することのなかったクッツェーがノーベル文学賞受賞後は「社会的責任」を引き受け、ペン・インターナショナルの副委員長の一人に選出されて、獄中の作家やジャーナリストを代弁する役を担っていることが指摘され、さらに、現代社会で文学作品が一般人にとって以前ほど重要性をもたなくなり社会的な影響力が薄れて見えるとしたら、それはなぜかという問いが出されて、クッツェーがポイントを押さえながら興味深い結論を述べているのだ。

たとえばパブリック・オピニオンに大きな影響をあたえた本が必ずしも名著とはいえないとして、彼はアプトン・シンクレアとマーガレット・ミッチェルの作品をあげる。その一方で、影響力の大きな書物が世界を見る方法を形成するとしたらその力については真剣に考えなければならない、というのは、たとえ読まなくても人はその本をめぐる言説を吸収し影響されるからだ、としてレフ・トルストイの作品をあげる。最後に「作家には人間としてはなんら特別なものはないが、書くものには（ときどき）特別なものがある」と結ぶ。この記事の全文は「*Writers' Groups: An interview with J. M. Coetzee*」でインターネット検索すれば見つかる。お薦めだ。

熱波のアデレード

マイクロバスはアデレード郊外のとある家の引きこみ口で停まった。二〇一四年十一月。低木の茂みを分ける小径で、ジョン・クッツェーとドロシー・ドライヴァーに握手やハグで迎えられたのは、翌日から三日にわたって開かれる「トラヴァース／世界のなかのJ・M・クッツェー」のゲストたちだ。

クッツェーがケープタウンからアデレードに移り住んだ二〇〇二年、アデレード大学に「J・M・クッツェー創作センター」が新設された。クッツェーはそれを創設者ブライアン・カストロの創案《ブレイン・チャイルド》と呼んだ。このセンターが主催する三日間にわたるイベントは、写真、ビデオ、手書き原稿などを展示しながら、世界中の研究者たちが一堂に会してクッツェー作品を縦横に論じ、この作家の全体像に迫ろうとするもので、わたしにも招待状が舞いこんだ。その年の六月に自伝的三部作『サマータイム、青年時代、少年時代――辺境からの三つの〈自伝〉』を、九月にポール・オースターとの往復書簡集『ヒア・アンド・ナウ』を訳出したご褒美のように感じられて、いそいそと出かけていった。

南半球のアデレードは青紫のジャカランダの花が散る初夏で、催しには祝祭めいた雰囲気も漂っていた。クッツェー家の入口からダイニングを抜けてベランダに出たところで、息を呑んだ。ウッドデッキのベランダはV字形の谷の急斜面を見下ろす位置にあって、目の前に岩と木材を嵌めこんだ美しい庭が広がっていたのだ。

それを見てふと『敵あるいはフォー』のクルーソーのことが脳裏をかすめた。クルーソーは絶海の孤島で、作物を植える予定もないのに、ひたすら段々畑《テラス》を作るのだが、クッツェー家の急斜面を利用した段々畑には初夏の強い陽射しを受けて青々と植物が育っていた。ぐるぐると幾重にも巻かれた青いホースがそばの蛇口に繫がっている。谷の底は雨が降れば川になるのだろう。だが、その年は強い熱波が南オーストラリアを襲ったばかりで、空港からアデレードの街中へ入る道路沿いの高木はどれもぐんなりと細い枝をしおらせていた。

アデレードに移り住んでからこの作家は熱心なガーデナーになったと、J・C・カンネメイヤーの『伝記』にもあったのを思いだしながら庭に見入った。渇いた空気に斜めに差しこむ夕陽がくっきりと陰影を描きだし、樹木の香りがあたりを包んでいる。近くに大きな松《パイン》の木があるのだと、料理の味見やゲストたちへのサービスで忙しく立ち働きながらジョン・クッツェーはいった。大勢の客たちといっしょにワインと作家手作りのスパイシーな料理に舌鼓を打ち、刻一刻と濃くなる夕闇に包まれたベランダで歓談しながら翌日に備えた。

哲学、モダニズム、自伝、アイデンティティ、アジアといった語がならぶプログラムのハイライトは、なんといっても初日の夜にアデレード大学のエルダーホールで行なわれた作家自身の朗読だ。なにを朗読するかは主催者にも知らされていなかったので、演壇に立った作家が「『鉄の時代』から読みます」といったときは驚いた。

ガレージのわきに細い通路があるのを、おぼえているかしら、あなたがときどき友だちと遊んでいたところ。いまでは使われることもなく、さびれ、荒れ果て、吹きだまった枯葉がうずたかく積もり、朽ちている。

『鉄の時代』は南アフリカのアパルトヘイト末期に、死を目前にした七十歳の女性が娘に書き残す遺書という形式の小説だ。アデレード訪問の数カ月前に母を亡くしたばかりの訳者は、そこで『鉄の時代』の朗読を聴くとは思わなかったので、ちょっと複雑な感情に襲われた。

初夏とはいっても日中は三十度を超す暑さだ。シンポジウムはアデレード大学の少し西にある南オーストラリア大学の冷房の効いた校舎で開かれた。ティータイムブレイクやランチでならぶ食べ物はすべてヴェジタリアンだ。

三日間の議論でもくりかえし触れられていたが、新作発表ごとに読者の意表を突いてきたクッツェー作品には、ヒトと動物の関係を含む近代社会のあり様を根底的に批判する倫理性が内包されている。シンプルで静かな文体を特徴とする作品は、植民地主義の暴力から始まって、人間が他者にふるうさまざまな暴力を描きだしてきた。しかし、その他者とは人間にかぎらない。人間を動物の上に置く価値観そのものへの見なおしへと進んでいったのだ。初作『ダスクランズ』が出版された年にヴェジタリアンになったことからも、作品に流れる思想と作家の生き方が一貫していることがわかる。目の前でつぎつぎとくり広げられる議論に、静かに、じっと耳を傾ける作家自身の姿が印象的だった。

催しがすべて終わり、名残り惜しそうに参加者たちが立ち話を続ける階段の踊り場で、あらためて招待へのお礼を伝えると、いつもながらまず相手のことばに注意深く耳をかたむけるジョン・クッツェーから、面白かったかな、と気遣いに満ちたことばとハグが返ってきた。

ジョル大佐のサングラス――『蛮族を待ちながら』

十年以上前のことだが、年末の二日間を費やしてJ・M・クッツェーの出世作『蛮族を待ちながら』を再読したことがある。最初に読んだのはキングペンギン版のペーパーバックで『マイケル・K』と二冊まとめて読んだときだった。あれは一九八〇年代末だから、ほぼ二十年ぶりの再読だった。

作品は「帝国」と「蛮族（夷狄《いてき》）」という二項対立で語られることが多いが、それだけではない。あらためて通読していくつかの発見があったのだ。主人公である執政官の、初老の男としての性的欲望の描かれ方もその一つだ。この作品のほぼ二十年後に出た『恥辱』の主人公の場合と、重なったりずれていたり。そうか、七〇年代後半（作家は三十代後半）に書かれた作品ではこうだったものが、九〇年代後半（作家は五十代後半）ではああなるのか、とじつに興味深く読んだ。もちろん舞台設定が一方は架空の帝国およびその植民地、他方はアパルトヘイト撤廃後の南アフリカで、この違いは大きい。

再読のきっかけは、五歳ほど年上の、日本語で書く男性作家から「最後の章は要らないんじゃない？」という問いを受けたことだ。そのときは返すことばに詰まった。質問の内容を作品に照らして具体的に考えて、反証するための情報が頭のなかになかったからだ。いくら好きで読んできた作家とはいえ、二十年前に読んだ作品の細部までは覚えていない。再読して気づいたのは、最終章は要らないどころか物語全体に見晴らしのいいパースペクティヴをあたえるために不可欠、ということだった。それが確認できたのは大きな収穫だった。なぜ「要らない」とその作家が考えるかもおよそ見当がついた。作品がクライマックスで終わるのを好むからだろう。

架空の帝国が支配権をもつ辺境の植民地で長く執政官をつとめてきた主人公（名前はない）のところへ、蛮族の襲来を懸念する帝国の第三局（ロシアの秘密警察を想起させる）からジョル大佐という人物が派遣される。そして蛮族狩りが始まる。ジョル大佐が率いる部隊に連行されてきた蛮族たちは、人間以下の扱いを受け、尋問され、拷問を受ける。

父親を殺され、両足を潰されて視野も狂い、仲間に置き去りにされて物乞いをするしか生き延びる手段のない蛮族の娘を、執政官は街から拾ってくる。そして自分の本来の職務は法と正義を行なうことにあるはずだ——と、ジョルの行為や自分の立場を贖うかのように、娘の足に油を塗って撫でさすり、寝床をともにする。しかし性交にいたることはない。これまで女をつぎつぎと渡り歩いてきてなんの疑問ももたなかった執政官は、そこで、自分の性的欲望についてはたと熟考することになる。

旅籠屋の女たちに対してはなんの問題も生じない。女を「欲望することは彼女を掻き抱き彼女のなかに入ることを意味する、彼女の表面に穴を穿ち、その内部の静まりを掻き混ぜて恍惚の嵐を起こすこと、それから退き、終息し、欲望がふたたび結集するのを待つ。ところが、この女はまるで内部などないかのようで……」と男の性的欲望が詳らかに言語化される。これはそっくり、新しい土地（「処女地」などという性差別的表現が使われてきたが）に対して帝国が抱く野望、欲望と重なるもので、ある種のアナロジーと読める。デビュー作『ダスクランズ』で描かれた、あからさまな男の欲望のややソフィスティケイトされた形といえるだろう。

作家はこの作品を書くためにモンゴル帝国の歴史を調べあげたといわれているが、確かに、季節の移り変わりと月の関係から、舞台は北半球を想定している。だが、主人公にも、褐色の肌の蛮族の女にも名前があたえられることはなく、作中で名前をもつのはわずかに三人。ジョル大佐、青い目のマンデル准尉（蛮族の娘をその仲間に返してきた主人公を逮捕、拷問する）、そして旅籠屋の料理女メイだ。

この料理女が不思議な存在なのだ。作品中で最初に登場したときは名前がない。その息子が、獄舎に入れられた執政官に食事を運んでくる場面はあっても、母親にメイという名前があたえられるのは物語が終盤に入ってからだ。これは読んでいて奇妙な感じがする。それまで影のような、顔のなかった人物が突然、固有の名前と表情をもって、主人公の前にあらわれるのだから。

このメイは、しかし、最終章できわめて大きな役割をはたす。主人公の語りを「聞く相手」――相対化の視点を運びこむ役――として、また、主人公にはついに聞き取れなかった「蛮族の娘のことば」を聞き取っていて、それを主人公に伝える役を演じるからだ。彼女が唐突に名前をもった人物になる瞬間と、執政官の心理的変化があいまって、それまでぼんやりとかかっていたヴェールがはらりと落ち、物語は一気に眺望が開けてくる。

物語の流れは、蛮族をめぐる嵐のような一年の出来事を追って描かれる。具体的にはジョルの到来、蛮族の捕獲、蛮族の娘を仲間に返還する旅、主人公の逮捕、さらなる蛮族狩り、拷問、ゲリラ戦で消耗した軍の破滅、大挙して逃げだす住民たちのエグゾダス、残された少数の人びととの暮らし——といったプロセスをたどり、それまではおもに主人公の内面で生起することば（幻想、妄想も含む）によって展開されてきた物語に、この最終章で、その時間の経過を相対化する視点が入る。それによって主人公の経験と、その結果、彼の内面に起きた変化が一つのパースペクティヴのなかに浮かびあがる構成になっているのだ。

つまり、終章はエピローグとして機能し、物語はクライマックスで終わることなく、頂点を冷静に見つめる視点で終わる。これはクッツェーのすべての作品に見られる大きな特徴なのだ。この章を読んで一つのレッスンを修了し、新たな認識の地平に立って、クッツェー作品を読む醍醐味を味わうことができる流れになっている。

作品のタイトル *Waiting for the Barbarians* は、作家自身が明言するように、カヴァフィスの詩から採られている。コンタンティノス・P・カヴァフィスは一八六三年にエジプトのアレキサンドリアで裕福なギリシア人貿易商の家に生まれているが、一家の根拠地はコンスタンティノープルだった。barbarians をどう訳すかが問題だ。英語の barbarian の語源はギリシア語の「バルバロイ（わけのわからないことばをしゃべる者たち）」だが、手元にあるOEDを引いてみると「（古代に）（ギリシア・ローマ人やキリスト教徒を中心とした）偉大な都市文明に属さない人たち」とある。つまり「野蛮人」だ。一方、日本語タイトルに使われた「夷狄」を辞書で引くと、漢民族中心の古代中国で「東の未開国を夷、北のそれを狄」と呼んだことが始まりとある。

しかし日本語訳の出た一九九一年、あるいはノーベル文学賞受賞後に文庫化された二〇〇三年、多くの読者は「夷狄」という聞き慣れない語に耳をぴくんと刺激されて、身近な東アジアの古い時代の話か、それを南アフリカの作家が書いたのか、と関心を持っただろう。それは否定できない。というわけで、これはひどく悩ましい問題となる。しかしノーベル文学賞受賞後は、三度の来日もあってクッツェーの名前は一般にも知られるようになり、作品についても詳細に論じられるようになった。古典作品ではなく同時代をともに生きる作家・思想家の作品は、その意図をあたうるかぎり伝えることが好ましいとするなら、「夷狄」という訳語はこのままでいいのかという問いは残る。悩ましい。

ここで、二〇一四年十一月にアデレード大学で開かれた「トラヴァース／世界のなかのJ・M・クッツェー」の初日に興味深い問題提起がなされたことをお伝えしておく。基調講演でステージに立ったのはシカゴ大学の哲学教授ジョナサン・リアで、そこで扱われたのがこの *Waiting for the Barbarians* だった。リアは、シカゴ大学社会思想委員会のメンバーだったクッツェーがノーベル賞受賞の知らせを受けたときいっしょにいた長年の友人で、彼はまずそのときのエピソードに触れて場内をなごませた。

ノーベル財団がクッツェーに連絡を取ろうとしたが、本人はそのときケープタウン大学ではなくシカゴ大学で教えていた。財団から連絡を受けたシカゴ大学のだれかがリア教授の電話番号を教えてしまったので、突如として彼の電話がひっきりなしに鳴りはじめた。前夜、リア夫妻はジョンとドロシーと四人でディナーをともにしたところだった——と、シンポジウム参加者ならよそ知っているエピソードを披露した。重要なのは作品をめぐる彼の問題提起だ。

この作品は一般に架空の土地を舞台にした、時代も不特定の小説として読まれることが多いが、「注意深く読む」と、冒頭にちゃんと年代が書きこまれているとリアは語った。決め手は第三局からやってきたジョル大佐がかけていた眼鏡であると。この作品の書きだしを見てみよう。

そんなものは見たことがなかった。彼の両眼のすぐ前で、二つの小さなガラスのディスクが、環にした針金のなかに浮いている。彼は目が見えないのか？　見えない目を隠したいというならわかる。だが彼は盲目ではない。ディスクは黒っぽく、はたから見れば不透明だが、彼からはそれを透してものが見える。新発明なんだそうだ。

これはもちろんサングラスのことだが、サングラスという語は使われていない。執政官がジョル大佐から「新発明」との説明を受ける、というところに注目すべきだ、とリアは語った。実用的なサングラスが作られるようになったのは二十世紀に入ってからだから、物語にはしっかり時代が書きこまれている、つまり時代はわれわれの二代、三代ほど前にすぎないのだと。もう一つ、この作品は「夢のようdreamlike」といわれることが多いが、「夢dream」ではなくて、あくまで「夢のよう」であり、場所や時間が特定しにくいことが重要なのだと。なぜか?

考えてみると、この作品が発表された一九八〇年、南アフリカには厳しい検閲制度があり、検閲官がちくいちテクストを読み、発禁にするかどうかを決めていた。どのように書けば発禁にならずにすむか、作家自身も頭をひねりながら書いていた時代だ。これは違法だ、と検閲官が容易に判定できる表現を避けて、舞台は架空の帝国と植民地、時代は特定できないと思わせながら、じつは作者は最初のページに時代をしっかり忍びこませていたのかもしれない。

またすでに触れたように、ランサム・センターに移された草稿では、この作品は最初コンスタンティノープルを舞台にした世紀末的な暗いラブストーリーだった。ところが南アフリカで起きたスティーヴ・ビコの拷問死事件のため、それを破棄して新たに書かれたのがこの『蛮族を待ちながら』だった。

サングラスの使用例は古代にもあったという意見もあるが、作家自身は、一九九二年刊行の『ダブリング・ザ・ポイント』で、この作品や次作『マイケル・K』のなかで投獄や軍事統制、拷問について書いたのは「この国の独房で起きていることを表現することが禁止されていたことに対する——あくまで〈病理学的〉な応答」だったと述べている。それから三十年近くすぎた二〇一九年三月末には、オーストリア北部のハイデンライヒシュタインという町で開かれた文学祭「霧のなかの文学」で、「この作品は現在とパラレル」であり、いわゆる野蛮に抗するとする側が野蛮になっていく、と現代の対テロ戦争を批判した。時代をめぐるリア教授の指摘はあたっているのだろう。

基調講演を聴きながら再度ふつふつと疑問が湧いてきた。日本語訳タイトルの「夷狄」だ。「夷狄」とは、十九世紀までの中国で、漢民族を中心とした中央勢力から見た外部民族への蔑称だ。したがって「夷狄」と銘打たれた小説を読む者はそのまま十九世紀以前の時代へと導かれ、物語の舞台は東アジアのある特定地域を思い浮かべることになる。つまり最初から過去の歴史物語を読んでいることになるのだ。

リアの問題提起に沿って考えるなら、ここで大きな問いが浮かんでくる。クッツェー自身もこの作品は「現代とパラレル」と明言している。古典の翻案ではなく同時代を生きる作家の作品翻訳なのだ。Barbarians は時空間の特定できない「蛮族」とすべきではないか。二〇一八年に出版された池澤夏樹訳『カヴァフィス全詩』（書肆山田）でも、この詩は「蛮族を待ちながら」となっている。これまでの流れを考えて悩んだ末に、本書内では本来のカヴァフィスの詩に合わせて、『蛮族を待ちながら』で統一することにした。

ちなみに、この作品はコロンビアの監督シーロ・ゲーラによって映画化され、二〇一九年九月にヴェネチア映画祭で上映された。クッツェー自身が一九九五年にしあげたシナリオが使われている。小説と映画のランガージュはまったく異なるため、原作の中心になっている男性のセクシュアリティや妄想をめぐる主人公の内面、心理はほとんど伝わってこない。というより意図的にカットされて、映像美とダイナミックな物語展開を主軸にしたシンボル性の高い映画になっている。最後の旅籠屋のメイとのセックスシーンまで、メイの母親に執政官が髭を剃ってもらうシーンに変わっていたのには苦笑してしまった。ロケ地はモロッコの砂漠、イタリア、チリ。砂嵐の場面はすごい迫力だ。どこまでも善人っぽさが際立つ執政官をマーク・ライランスが、ほとんど表情を変えずに圧倒的な存在感を示すジョル大佐をジョニー・デップが、青い目に底知れぬ非情さを滲ませるはずのマンデル准尉を好青年ロバート・パティンソンが演じている。原作では表情が見えない蛮族の娘をモンゴルの俳優ガナ・バヤルサイハンが演じていて、見る者の想像力に強く語りかけてくる。

文体と文学論——『世界文学論集』

クッツェーは一九八〇年代後半から九〇年代にかけてインタビュー嫌いで有名だった。そんなクッツェーが作家活動のちょうど折り返し点にあたる一九九〇年前後に、思いっきり饒舌に語った九つのインタビューがある。すでに何度か触れてきたが、このプロジェクトは一九八九年に計画されて収録を終えたのが一九九一年の初め、その翌年に出版されたエッセイ集『ダブリング・ザ・ポイント』に収められた。全体を回顧した最後の独白調の語りが、その時点でのこの作家の自画像となっている。

エッセイ集には七〇年代から八〇年代にかけて書かれた文章が集められているため、『鉄の時代』の解説や巻末の年譜を書くとき、かなりまとめて再読した。そして、こんなことばにぶつかった。

フローベールが述べているように、文学でも通俗文学ほど literary な傾向の強いものはありません。

このliteraryの意味が気になる。言語についていわれるときは「文語調の」という意味になるようだが、手元にあるオクスフォード英英辞典簡略版には「having a marked style intended to create a particular emotional effect（特定の感情的効果を創りだそうとする意図が目立つ文体）」とある。なるほどそれが通俗文学の大きな特徴ということなのかと妙に納得した。

引用したクッツェーのことばは、アレックス・ラ・グーマという南アフリカの作家の文体が「過剰なほどliterary」で、一九七四年にラ・グーマについて書いた自分の文章がじつは気に入らないと述べているのだ。

過剰な文飾がほどこされた文体が通俗文学の特徴だとすれば、クッツェー作品は文飾とは無縁の、無機的といわれるほど切り詰めた節約型の文体といえる。これはだれもが指摘するところで作家自身も認めている。自分の家族の文化的ルーツは、アフリカに移植された西欧の農民文化だから、質素、倹約が特徴なのだ、とインタビューで述べているが、あえて自分のオリジンと絡みあわせた、いささかこじつけめいた説明がにやりとさせる箇所でもある。

T・S・エリオットのような詩を書きたいと思っていたロンドン時代、偶然通りかかったチャリングクロス通りの古書店で見つけたのがサミュエル・ベケットの『ワット』だった。ベケットが戯曲だけでなく小説を書いていたことをだれも教えてくれなかったじゃないか——とベケットにのめりこむ。ここに自分のもとめていたものがあると直感した青年ジョンは、コンピュータ会社を辞めて、ベケットの初期作品の文体研究のためにテキサスへ向かう。自分のものにしたいベケット文体の秘密を知るために、その影響とともに捨てさるために、とのちに『ダブリング・ザ・ポイント』で述べているが、さらさらと読ませる無国籍的な文体にはベケットからの影響が強い。

その鍛え抜かれた文章は比類なく美しく、その美しさは文章の「静けさ」と関連してざわつきがなく、明晰だ。引き締まっている分、読む者は強い緊張感をもとめられる。さらさらと読ませておいて、いきなりぐいっと惹きつけ、一つ一つのことばの余韻や意味の深さを味わいながら語間に漂う余白でじっくり考え、自問することを誘われる。クッツェー文学を読んで味わうとは、その「沈黙と静けさ」を聞き取ることだといってもいいだろう。

そんなJ・M・クッツェーの日本語訳エッセイ集がアンソロジー『世界文学論集』として二〇一五年に出版された。『マイケル・K』『恥辱』で二度のブッカー賞を、さらにノーベル文学賞を受賞した作家はすぐれた文学エッセイの書き手でもあるのだ。日本語版として独自に編集されたこの論集は *White writing*、*Doubling the Point*、*Giving Offense*、*Stranger Shores*、*Inner Workings* から選りすぐられたベストセレクションだ。これで、個々の作品をより深く理解するためにも、作家としての全体像を把握するためにも、不可欠の文章の一部が日本語で読めるようになった。

第一章「古典とはなにか?」は一九九一年のグラーツ講演だ。T・S・エリオットが一九四四年にロンドンで行なった同名の講演を切り口に、文学作品を一人の作家の航跡をたどって読むか、作家の存在を照らしだす社会的、歴史的パースペクティヴに置いて読むか、という問いを立てておいて、話はクッツェー自身が十五歳のときにプラムステッドの家の庭で経験したヨハン・セバスティアン・バッハとの出会いへと進む。

さらに「古典とは生き延びるもののこと」であるならそれは「私たちが生きるという観点からはなにを意味」するかと問いながら、そのもっとも真剣な答えは「クラシックの対義語はロマンティックではなく野蛮」なのだと述べ、ヨーロッパの辺境ともいえるポーランドの詩人ズビグニェフ・ヘルベルト（一九二八-九八）を引用する。そして最後に「古典が野蛮の襲撃に耐えられるのは、なんらかの本質を持っているから」ではなく「何世代もの人びとが手放すことができない」ために「どんなことがあろうと守り抜く」からであって、それこそが古典なのだと結論づけるのだ。

クッツェーの小説では、何度もくりかえし推敲される過程で、文中になくてもよいと判断された語が徹底的に削られ、端正かつ強靱な文体が作りだされる。形容詞や副詞のたぐいを焼き払うように推敲していることを、オースティンのランサム・センターに移された草稿類は示しているという。それは作品が時間の試練にどれだけ耐えうるか、という冷徹な判断の産物でもあるだろう。「古典とはなにか?」という章には、時の経過に立ち向かう、そんな作家の基本姿勢がよくあらわれている。

さらにベケット、カフカを論じて冴えた筆さばきを見せたあと、この論集で最重要と思われる「告白と二重思考」が続いて、ルソー、トルストイ、ドストエフスキーの作品を論じながら「自伝における真実の問題」が粘り強く探究される。彼の自伝的作品は母親の死後ただちに準備が開始されて『少年時代』『青年時代』に結実し、『サマータイム』で完結した。日本語訳はまず『少年時代』が一九九九年に、さらに三作をまとめた一巻として二〇一四年に出版された。「真実とフィクション」については、精神分析医アラベラ・カーツとの対話からなる *The Good Story* (2014) で議論はさらに深められ、「良い物語」とはいったいだれにとっての「良い物語」なのかという問題が多層的にあぶりだされることになる。

クッツェーは常に主要な問いを立て、深い自省とともに考え抜いてきた作家だ。その自問は作品内にさまざまな形であらわれる。だからこの文学論集を読むことは小説作品の読者にとってじつにスリリングな経験となっていく。たとえば先の「告白と二重思考」は、書いていた時期が『蛮族を待ちながら』と重なるため、作家自身が併読を推奨している。他の小説もそれと同時期に書かれたエッセイと併読すると、どのような思考や分析とともに作品が生まれたかがより深く理解できるだろう。作品を遠景のなかに置いて、相互の響きを楽しむことができるからだ。

この文学論集でいま一つ屹立するのが検閲をめぐる論考だ。植民地主義の暴力があからさまな形で残存したアパルトヘイト体制下に生きた作家が、その体制が崩壊していく音をじかに聞きながら詳細に論じる検閲論は、暗い時代に向かう日本という紛れもない辺境の地に鋭い光を投げかけてくる。作家と検閲官は対立関係ではなく、むしろ心理的共犯関係にあるという指摘が、相次ぐ自粛や忖度を目のあたりにする現在、緊張感をもって迫ってくるだろう。

いまひとつこの文学論集から見えてくるのは、ある書評が指摘するように、「特権的中心と周縁に分断されない、ひと連なりの平原に立つ」作家クッツェーの姿だ。この作家がこれまで押し広げてきた「世界文学」への視座の確かさには、「世界文学」という概念そのものへの批判も含めて、他の作家の追随を許さないものがある。その確かさは、偶然にもアフリカ大陸の南端にヨーロッパ系植民者の末裔として生を受け、野心を抱いて北へ向かったものの、ある諦念と決意とともに南アフリカに帰国したときから長い時間をかけて培われてきたものだ。グローバリズムと並行して語られる英語中心の「世界文学」への批判的態度を見ても、その視界の広さと先駆性は稀有といえる。

ポール・オースターとの往復書簡集『ヒア・アンド・ナウ』で吐露するように、彼は英語中心の世界観に強い違和感を感じている。そして十二巻からなる個人ライブラリーをブエノスアイレスのラテンアメリカ美術館（ＭＡＬＢＡ）の出版部門「アリアドネの糸」からスペイン語訳で出版した。そこに含まれる作家とは、クライスト、ヴァルザー、デフォー、ベケット、フォード、カフカ、ホワイト、ホーソーン、トルストイ、ムージル、フローベールで、最後の一巻が詩のアンソロジーだ。ここに選ばれた散文はクッツェーが作家として自己形成するために読んだ作品で、大作ではなく、文章の書き方を基準にあくまで作家自身に強い痕跡を残したものを選んだという。第一言語は英語だが、家族や親戚はアフリカーンス語話者の多い環境で育ち、オランダ語の次にオリジンの一部としてのドイツ語が得意と語るクッツェーらしく、英語とドイツ語の作品がほぼ同数というのが大きな特徴だろうか。有名無名の五十一人の詩人の作品を含む最終巻は、オーストラリアの詩人レス・マレーが先住民の世界観から影響を受けて書いた詩で締めくくられる。

個人ライブラリーを出すと同時にクッツェーは「南の文学」を提唱すべく、二〇一五年四月からブエノスアイレスのサンマルティン大学でおもに大学院生を対象に年に二回、それぞれ約二週間のセミナーを三年間にわたって開いた。南部アフリカやオーストラリアなどから作家やジャーナリスト、編集者などを招いたこの「カテドラ・クッツェー」のチェアを務めることに、次世代の若手作家を積極的に育てようというこの作家の強い意気ごみが感じられる。このときクッツェーが、「南の文学」は北の「世界文学」を補完するために在るわけではないと述べたことに「世界文学」という表現を使う者は注意しなければならない。ノーベル文学賞受賞時のインタビューで自らを「十六世紀から二十世紀半ばにかけて、ヨーロッパ拡張期に行なわれた物や人の動きを伴う戦略的移動の典型的末裔」と位置づけるクッツェーにとって、それは当然の帰結といえるかもしれない。「カテドラ・クッツェー」については第四章の「J・M・クッツェーのレジスタンス」で詳述する。

クッツェー漬け

ある新聞にコラムを書きはじめたら「クッツェー」という名がやたら出てきて、ほとんど「クッツェー漬け」になってしまった。これじゃ漬け物？　たしかにジョン・クッツェーは、南アフリカ白人男性としては例外的に、若いころから自分で料理をする人だけれど……。

偶然にもJ・M・クッツェーという作家を知り、最初のブッカー賞受賞作『マイケル・K』を無邪気に訳して、その十年後に『少年時代』を訳出したあたりから、頭のなかに「J・M・クッツェー」がファントムのように住み着いてしまったらしい。週一の連載記事に、ふと頭に浮かんだよしなしごと、むかしの思い出、身近に起きるあれこれを書いていると、かなりの頻度でクッツェーの名が顔を出す。この作家のデビュー作『ダスクランズ』の新訳と集大成的な短篇集『モラルの話』を立てつづけに訳出した直後だったこともあって、脳内にはいつもクッツェーがいて、クッツェー探索が日課になっているのだとあらためて気づいた。数えてみると『マイケル・K』から始まった訳書は、共訳も含めて九作になった。

あれはちょうど『鉄の時代』を訳していたときだ。作家が初来日すると知って会うことになった。当然、頭はそのことでいっぱいになる。なにをどう話そうか、今回はこの話題は避けておこう、これは必ず質問しよう、脳内で仮想会話がぐるぐるまわる。当然ながら、ぽろぽろと口から名前がこぼれる。あまり頻繁に「クッツェー、クッツェー」と口にする母に音をあげた娘から「お母さん、次にクッツェーっていったら、罰金百円！」と通告された。ううっ！　よく知らない作家の名前を脈絡もなくいつも聞かされる身になれば、そういいたくもなるだろう。堪忍袋の緒も切れるだろう。

これまでにJ・M・クッツェーは日本に三度やってきた。訳者も南部アフリカの土を何度か踏んで、クッツェーが生まれ長年暮らしたケープタウンを歩きまわり、生涯にわたって愛することのできる風景は一つしかない、とクッツェーがいう風景はこれか、と思いながら、カルーと呼ばれる半乾燥地帯の風景を見てきた。

ところがクッツェー研究の第一人者といわれてきたデイヴィッド・アトウェルが二〇一七年三月に来日したとき、「どうしてそんなにクッツェーを訳すの？」と質問してきたのだ。ええっ？　咄嗟に「アディクトかも」と答える自分がいた。まあ、中毒に近い依存症か、でも心の奥ではニンマリ顔で、あなたはもっと重症じゃない？　とつぶやいていた。

アトウェルはクッツェーを指導教官としてケープタウン大学の大学院で修士過程を終え、博士過程はクッツェーとおなじテキサス大学で南アフリカの文学を研究した人で、クッツェーが心を許すインタビュアーとして名を馳せてきた。J・M・クッツェーの草稿類をランサム・センターでいち早く調べ、作品が生みだされる現場をリアルに捉えて、その評伝まで書いたアトウェルこそ真性のクッツェー中毒といえなくもない。

ある作家を研究したり、その作品をいくつも訳したりしてきた者は、当然の成り行きとしてオタクになって（専門家という人もいるが）、明けても暮れてもその作家のことを考えるようになる。ライフワークといえば聞こえはいいが、まぎれもない依存症だ。しかし、この依存症はまことに健全な依存症である。だれかに害を加えることもなく、むしろ直接、世のため人のためになるわけではないという意味で、時空を超えた価値を生みだす可能性を秘めている。

「夏炉冬扇こそ風狂」と芭蕉翁もいっているではないか。文学は、目先のこざかしい利益生産のためにあるわけではない、そこがじつは大きな特徴なのだ、などと陳腐ないいわけをつぶやきながら、こうして「クッツェー漬け」を吐露してしまう翻訳者の耳に、遠くから「次のプロジェクトはなに？」というジョン・クッツェーのかすれ声が響いてくる。そう、この作家は若いころから、いつも「プロジェクト」なのだ。

それにしてもアトウェルが来日時に「クッツィー」と発音したのは意外だった。『サマータイム』がブッカー賞最終候補に残った二〇〇九年、ＢＢＣから確認を受けたファミリーネームの発音について、作家の返信メールにあったという「ＥＥＨではなくＥＥ」の「ＥＥ」を英語話者たちは「イー」と読み（英語には「エー」という長母音はないので「イー」が正しいのだと主張して）、「クッツィー」と発音するようになったのだ。

そこで九〇年代に作家から送られてきた手紙（二十四ページ参照）を見せると、彼の顔色が変わった。これには驚いた。南アフリカのナタール出身のアトウェルも、イギリスのヨーク大学で教えはじめて長い。他言語の音を英語内では認めない覇権言語の「正統性」がちらりと顔を出す場面だった。近年、少数言語を押しつぶしていく英語のあり方が英語ネイティヴのなかに生みだす「傲慢さ《アロガンス》」と二〇一八年ころからクッツェーが鋭く批判するようになるのは、名前の発音をめぐるそんな英語圏内の事情とも関連があるのかもしれない。

第四章　北と南のパラダイム

「鯨」がいない――『三つの物語』『遅い男』『厄年日記』

ベケットに欠けているのは鯨だ――二〇〇六年九月、初来日したJ・M・クッツェーは講演「ベケットを見る八つの方法」でそう述べて、唐突にベケットを『白鯨』の著者ハーマン・メルヴィルとくらべてみせた。早稲田大学の大きな講堂で行なわれたその講演を聴いたベケット研究者のなかには、この「鯨」が日本の捕鯨を暗に批判しているのだと語る人もいた。だが、デイヴィッド・アトウェルは、「鯨」とは「危機の状態にあること、あるいは歴史を爪の下にじかに感じていることであり、クッツェーは自分には少なくとも鯨がいる」と述べたのだと論じる。クッツェーが生きた南アフリカは倫理的に大きな苦悶を強いられる場所で、その苦悶や葛藤が、有無をいわさず読者を引きこむ作品を書かせてきたが、オーストラリアへ移住してからは自分自身と和解して危機感が薄れ、クッツェーから「鯨」がいなくなったとアトウェルはいうのだ。

アデレードへ移住してから、たしかにクッツェーの作風は大きく変わった。南アフリカにいたころの苛烈さが和らぎ、軽やかな仕掛けと、哲学的思索に満ちた作品が多くなった。例外は二〇〇九年発表の『サマータイム』だ。自伝的三部作のこの最終巻では、クッツェーが三十代初めに危機のなかに身を置く決意をして南アフリカへ帰国し、『ダスクランズ』を発表して作家になった試練の時期を描いているからだろう。

二〇一四年十一月のアデレードで開かれたシンポジウム「トラヴァース／世界のなかのJ・M・クッツェー」で、参加者はメルボルンの出版社から出る予定の『三つの物語』を先行発売によって手に入れた。掌に軽くのる薄緑色の小さな本には、どの作品にも、なにかに「さよなら」をするクッツェーがいる。最初の「スペインの家 *A House in Spain*」は、作家がケープタウン大学を退職してオーストラリアへ移り住む直前に雑誌に発表された短篇で、それまでの暮らしに別れを告げて国外に移り住む心づもりが書かれている。二〇〇二年発表の「ニートフェルローレン *Nietverloren*」には愛するカルーと南アフリカという土地への残念な、惜別の感情が滲みでている。三つ目の「彼とその従者 *He and his man*」はノーベル文学賞の受賞記念講演だ。二〇〇三年十二月のストックホルムでクッツェーは、少年時代に『ロビンソン・クルーソー』を現実に起きたことが書かれていると思って読んだエピソードを披露してから、この短篇を朗読した。耳に心地よく響く文章は、なんとなくわかるようでわからないという印象を残しながら、聴衆を大いなる疑問符の内側に置き去りにした。

「スペインの家」は、人生の暮れ方がちらほら見えてきた五十代の男性がスペインの小村に家を買い、その家と自分の関係を見合い結婚に見立てて、あれこれ思いを馳せる物語だ。作品内の「彼自身の国」を南アフリカに、スペインをオーストラリアに置き換えると、作家の実人生にかぎりなく重なる。家の裏手が急斜面とか、小さな庭があるとか、家の造りが家畜と人間が一つ屋根の下に暮らした時代のものだとか、二〇一四年にアデレード郊外のクッツェー家を訪問して彼の手作りの庭やテラス式の畑を見たあとで読むと、なんだか腑に落ちることが多い。しかし、もちろんこれはフィクションだ。

文体はいつもながら簡素で無駄がない。さらさらと書き進める物語にはまず、感じ、考える三人称の主人公がいて、それを精査するもう一人の自分がいる。これから移り住む家を、それまでに付き合った女性たちに絡めて回想しながら、現代の移民や、移り住む土地の住人との関係など、起こりうる出来事を想像し、対処法を考え、不安を鎮める主人公の心もようが鮮やかに描きだされる。

「ニートフェルローレン」はアフリカーンス語で「失われていない」という意味で、ここでは観光用にテーマパーク化された農場の名前として使われている。少年時代に訪れた父方の農場で発見したフェアリーリングのような、まるく石で囲まれた場所をめぐる思い出に始まり、アパルトヘイトの軛《くびき》から解放された南アフリカが、期待したような社会にはならなかったことへの痛烈な述懐が記される。解放後にこの国が経済的には理想とはまったく異なる方向へ進んでいくことへの失意が、ある喪失感とともに語られるのだ。

ネルソン・マンデラが二〇一三年十二月、九五歳で波乱に満ちた生涯を閉じたとき、クッツェーはシドニー・モーニング・ヘラルド紙に寄せた追悼文のなかでこう書いた。

公正な経済秩序を創造するという、時代の差し迫った仕事に対して、彼がもっと多くのエネルギーを注ぎこむことができなかったのは、不運だったとはいえ無理もなかった。ＡＮＣの他の指導者同様、彼は世界規模で起きている社会主義の崩壊に不意打ちをくらい、政党は新たな、他者を搾取しようとする経済的合理主義に哲学をもって対抗することができなかった。

（傍点引用者）

これは金やダイヤモンド鉱山の国有化政策を掲げてきたマンデラたちが、白人政権からの権利委譲の過程でその方針を次々と手放していったことを指している。解放後数年のうちに社会内の経済格差は開くばかりで、ついに世界一になってしまったことを思えば、経済哲学をめぐるクッツェーの指摘はじつに的確だったといわざるをえない。

オーストラリアへ居を移して南アフリカから少し遠ざかったクッツェーは、『サマータイム』でソフィーという登場人物に「解放がナショナルな解放を意味するかぎり（……）ジョンはそれに興味がなかった」といわせている。オーストラリアへの移動は、作家として、思想家として、ヨーロッパ諸国が大航海時代を経て植民地を作っていく過程をさかのぼり、ヨーロッパ文明に内在する思想の問題点をさらに広い視野において考えるためだったのだろう。二〇〇〇年にオランダのテレビ番組で、解放後の南アフリカは「ノーマルにはなったけれど……」と残念そうに語った理由も「ニートフェルローレン」を読むと理解できる。

ノーベル文学賞記念講演「彼とその従者」を読み解くキーワードは「分身」だ。「書き手である著者と、それに奉仕するもう一人の自分」を「彼」と「その従者」と書き分けている。「彼」

がロビンソンと呼ばれて絶海の孤島からイングランドへ帰ってきた人物としているところから『ロビンソン・クルーソー』の主人公（と作者デフォー）を彷彿とさせはするものの、その姿を借りながら、作家クッツェーが自分と従者である分身の関係を描いているものと思われる。分身を専業作家になる前のデフォーさながら「ビジネスマン」に設定し、『ロビンソン・クルーソー』の作品内で起きた出来事やそのシンボルがたっぷりとちりばめられた物語が、脳内の冷たい炎のなかで分身とダンスをするようなストーリー展開になっている。そして最後に両者は、二艘の船、あるいはその船に乗船する二人の水夫として、嵐の荒海で接近しそうになりながら挨拶をかわす余裕もなく離れ離れになっていく。

このシーンはいったいなにを意味するのか。アトウェルがいうように、読者サービスをする「もう一人の自分」への決別なのだろうか。たしかに当時書いていた『遅い男』で、突然ドアを叩いて「この本はわたしが書いているんだから」と述べるエリザベス・コステロをそのまま作中に入れてしまうのは、ある意味、読者サービスの放棄といえなくもない。

クッツェーはダニエル・デフォーの二つの作品、『ロクサーナ』と『ロビンソン・クルーソー』についてエッセイを書いている。『ロクサーナ』はアルゼンチンの出版社から出たクッツェーの個人ライブラリーに入り、その序文として書いたものが最新エッセイ集 *Late Essays* に入っている。そういえば『ロクサーナ』という書名は『マイケル・K』の最初のところでもチラリと出てきた。一方、デフォーの代表作『ロビンソン・クルーソー』をめぐるエッセイはオクスフォード・ワールド・クラシックス版への序文として、ノーベル文学賞記念講演より四年ほど前に書かれている。二〇〇二年の *Stranger Shores* に収められたこのエッセイは日本語訳のアンソロジー『世界文学論集』でも読める。そこにはデフォーという作家がどんな人物だったか、作品はどのような時代背景のもとに書かれたか、簡潔だが興味津々の情報がコンパクトに詰まっている。

「クルーソーはイギリスに帰るが、自分が築いた植民地に抜け目なく足場を確保する。『ロビンソン・クルーソー』は、新世界におけるイギリスの商業力の拡大と、新しいイギリスの植民地の設立に関する恥ずかしげもない宣伝（プロパガンダ）である」と書いているところなど、植民地出身者クッツェーの面目躍如といえるだろう。

リンカンシャーの沼地のダコイとハリファックスの巨大な処刑装置。どうやら彼のこの従者がブリテン島を経めぐる旅からひねりだしている報告は、手作りの平底の小舟に乗って彼自身の島をめぐる旅の似姿らしい。その旅が明らかにしたのは、その島には遠く離れた側にごつごつと険しく、暗く、人を受け入れない冷たさがあることで、以来ひたすら彼はそれを避けてきたが、とはいえ将来その島に植民者が到来すれば、彼らは島を踏査して定住するかもしれず、それもまた魂の暗い面と光を思わせる姿である。

立場を逆転させたこの大ブリテン島への辛辣さはなかなかだ。のっけからイングランドのデコイ・ダックが同類のカモをオランダやドイツから「誘拐する」話で始まるこの講演、よく読むと、クッツェー自身が二十代前半にケープタウンから船で上陸したこの島で体験した、孤独な生活を彷彿とさせるようにも読めるのだ。絶海の孤島で過ごしたロビンソンが、これはその似姿と思うシーンは、クッツェー自身の『青年時代』の経験に微妙に重なる。つまりこれは、南アフリカというかつてはイギリスの植民地だった土地出身の作家であり、オランダ人の系譜のクッツェーが、イギリスという「島」に抱いてきた思いを、ノーベル文学賞受賞後のスピーチの行間にそれとなく忍び込ませた作品といえるのではないか。

この三つの短篇が書かれたのは、作家クッツェーの絶頂期であり、移行期だった。それまでの作風と大きく異なる点は、主人公が自分に当てる精査の光がそれほど苛烈ではないことだ。そこはかとない笑いとほろ苦い軽みが感じられ、凜とした表情の作家自身がときに見せる笑みのような、乾いた温もりがある。倫理的な自己省察もそれほど厳しくはない。コミカルでノスタルジックな、心慰める手触りさえ感じられて「子供のための常夜灯のようなほのかな光」を放っている。そう、確かにここに鯨はいない。『遅い男』以降の「オーストラリア小説」に見られる文体変化の予兆というか、ポール・オースターとの往復書簡集『ヒア・アンド・ナウ』でこの作家が定義づけた「晩年のスタイル」へ移行する気配が強く感じられる。

そして取りかかった「イエスの三部作」では、鯨のいなくなったクッツェーが人間の初源にまでさかのぼり、奇妙な知の荒野を踏みしめる足音が聞こえる。「書くということはすべて自伝である」とするクッツェーは、煉獄かと見紛うヴァーチャル空間で、若くして死んだ息子を抑圧的な管理社会をすりぬけて育てなおそうとしているのだろうか——と思っていたら、二〇一八年五月、スペイン語版『モラルの話』の出版直後のマドリッドで、イエスの連作は死後世界《アフターライフ》だと作家自身が明言して、疑問が氷解した。

パートナーのドロシー・ドライヴァーといっしょに、クッツェーが初めてアデレードを訪れたのは九〇年代初めのことで、気候や風土がケープタウンとよく似たアデレードをいたく気に入り、二人は移り住むことを考えはじめたという。八〇年代から九〇年代にかけて、彼はケープタウン大学とアメリカ国内の大学を往復しながら暮らしていた。アメリカではとくにシカゴ大学の社会思想委員会のメンバーとして定期的に教壇に立った。南アフリカがアパルトヘイトから解放された一九九四年ころには、すでに移住の準備手続きを開始するつもりでいたのだろう。アデレードはケープタウンと緯度も近く、気候風土が似ていて自然食品も豊富だ。「スペインの家」を書いた時期は、アデレードに家を買おうとしているか、すでに買って移住の準備を始めたころと思われる。

だが、クッツェーが実際にアデレードに移り住んだのは『青年時代』を書きあげてからだ。移住後に初めて書いた小説が『遅い男』である。アデレードを舞台にしたこの作品からパソコンを使って書くようになったという。『遅い男』の筋立てはこうだ。

自転車に乗っているとき右から車でいきなりぶつけられ、気がつくとベッドの上、主人公ポールの意識は病室でやっとクリアになる。右膝から下がない！　片足をなくした六十男のポールはフランスからの移民で元写真家、いまは独身だ。流暢に英語をあやつるが、心の奥にいつも身の置き所のなさを抱えている。頼みの綱は介護士マリアナ、クロアチアからの移民で、家族もちの彼女に横恋慕したポールは、一家との繫がりを必死に求めながら生きる喜びをゆっくりと取りもどしていく。

と書くと、ピリ辛ながら心温まる話かと思うが、そんな淡い期待はさらりとかわされ、忽然とエリザベス・コステロなる人物があらわれて、ポールに、あんたはわたしの書いている作品の登場人物だからね、とのたまうのだ。ここで物語の足場がメビウスの輪のようにくるりと反転するからたまらない。

エリザベス・コステロは九〇年代半ばにクッツェーの講演内に登場した架空の人物で、一九二八年メルボルン生まれのフェミニスト作家という設定だ。マリオン・ブルームを主人公に据えた『エクルズ通りの家』が代表作で、息子ジョンと娘ヘレンがいる。このコステロの小説仕立ての講演集は『エリザベス・コステロ、八つのレッスン』として二〇〇三年、クッツェーがノーベル文学賞を受賞する直前に出版されている。『遅い男』のなかに突然あらわれて、主人公ポールと熾烈な議論をかわすエリザベスは、いってみれば作家の分身だ。援助し、援助される両者が最後には和解か、との予感もまた作中でさらっとかわされる。このエリザベスとポールがケープタウン時代に書いた『鉄の時代』の登場人物（ミセス・カレンとその兄）の変身というのも面白い。存在感の薄かった兄ポールが理知的な作家エリザベスとやりあう展開なのだ。

かくして『遅い男』では、鯨のいなくなったクッツェーの淡々とした文章が、加齢、男の欲望、移民、世代間のギャップ、写真のオリジナルなど、すぐれて現代的な問題をラディカルに提起しながら、読み手の意識に揺さぶりをかけてくる。明晰かつ暗示的な文章展開のなかに、人の心の弱さ、柔らかさをふっと感知させるクッツェーらしく、老いゆく移民のリアルに入り組んだ物語のフルコースが舌上にコミカルな苦みを残す展開だ。

南アフリカという「辺境」から苛烈なことばを発信しながら、われわれが偶然産み落とされて不安のうちにおかれる世界を、歴史的、地理的に透視しようとする作品を書きつづけてきた作家は、二〇〇五年に発表した『遅い男』でもまた、技巧は凝らすがファンタジーに逃げず、苦い現実を苦いままに提示する希有な書き手であることを教えてくれる。

二年後に発表された『厄年日記』もまた移民をめぐる物語だ。主人公は一人暮らしの七十二歳の南アフリカ出身の男性作家で、名前はファアン、代表作に『蛮族を待ちながら』がある。ファアンはジョンのスペイン語読みだ。「セニョール・C」と呼ぶ場面が出てくるあたり、スペイン語への接近がすでに始まっていたことがわかる。老作家はドイツの出版社からの依頼に応じて「強力な意見」を執筆中だ。「国家の起源について」「アナーキズムについて」「デモクラシーについて」と「意見」は述べられていく。「テロリズム」「アル・カイダ」「国家の恥」など、作品が発表された二〇〇七年当時のアメリカ合州国を中心にした世界情勢への鋭い批判が特徴だ。

ところが。ある静かな春の朝、彼が住む高層マンションの一階ランドリールームで、真っ赤なワンピースを着た、若くて魅力的な女性アニヤを見かける話もまた「底部」で展開されるのだ。じつはこの作品、各ページが三段に区分けされていて、上段に老作家の原稿「強力な意見」が、中段にマンションの最上階に住むフィリピン系のアニヤとの物語が、下段にはアニヤとそのパートナー、アランの物語が三層構造になって同時進行する構成なのだ。混成三部合唱のようなポリフォニックな構成のページを見ていると、まるで室内楽のスコアでも見ているような気分になる。こんな本を翻訳するときは、どうすればいいのか！　横書きの言語の場合はそのまま移せばいいが、日本語のような縦書き言語では？　案の定、この作品だけは出版されてずいぶん経つのに、日本語訳がまだ出ない。

　さて、クッツェー作品には頻繁に親と子の関係が書きこまれる。自伝的三部作は母や父と息子で、「イエスの三部作」は父と息子、『鉄の時代』は母と娘、『ペテルブルグの文豪』は父と義理の息子だ。『厄年日記』にもその片鱗が埋めこまれている。後半の「第二の日記」に「わたしの父」という章があるのだ。

　ケープタウンの保管場所から最後の荷物が昨日届いた。おもに引っ越し荷物に入りきらなかった書籍と、破棄する気になれなかった書類だ。

　そのなかに、父が三十年前に死んだときにわたしの所有物となった、小さなダンボール箱があった。いまもラベルが貼られたままだ。父の遺品を詰めた隣人が書いたもので、「ZC[*]——抽斗の中身」とある。箱には第二次世界大戦中の一時期、彼が南アフリカ軍に従軍してエジプトやイタリアに行ったときの思い出の品々が入っていた。戦友たちと映った写真、記章、勲章、書きはじめてはみたが二、三週間後に中断されて再開されることのなかった日記、遺跡（大ピラミッド、コロッセウム）や風景（ポー谷）の鉛筆画、それにドイツ軍がプロパガンダ用にまいたビラの数々。箱の底には晩年に書き散らした紙片があり、新聞の切れ端にことばを書きなぐったものが含まれていた。「なんとかならんのか、おれは死にかけてる」

人生にごくわずかなものを求め、ごくわずかなものしか受け取ることのなかった男が残した遺稿《ナーハラース》だ。根っから勤勉ではない――最大級に優しいことばで「お気楽な」――人間が、それでも中年からは諦観の境地で、代わり映えのしない単調な骨折り仕事をつぎつぎと渡り歩いた男。アパルトヘイト制度が保護し、恩恵をあたえるべく構想した世代の人間でありながら、そこから彼が得たものはきわめて僅かだ！　最後の審判の日に、奴隷酷使者や利益搾取者を待ちうける地獄に彼を追いやるには、心を鬼にしなければならないだろう。

わたしのように彼もまた、軋轢、激発、怒りを顔に出すことを嫌い、だれとでもうまくやろうとした。彼がわたしのことをどう思っているか、話してくれることはついになかった。だが心の奥では、高く評価してはいなかっただろう、わたしにはわかる。自分勝手な子供だ、それが冷たい人間になった、そう思っていたに違いない、それをわたしは否定できるだろうか？

とにかく、彼はこの形見の入った、あわれなほどちっぽけな箱へと縮んでしまい、そしてここに歳をとるばかりの保管者、わたしがいる。わたしが死んだら、だれがこれを取っておくのだろう？　この品々はどうなるのだろう？　それを思うと胸が締めつけられる。

＊ザカライアス・クッツェー、父親のイニシャル。

「胸がしめつけられる」と情感たっぷりに書く老作家ファンに、クッツェーはそこはかとなくコミカルな雰囲気をまとわせているが、二年後に出た『サマータイム』では、父親ジャックは実際に「代わり映えのしない単調な骨折り仕事をつぎつぎと渡り歩いた男」として描かれる。アメリカ帰りの独身者ジョンは、父親とケープタウン郊外の廃屋のような家に住み、『ダスクランズ』を書いて作家になる。このデビュー作では父親を、アパルトヘイト制度を擁護する歴史学者「S・J・クッツェー」としてでっちあげたクッツェーは、『厄年日記』では老境に入った作家の文章に託して、おなじ人間としてこの世に生まれた亡き父親への思いを書いていたのだ。

とにもかくにも、スペインに家を買ったり、「ジョン」を「ファン」とスペイン語で表記する『厄年日記』を書いたり、このときすでにスペイン語からの翻訳世界（死後世界）を描く「イエスの三部作」構想は固まっていたのかもしれない。

よみがえるエリザベス——カレンとコステロ

『鉄の時代』を書きながらクッツェーは南アフリカの白人文学についてエッセイを書いていた。一九八八年にイェール大学出版局から出た『ホワイト・ライティング *White Writing*』だ。一六五二年にアフリカ大陸南端に植民地の拠点を作って以来、ヨーロッパ系植民者がどのような視点から文学を紡ぎだしてきたか、それを詩や農場を舞台にした小説を具体的に論じながら解明したのだ。そして、植民者たちがどのような人間的退廃をたどっていったかを明らかにした。クッツェーの結論は次のようなものだった。

最終的にいわざるをえないのは、アフリカにおける静寂と空漠との出会いを言祝ぐ詩のなかには、それまで、たとえ人間がひしめいていたわけではないにしろ空っぽではなかった一つの土地を、静寂と空漠の土地と見なそうとする確かな歴史的意志があると読み取らないわけにはいかないことだ。そこは乾燥し、不毛であったかもしれないが、人間の生活に適さなかったわけではなく、もちろん、人が住んでいなかったわけでもない。ウィリアム・バーチェルからローレンス・ファン・デル・ポストまで、植民地支配のために書かれたものは、ブッシュマンを南アフリカのもっとも真正な先住民と見なしてきた。だが、そのロマンスはまさに、ブッシュマンが滅びゆく種族に属していることにあった。公式の歴史文書は十九世紀のキリスト教時代までの長いあいだ、われわれが現在南アフリカと呼んでいる内陸がいかに無人であったかという物語を伝えてきた。空っぽの空間を詠う詩はいつの日か、同様のフィクションをさらに発展させたことで告発されるかもしれない。

植民地化された土地に対するこの見方は、『鉄の時代』で一枚の写真をめぐるエリザベス・カレンのことばと響きあう。ユニオンデールの教会通りにあった祖父の家で、花壇を前にして撮った写真に、幼いエリザベスが肩から幼児用保護ベルトをつけた姿で母や兄と写っている。その写真の枠外にいる者たちのことを語ることばだ。

毎年、毎年、毎年、あの庭では果実、花、野菜が芽吹き、あふれんばかりの種子をこぼし、枯れて、みずからの力で再生し、その豊かな稔りでわたしたちを祝福した。しかし、だれの愛によって手入れされていたのだろう。だれがタチアオイを切りそろえたのだろう。だれがメロンの種子を、あの温かく湿った土に埋めたのか？　凍りつくような寒い朝、四時に起き出して水門を開き、庭に水を引き入れたのは、祖父だったのか？　祖父でないとすれば、あの庭の正当な持ち主はだれか？　影の存在は、見えない存在は、いったいだれなのか？　写真には入らずに、手にした熊手にもたれて、シャベルにもたれて、仕事にもどるのを待っているのは、そしてまた、切り取られたこの矩形のへりを押さんばかりに、その端をたわめ、いままさにその内部に入ろうとしているのは、いったいだれなのか？（傍点引用者）

植民地における入植者と先住系の人びとをめぐるクッツェーのこの視点は、オーストラリアへ移住して市民権をあたえられたときに、人は出自に関係なく、新たに住むことになった国の歴史上の過去を自分のものとして受け入れる義務と責任がある——たとえ漠としたものであっても、と述べることばへと繋がっていく。

『鉄の時代』の主人公エリザベス・カレンはケープタウンに住む元大学教授だった。エリザベス・カレン Elizabeth Curren と書いたが、じつは、作中に「エリザベス」とは一度も出てこない。「EC」と署名されたメモがキッチンテーブルに残されるだけだ。ところがこの小説が一九九〇年九月に出版される直前のインタビューで、作者自身がその名をぽろりと明かしてしまったのだ。評論集『ダブリング・ザ・ポイント』に収められたそのインタビューには、間近に迫るアパルトヘイトからの解放の予感に、いつになく率直に語るクッツェーの姿がある。

善良だがナイーヴな白人ミセス・カレンはガンの末期患者として歴史的責任を一身に背負おうとするかのように壮絶な最期を迎える。ところがケープタウンで死んだミセス・カレンは数年後にメルボルン生まれの作家エリザベス・コステロ Elizabeth Costello となって、クッツェーが講演で朗読したフィクション内でよみがえる。『鉄の時代』にも「わたし自身のよみがえりのために」と出てくるので、どうやら、クッツェーの「エリザベス再生計画」は『鉄の時代』を書く時点で周到に準備されていたと思われる。『鉄の時代』にちらりと顔を見せる、物故した兄ポールもまた『遅い男』で主人公の「写真家」としてよみがえる（十代のクッツェーは写真家になりたいと思っていたのだ）。

こんなふうにクッツェーは同名の人物を複数の作品をまたぐように復活させる。そのため作品と作品が相互に引き合い、各部が強く共鳴しあうことになる。

大学でギリシア・ローマの古典を教えていたカレンからコステロに姿を変えたエリザベスはフェミニスト作家だ。講演を小説形式にまとめた『エリザベス・コステロ、八つのレッスン』のなかでは、歯に衣着せぬ意見をばしばし口にする人物として描かれている。コステロはその後も作家クッツェーとともに年齢を重ねて、率直さに磨きがかかり、容赦なく本音を語る人物として短篇集『モラルの話』の主人公へと発展する。種を超えた男性性《マスキュリニティ》の問題を通奏低音のように七つの短篇内に響かせる『モラルの話』では、動物の生命と人間の老いの問題が前面に出てくる。コステロは作家のダブル（分身）と考えられることが多いが、あくまでジェンダー的に反転した鏡像としてだろう。

注意したいのはカレンとコステロでは登場する舞台に決定的な違いがあることだ。南アフリカ時代のクッツェーは、生身の人間として、自分が産み落とされ生きてきた土地の歴史や時代と正面から向きあい、その現実と格闘しながら書いた。オーストラリアへ移住したあとは立ち位置をぐっと後ろに引いて、自分が生きた時間と世界を俯瞰する視点から書くようになった。文体は軽やかで、より抽象的に、よりシンプルになって「晩年のスタイル」を形成していく。

一九七四年にヴェジタリアンになったクッツェーは『鉄の時代』に、人間や動物の「生命」について考えながら「親と子の関係」の哲学を探り、生命軽視の戦争と犠牲への猛反発を切々と訴える女性を登場させた。国内の解放闘争が頂点を迎える時期にこれを書いたのだ。たとえば、カレンはこんなふうにつぶやく。

いまもあの、犠牲を呼びかける叫びが嫌でたまらない。若者たちが泥のなかで血を流しながら死んでいくことになる、あの呼びかけが。どれほど偽装を凝らそうと、戦争は戦争。仮面を剝げばわかるわ、一つの例外もなく、美辞麗句の名のもとに、年長者が若者を死へ送りこむとよ。ミスター・タバーネがなんといおうと（彼を責めるつもりはないの、未来は偽装してやってくるものだから、もしも未来が剝きだしの姿でやってきたなら、わたしたちはそれを見て、石のように動けなくなるはずよ）、戦争は年長者が若者を犠牲にするものだということは、れっきとした事実として残る。（傍点引用者）

「あれかこれか」とイデオロギー的二分法で人を問い詰めがちな政治的激動期に書かれたことばだ。解放闘争に深くコミットする側からは、黒人居住区の惨状に対してこんなナイーヴな人物を、なんでいまさら主人公にするのかと批判されたかもしれない。この作品が出版されたころは、現場からの臨場感あふれる報道によって、生々しい声がたくさん伝えられた。そんな声のなかで読む『鉄の時代』は、黒人の元教師タバーネや家政婦フローレンスの凛とした発言、あるいは酒浸りのファーカイルに対してタウンシップから逃げてきていた二人の少年が見せる憤怒が、ある種のステレオタイプに思えるほどだった。ところがいま読むと、むしろその姿はじつにくっきりと輪郭をもってたちあらわれる。記憶の風化にも耐えうるフィクションのもつ強靭さというべきだろう。

また『鉄の時代』では、集団として区分けされてきた人と人のコミュニケーションのあり方に絡んで、犬、猫、兎などが微妙かつ深い存在感をかもしだしている。フローレンスの夫がたずさわる鶏肉工場をカレンが目撃する場面――逆さに吊るされた鶏の斬首――など動物の生命と人間との相互関係は、その後『少年時代』『動物のいのち』『恥辱』『エリザベス・コステロ』を経て『モラルの話』や「イエスの三部作」へと発展していく重要なテーマで、これはクッツェーが決して手放さないテーマの一つなのだ。というより「声なきものたち」への気遣い、心遣い、ケアの思想はむしろ、現在のクッツェーにとって主要なテーマになっているといえるだろう。ちなみにクッツェー作品のなかで「犬 dog」という語がもっとも多く出てくるのが『鉄の時代』で、それは浮浪者ファーカイルの飼う犬には名前がないからだ。名前があるのは『少年時代』ではヴスター時代の「コサック」と母親がむかし飼っていたジャーマンシェパードの「キム」、『恥辱』ではルーシーの飼うブルドッグの「ケイティ」、そして「イエスの三部作」の、これまたジャーマンシェパードの「ボリーバル」くらいで、『モラルの話』で吠えつづける獰猛な「犬」にも名前はない。

『鉄の時代』の出版は南アフリカ社会の激動期と重なったため、植民地主義の歴史と人種差別制度との関連で読まれることが多かったが、時代は移り、いまはむしろ作品に埋めこまれた別の軸が透かし見える。その軸の一つがフェミニズムだ。

クッツェーという作家はかなり早い時期から、フェミニズム思想が提起したものときちんと向きあってきた人だと、この作品を訳しながら確信した。しかもその思想の成果が、たんなる観念としてではなく、日々の暮らしの現場で、身体を通して、痛みをともなう経験を通して学んだ、作家自身の血や肉となった知として獲得されているのだ。

二〇〇八年に出た初訳『鉄の時代』の訳者解説にそう書いた直後、クッツェーはだれもがあっと驚くような手法でフェミニズム的自己検証をやってみせた。二〇〇九年の『サマータイム』、自伝的三部作の最終巻だ。ミセス・カレンをフェミニズム作家コステロとしてよみがえらせたのは、問題との対峙方法をより広い視野で展開するためのプラットフォーム作りだったのかもしれない。

一連のコステロ作品と並行して、まだ南アフリカにいたころ書いた『少年時代』では、みずみずしい少年期の感覚を鮮烈に喚起させながら、アパルトヘイト社会で成長するとはこういうことだったと外部世界に向けて描いてみせた。続く『青年時代』では、詩人になろうと奮闘努力する学生時代と、田舎者として憧れのロンドンへ渡った六〇年代初頭に光を当てる。二十歳前後というのは概して、その渦中にいても後でふりかえっても、惨憺たる苦さがこみあげてくる時期であり、その意味でこの巻のダークコメディの味は真正だ。だがロマン主義とオブセッションの関係を分析するキレがやや緩い。ところが次の『サマータイム』で手法は晴れやかにシフトする。作家クッツェーはすでに故人、「朱夏の時代」である三十代を「独り者」というフィクションに仕立てて、ジョンと交流のあった人物（五人のうち四人が女性）へのインタビューを作家のノートや断章ではさみこむ形式で、過去の自分について他者に語らせる徹底的な「自己検証」をやったのだ。「他者による自伝 *autrebiography*」そのものではないか。このようにフェミニズム思想とガチで向き合うクッツェーは、ここにきて大輪の花を咲かせた。

この『サマータイム』と『鉄の時代』のちょうど中間に位置するのが一九九九年に発表された『恥辱』だ。そこには女性を愛でて一瞬で落とす対象《オブジェ》と見なしてきた大学教授が登場する。ケープタウンの大学でワーズワースやバイロンといった英語ロマン派詩を教える五十二歳の白人男性だ。この小説は南アフリカ社会に充満するセクハラやレイプといった暴力を、人種がらみで描きながら、それが一社会内にとどまらず、世界中でいまそこにある現実としてざらつく問いを突きつけたせいか、発表当時はスキャンダラスなまでにメディアの話題を呼んだ。

その『恥辱』刊行の約二十年後、この本のペーパーバック版を出すUKペンギンのウェブサイトで「僕たちが聞く耳をもたないうちに『恥辱』が僕たちに語っていたこと」という記事が掲載される時代になった。この記事の書き手は十五年前の学生時代に初めてこの作品を読み、二〇二〇年に再読してこの記事のタイトルを思いついたという。いまではある種の #MeToo 小説として読まれる『恥辱』や『サマータイム』の先駆性について、フェミニズム思想との関連で『鉄の時代』から補助線を引いて読み解く作業が必要なのだろう。

『モラルの話』に英語版がないわけ

二〇一七年十月、秋もしだいに深まり、新訳『ダスクランズ』を送ってしばらくしたころ、訳者のもとにPDFファイルがひらりと送られてきた。タイトルに*Moral Tales*とある。「ひらり」というのが、受け取ったときの印象だった。開けてみると「ひとりの女が歳をとると」など、ずいぶんむかしに読んだ作品もあるが、新作がいくつもある。どきどきしながら読んでいるところへ、南米とヨーロッパ諸国への旅を終えたクッツェーから「長旅からアデレードへ帰ると日本語の新訳『ダスクランズ』が待っていてくれた」というメールが舞いこんだ。届いたばかりの*Moral Tales*のオリジナルはいつ出版されるのか、と質問すると、即座に「まだ英語の出版社にはオファーしていない、その理由についてはこれ以上ここでは語るつもりはない」と返事がきた。

J・M・クッツェーの『モラルの話』は、澄み切った厳冬の夜空にりんと輝く七つの星のような物語から構成される短篇集だ。ストーリーテリングの衣にくるまれた話はたいてい短く、さらさら読めて区切りもいいが、じつは奥が深い。「犬」「物語」「虚栄」「ひとりの女が歳をとると」

「老女と猫たち」「嘘」「ガラス張りの食肉処理場」と読み進むにつれて、動物、欲望、ジェンダー、美、生命、加齢、死といった個別のテーマが鎖のように絡まり、響き合い、全体をつらぬく思想がじわりと浮かびあがる仕掛けになっている。

第三話の「虚栄」から、六十五歳の老作家エリザベス・コステロとその家族が登場して、親子関係をめぐる微妙な心理が物語の枝葉を鮮やかに繋らせる。ニースに集まった息子ジョンと娘ヘレンが老母エリザベスとかわす会話が「歳をとる」というテーマをコミカルに、辛辣にあぶりだす。となると作家コステロの面目躍如、親としての自分にも鋭い光をあてて、真実を明確なことばにしようとする作家クッツェーの脳内シアターで、登場人物たちの台詞が熾烈に炸裂する。

後半は、動物の生命をめぐるモラルの問題が急展開する。「老女と猫たち」では、オーストラリアのメルボルンに住んでいたはずのコステロが、いつのまにやらスペインの片田舎で野良猫に餌をやっていて——「スペインの家」がコステロの家になっている！——のっけから「猫に顔はない」と語る母親と、遠くボルチモアから飛んできた息子ジョンの嚙み合わないやりとりが続き、コステロの老いがじわじわと足元から忍び寄ってくる気配が強まる。こうして「動物の生命」と「人間と動物の関係」という、クッツェーが現在もっとも深い関心を寄せるテーマが真正面から論じられていく。

老いの「本当の真実」をめぐる、短いが切迫した「嘘」をはさんで、最後の「ガラス張りの食肉処理場」ではコステロが過去に書いた雑文やメモが挟みこまれて、突如として若きハンナ・アーレントとその指導教官／愛人マルティン・ハイデガーが登場する。母親からどさりと送られてきた日誌やら書評の草稿を息子ジョンが読む、というクッツェーお得意の入れ子式の構成だ。大学教授でもあり、知的で、善良で、母親を愛しているため礼儀に反する態度は極力ひかえるものの、心のなかでは「畜生は皆殺しだ——野良猫、野良犬、世界はもうそんなものを必要としない」と叫ぶ現代人のジョンは、どのような根拠で人間は動物とみずからを歴史的に区別してきたか、という問いをその文章から突きつけられる。読み終えた息子が母親に異変が起きていないかと電話すると、日誌ではデカルトが生きたままの兎を解剖したことやハイデガーの世界形成理論をダニに絡めて舌鋒鋭く批判していた母親が、危機感あふれるようすで昨夜テレビで見た「ひよこ」のことを吐露する。ここにいたってクッツェーの文章は骨までしみる透徹さを見せて読者を足元から揺さぶる。それが文学の仕事だといわんばかりに。

この短篇集は二〇一八年五月中旬にまずスペイン語訳『*Siete cuentos morales* 七つのモラルの話』が、その半月後に日本語訳『モラルの話』が、八月にフランス語訳『*L'abattoir de verre* ガラス張りの食肉処理場』が出版された。翌年六月にオランダ語訳『*De oude vrouw en de katten* 老女と猫たち』が、五月にイタリア語訳『*Bugie* 嘘』が続いたが、英語版は未刊のままだ。それまでにも英語版より先にオランダ語版が出ることは何度もあったが、すぐに英語版が続いた。英語を第一言語として育ち、英語で教育を受け、英語で書いてきたクッツェーがなぜこんな発表方法を選んだのかを考えるために、英語とこの作家の関係を再度、確認しておこう。

クッツェーがポール・オースターに、英語がモノリンガル的に使用されているオーストラリア社会に強い違和感を感じていると書き送ったのは二〇〇九年五月、ケープタウンからアデレードへ移住して七年後だ。その手紙のなかで、クッツェーはジャック・デリダの『他者の単一言語主義』をまるで自分のことのように読み、デリダにとってのフランス語は自分にとっての英語であり、英語は自分の第一言語だが「母語」ではないと書いた。「母語」という語は使いたくないとも書いている。そこにはこの作家の生い立ちや、彼が生きてきた社会での人間関係が絡んでくるが、国外へ出ることで突きつけられて学びなおした歴史認識や、外部から自分の立ち位置を見なおすことによって養われた言語への鋭く深い洞察が透かし見える。

この作品はまずスペイン語で出る、と公表されたのは二〇一七年九月、ブエノスアイレスのラテンアメリカ美術館（MALBA）でクッツェーが「ガラス張りの食肉処理場」を朗読したときだ。六回にわたってサンマルティン大学で開かれてきた「南の文学」の最終イベントで、コーディネーターであるアナ・カズミ・スタールと静かに対話しながら、なぜこのような作品にしたかを詳しく語ったのだ。

驚いたのは、それから四カ月後の二〇一八年一月二十七日、コロンビアの城塞都市カルタヘナのブックフェアで行なわれた短いスピーチだ。第一章の「クツィアでもクッツィーでもなく」でも触れたが、その前年の秋にイギリスで開催されたシンポジウムなどで、ふたたび彼のファミリーネームの発音をめぐるやりとりがあったようで、そのときは明言を避けたクッツェーが、わざわざステージで「自己紹介させてください。わたしの名前はジョン・クッツェーです。Allow me to introduce myself. My name is John Coetzee.」と、舞台上の人物がだれであるか、すでに知っている聴衆に向かって自分の名前を「音にして」響かせてから『モラルの話』の「犬」を朗読したのだ。そのとき編集者ソレダード・コスタンティーニから、なぜこの作品を最初に英語ではなくスペイン語で出すのかと問われて、クッツェーは次のように答え、自作を最初に他言語への翻訳で出すことに問題はないと言い切った。

子供のころからわたしは英語で書いてきました。若いころは、英語という言語を使いこなすことで、アフリカーナの偏狭な世界観から自分は解放されたと信じて疑いませんでした。英語という言語に、とりわけ英語の詩にすっかり魅せられ、T・S・エリオットやエズラ・パウンドといったモダニストに多大な影響を受けて、彼らの詩を模倣して詩を書きました。その後、だんだん詩を書きたいという衝動は薄れて、しばらくは詩も散文も、なにも書きませんでした。ふたたび真剣に書きはじめたのは三十代ですが、そのときは英語で散文を書いていました。それ以来、ずっと英語で散文を書いてきましたが、英語が自分の言語だと思ったことはありません。たとえばシェイクスピア、トマス・ハーディ、あるいは北アメリカの作家ならハーマン・メルヴィルが英語に感じたようには、自分の言語だと思わなかったということです。

わたしの求めに応じてクッツェーから送られてきたスピーチのオリジナル・テクストには、問題は詩だったことが明記されていた。ある北アメリカの詩人が「だれのために詩を書くか」と問われて「だれのためでもなく言語のため」、と答えたことを知ったクッツェーは「これは真実だ」

と思ったと述べている。そのインタビューは「なぜ自分が詩を書かないか、なぜ自分が詩を書いているところが想像できないかという問題を一気に照らしだした」として、スピーチはこう続く。

> 話す英語も書く英語も、わたしは自由に使いこなすことができますが、それが次第に外国人ならこんな感じか、という使いこなし方のように思えてきました。わたしの英語が翻訳されやすい理由はそこにあるのかもしれません。わたしは自分の本の翻訳者たちとは、自分が知っている言語のときは密接に連絡をとりあって仕事をしてきたので、翻訳者たちが作りだすバージョンはオリジナルとくらべてまったく遜色のないものに思えます。
> わたしが英語の詩を書いているのが想像できないのは、だれかほかの人の言語のために詩を書くのが想像できないからです。(……)
> わたしの本が英語という言語で最初に世に出なくても、とくに問題はありません。なぜなら、わたしの本は英語という言語にルーツをもっていないからです。

「わたしの本は英語という言語にルーツをもっていない」というところは、クッツェー作品はすべて「born translated 翻訳されて生まれてきた」ことを明確に裏づける発言だ。これは彼が生まれ育った南アフリカという土地の植民の歴史や、民族、言語環境に関連している。クッツェーは第一言語こそ英語だが、ファミリーネームの発音をめぐる長年の混乱が示すように、父親はオランダ系で父親の第一言語はアフリカーンス語だった。母親のほうはドイツ系(ポーランド系)

とオランダ系が混じるが、兄弟姉妹ともども英語で育てられた。

つまり、少年ジョンは母親の第一言語である英語で育てられ、家庭内では英語を使いながら、アフリカーンス語が常に身近にある環境で暮らし、父方の親戚とは英語とアフリカーンス語がまじりあう環境で成長したのだ。少年時代に通った小学校では英語で教えるクラスとアフリカーンス語で教えるクラスに分かれていて、アフリカーンス語の「国語化」を国策とするアパルトヘイト政権下で、オランダ系の名をもつ子供はアフリカーンス語で教えるクラスに編入されるのではないかと不安にさいなまれた。それは辺境の地に閉じこめられていると感じる者が、世界と繋がるための言語から切り離される不安でもあっただろう。世界との通路である英語を自在に駆使できる作家が、晩年にいたって、自分の作品は英語という言語にルーツをもっていない、英語が自分の言語だと思ったことはない、と断言する。それがクッツェーという作家の「立ち位置」なのだ。「英語という言語」についてクッツェーは先のスピーチをこう結んでいる。

わたしは英語が世界を乗っ取っていくやり方が、好きではありません。英語が進む道の途中でマイナーな言語を押しつぶすやり方が、好きではありません。英語がもっとも普遍的であるかのようなふりをすること、つまり、世界とは英語という言語の鏡に映るものであると疑いもしない考えが、好きではありません。英語をめぐるこの状況がネイティヴ・スピーカーのなかに生みだす傲慢《アロガンス》さが、好きではないのです。というわけで、英語という言語のヘゲモニーに抵抗するために、どれほどささやかでも、わたしは自分にできることをやります。

J・M・クッツェーという作家は新たな「鯨」を発見したらしい。生まれたときから作家自身を飲みこんでいる「英語」という巨大な鯨だ。

ちなみに『モラルの話』はまずスペイン語で *Siete Cuentos Morales*（七つのモラルの話）として出版されたが、このタイトルはホルヘ・ルイス・ボルヘスの短篇集『七つの夜 *Siete Nohes*』を連想させる。オリジナルの英語タイトルに「七」という数字はないけれど、ボルヘスは一九四六年に「市立図書館員の職を追われ、公設市場の鶏および兎の雌雄判別係に左遷され」たそうだから、スペイン語読者は「ガラス張りの食肉処理場」のひよこのエピソードを読んでふたたびニヤリとなるのかもしれない。

J・M・クッツェーのレジスタンス

二〇一八年四月二十四日、サンマルティン大学で行なわれてきた連続講座「カテドラ・クッツェー」の成果を検証するラウンドテーブルで、J・M・クッツェーは衝撃的な発言をした。右手にラバーのサポーターをはめ、やや険しい表情で、「北のメトロポリス」中心の出版活動に容赦ない批判を展開したのだ。

二〇一三年二月末にクッツェーは東京国際文芸フェスティバルの特別ゲストとして三度目の来日をし、『イエスの幼子時代』を朗読して聴衆を魅了した。その翌月、ノーベル文学賞を受賞して間もない莫言と対話するため北京を訪れ、その足でコロンビアへ向かった。黒い革ジャン姿で自転車に乗ってボゴタの街を走るクッツェーの姿がネット上にあらわれたときはちょっと驚いた。

クッツェーがブラジル、チリ、アルゼンチン、ウルグアイなど南アメリカ諸国を訪れて自作を朗読したり、検閲について語ったりするようになったのは、二〇一一年十月にオースティンのハリー・ランサム・センターへ関連書類を譲渡したあとのことだ。米国やカナダで、のちに『ヒア・アンド・ナウ』にまとめられる往復書簡をポール・オースターと朗読し、二〇一四年四月にブエノスアイレスのサンマルティン大学で二人仲よく名誉博士号を授与されている。

クッツェーが「世界文学」という表現に異を唱えはじめたのはこのころだ。二〇一五年四月、アルゼンチン最大の日刊紙「クラリン」とのメールインタビューで、「世界文学」とは「結局は、北の大都市以外のところから出てくる文学を指す婉曲表現」だと批判し、北のメトロポリスのことを語らない限り「田舎者」でありマイナーであると運命づけられるという考えにこそ抵抗しなければならない、と彼は述べた。その記事はサンマルティン大学で彼がチェアをつとめる「カテドラ・クッツェー」の開講直前に発表された。

第三章の「文体と文学論」でも触れたが、「カテドラ・クッツェー」とは二〇一五年から三年にわたって四月と九月に、広くラテンアメリカ諸国の大学院生を対象に実施された連続講座で、北を介さずに地球の南半球にある土地と文化圏を直接つなぐ試みだった。この講座では、南部アフリカ、オセアニア、南アメリカをダイレクトに結んで、作家、詩人、評論家、編集者、映画監督、シナリオライター、ジャーナリスト、研究者たちが集って講義を行なっている。

各回のテーマを見ると、第一回がオーストラリアの文学、第二回が南アフリカの文学、第三回がオセアニアの文学、第四回が南部アフリカとジャーナリズム、第五回が文学作品の映画化、第六回がラテンアメリカにおけるクッツェー作品の受容、そして二〇一八年四月に総括的なラウンドテーブルが開催された。

チリでも活発な動きがあった。J・M・クッツェーの名を冠した短篇賞が若手作家を育てるために設けられ、毎年授賞式に出席して講評するクッツェーの姿が報じられた。これらはすべて、東欧圏を含むヨーロッパ諸国やインド、日本、中国、オーストラリアなどで開催される文学祭、映画祭に足を運びながらの活動だ。まるで千里靴を履くように移動しつづける作家の活動範囲はとどまるところを知らないように見えた。

そして二〇一八年四月二十四日のラウンドテーブルで、この作家は聴き手が思わず身を乗りだしそうなことを語ったのだ。十七分ほどのスピーチで、アシャンテという架空の国を舞台に「文学、翻訳、言語」をめぐる「北と南のパラダイム」をシンプルなことばでわかりやすく可視化させ、北側のヘゲモニーを根源的《ラディカル》に批判したのだ。ナショナリズムを超え、言語の壁さえ超えようとするクッツェーが、人生の終盤に始めた「南の文学」構想にどのような視点が埋めこまれているのか。それは東アジアの一マイナー言語である日本語を使う者にとって「世界文学」とはなにかを考えるために避けて通れない問題だ。

ラウンドテーブルのステージに、クッツェーとともに三人のアルゼンチンの作家・翻訳家がならんだ。マリアナ・ディモポウロス、ペドロ・マイラル、ファビアン・マルティネス・スィカルディだ。アデレードからはカテドラ初回のゲスト作家ニコラス・ジョーズが、ケープタウンからは第四回に招かれた詩人・ジャーナリストのアンキー・クロッホが、ビデオメッセージで参加した。

全講座を通して、献身的な仕事ぶりを発揮したコーディネーター、アナ・カズミ・スタールへの惜しみない謝辞を述べたあと、クッツェーはあらためて、講座の達成目標とは「北を介さずに」南の文学者や学生が相互に交流することだったと語った。視野に置いたのは、たがいに距離的、言語的に離れていても、背後では一つの大きな歴史から影響を受け、土地との関係も共通する文学、つまり広い南アメリカのなかでもアルゼンチン文学、それほど広くはないが注目にあたいする南部アフリカ、そしてオーストラリア文学の実践者たちの相互交流だったと述べた。これは翌月、スペインのマドリッド、ビルバオ、グラナダの三都市で行われた『モラルの話』のプロモーション・イベントでもくりかえし語られていくことになった。

「北を介さずに」とはどういうことか、なぜそれが重要だと考えるのか。クッツェーはシンプルなストーリーをもちいて説明する。話はメディアをめぐるものだ。アフリカに位置する架空の国をとりあえず「アシャンテ」と呼び、そこを舞台にした出来事に絡めて、文学にもこれはいえることだ、とラディカルに疑問を投じていくのだ。ネット上の動画を参照にざっくりとまとめてみよう。

ある朝、アシャンテの首都に住む人びとは、通りを轟々と進む戦車の音で起こされる。カーテンの隙間から外をのぞくと武装した兵士の姿が見える。なにが起きてる？　軍が権力を握ろうとしているのか？　彼らはニュースを見るためテレビをつけるが、テレビでは子供番組しかやっていない。ラジオは音楽だけを流しつづける。一方、ロンドンのＢＢＣやニューヨークのＣＮＮでは煌々と明かりがつく本社に、アシャンテとかいうアフリカの国で軍が権力を掌握しつつあるという噂が入る。ＢＢＣはアフリカ特派員に連絡して——その特派員をＸとする——

急遽、写真班とアシャンテへ飛べと命じる。翌日、Xはアシャンテに乗りこみ、そこからロンドンへ最初のリポートを送る。そのリポートで彼女は、現在起きている事態の主役は大統領と軍のトップだと述べ、今後の事態の展開をめぐる予想を伝える。BBCにしてみれば、情報を収集して放送するという点で、これは円滑で効率的な活動だ。

クッツェーはここでまず「アシャンテで起きていることを世界に伝える資格をXにあたえているものはなにか？」という問いを投じる。「アシャンテには、外国人Xより状況を詳細に知るジャーナリストはいないのか？」と。

BBCからは、視聴者はXの顔を見慣れていて彼女の発言に満足し信頼を置くだろうという応答が考えられる。ローカルな人間が語るストーリーは細部が多すぎてBBCの視聴者が望むものとは違う、求められるのは全体の動きであり、たとえば、アシャンテでいま起きていることがグローバルな対テロ戦争との関係でどのような意味があるか、なのだと。「この応答は精査にあたいする」としながら、クッツェーは話を先へ進める。「通りを轟々と進む戦車で始まったストーリーで、なにが起きているか知るためにアシャンテの一般市民はなにを頼りにできるか？　自国メディアは、国家や軍の支配下にあるため頼りにならない。外国のメディアだけが、偏向のない、信頼に足るニュースを流す。偏向がないといえるのは、外国メディアはアシャンテの政治に利害関係がないからで、アシャンテの一般市民はBBCやCNNにスイッチを合わせて、自国で起きていることを説明するXの話を聞くことになる」

どことなく、戦後ずっとひた隠しにされ、ごまかされてきたものが、大震災直後に一瞬、だれの目にも明らかになり、正体が見えてきたところに、ふたたび歴史を逆もどりさせようとする力が強まるこの社会にも当てはまりそうな話だが、とりあえずクッツェーの発言にもどろう。

クッツェーは「これが、南の人間がどのように南のニュースを知るかというストーリーの結末だ。彼らはニュースを入手するが、ここが重要なのだが、ニュースを聞くのではなく小耳にはさむことで入手する。Xが配信するリポートは南に届けるためのものではなく、北にいる視聴者向けだ。リポートは南を対象とするが、北の報道機関とその大衆という、北の二集団のあいだで処理される原理に従う。報道機関が仕事としているのは、いま起きていることをストーリーにして集め、パッケージにして売ることで、メディア企業が最優先するのは視聴率であり、視聴率をあげるためにストーリーはテレビ映えしなければならない。アシャンテの国内政治はテレビ映えしそうにないが、軍事クーデタならその可能性は高く、ふんぞり返って歩く将校が出てくればニュース価値はあがり、通りに血だまりがあればもっといい」と皮肉を隠さない。

アフリカ諸国や南アメリカ諸国、あるいはアジア、中東などの紛争を伝える北のステレオタイプな価値観に鋭く切りこむクッツェーの語調が冴えわたるところだが、ここから、話は文学へと進む。「今夜ここで話をしている私たちは（……）フィクションを書いて出版する仕事をしている。私たちが仕事をする現場で働く力と、ジャーナリストが仕事をする現場で働く力はおなじではないが、アシャンテをめぐるこの小さなストーリーは関連がある」のだと。

そして議論は核心に入る。「南から出てくるストーリーを報道するかどうかを決める北は、南とは無関係の優先順位に従う。報道機関の関心はもっぱら北の視聴者を惹きつけられるかどうかだが、出版もおなじで、南から出てくる本が北で翻訳出版されるかどうかは南とは無関係、出版社の関心は北の読者を惹きつけられるかどうかなのだ。さらに、北の出身であれ南の出身であれ、私たちは文化のパラダイムに拠ってストーリーを形成するが、そのパラダイムが言語化されることはまれだ。意識さえしないかもしれない。ＢＢＣやＣＮＮが対応している広範囲な北の都市文化のなかで、なにが面白いストーリーの要素となるかを決めるパラダイムは、アシャンテの文化内で面白いストーリーの要素を決めるパラダイムとおなじではない」

クッツェーの「北と南のパラダイム」をめぐる指摘が鋭さを増すにつれて、これは翻訳の細部についてもあてはまることが明らかになっていく。アフリカ関連の文学を三十数年にわたって訳してきた者は気づく――これはチママンダ・ンゴズィ・アディーチェが「シングルストーリーの危険性」で指摘したことと重なると。アフリカはそれまでは西欧中心のステレオタイプな視点から語られてきたが、いまはアフリカ人がアフリカ側から語る時代だ、とアディーチェは論じた。クッツェーは「アフリカ」を「南」へ、横に広げようとしていると思われる。

「北の出版社が対応する北の読者にとって面白いストーリーの要素は、アルゼンチンやオーストラリアの読者にとって面白いストーリーの要素とはかぎらない。ＢＢＣが独自の特派員Ｘをアシャンテに派遣する理由はそれだ。Ｘならそのパラダイムの範囲内で仕事をすると信頼できるから。一方、その土地のリポーターはどうしても無関係な細部をたくさん入れすぎる。もちろんストーリーを面白くするのは、その無関係で不必要とされる細部なのだが、それはその土地のアシャンテ人にとってであり、南をめぐるストーリーで北はその土地の人の関心事には興味がない」とクッツェーは指摘する。

アフリカ系の作家やアフリカ発の作品を翻訳する場合、ストーリーの流れをきちんと理解するためには細部に註をつけなければならないことが多い。しかし、本文中の細部がつぶれていたり変形されていても、南の事情に疎い読者には気づかれないことが多々ある。作品がもっぱらエンタメ性に焦点をあてた商品として消費される現場では、あまり問題にならなかったりする。その理由をクッツェーのこの指摘は説明している。

クッツェー自身が「アルゼンチン文学は、というかラテンアメリカ文学は一般に、ヨーロッパや北米の出版産業とそれほど緊密な結びつきがない。それは大きな利点だ。アルゼンチンのようにオーストラリアや南アフリカにも独自の出版産業があるが、しかし、オーストラリアでも南アフリカでも、作家が本当に成功するには北で出版されて読まれるかどうかが重要であり、ロンドンとニューヨークが（とりわけニューヨークが）評価を決める中心でありつづける」というのを聞きながら、この作家が一九七四年に初作『ダスクランズ』を出すために、まずイギリスやアメリカのエージェントに何度も働きかけていたことを思いだす。すべて不首尾に終わって、ようやく南アフリカの小さな出版社から出すことができたのだ。そして『蛮族を待ちながら』でブレイクして世界的な作家になった。北で認められたいという野心をもって書いてきたと、翌五月末にマドリッドでもクッツェー自身が語っていた。つまり、これは自分の体験を批判、検証することによって見えてきた視点なのだろう。

「オーストラリアや南アフリカなど英語圏の国で生まれ育った作家にとって、北のメトロポリタンの読者が肩越しにのぞきこんでいることを無視することは難しい。内なるプレッシャーがかかり、その土地の細部や特有の表現を入れすぎて重たい作品にならないよう、北のゲートキーパーの目にかなうストーリーになるよう、メトロポリタンのパラダイムに合わせようとする。ゲートキーパーとは、南から出てくるどの作家を世界に売りこみ、どの作家は売りこまないか、南が南について語るどのストーリーなら世界文学のレパートリーに入り、どのストーリーは入らないかを決める人たちのことだ。オーストラリアにも南アフリカにも、ゲートキーパーの心を読み取ることに熟達した作家はたくさんいて、その土地らしさとエキゾチックなものを少しだけ加味して文芸作品を作りあげる。適度にエキゾチックであることは北の読者を惹きつける要素の一つだからだ。しかしそれでは、北のパラダイムに合わせたストーリーになってしまう」という指摘は、彼自身の作品行為を再検証する発言でもあるだろう。これはヨーロッパと南半球にある旧植民地との関係が遺したもの、北と南の歴史的関係の後遺症について考えさせられる指摘である。報道や文学作品の内容をめぐって、北のメトロポリスを中心にした聴衆や読者が望むものを、南が忖度して番組や作品に反映させてしまう力学の問題でもあるだろう。

この「エキゾチックなものを少しだけ」という指摘に、アフリカから出てくる文学作品をこれまで訳してきた者として、はたと膝を打った。これは面白い、出しませんか、という提案に、アフリカ文学は売れません、読者がもとめていないから、政治的だから、と中身も精査せずにいわれたことを思いだすのだ。売れる売れないを分ける基準はなんだろう？　と頭を抱えた。エキゾチックすぎる？　身近にない情報が多すぎる？　でも、アシャンテのようなアフリカの国からダイヤモンドやプラチナを輸入して身を飾り、アシャンテのような国で産出したレアメタルをパソコンやケータイに使って暮らす私たち。そんな私たちは「北」に属しているのか？　それとも、自国の政治家の行動を知るためにニューヨークタイムズやガーディアンに頼るようになってきたところを見ると、「北」に属すると勘違いしたまま、じつはいまも「南」なんじゃないのか？アフリカを舞台にした作品を、細部をできるだけつぶさずに訳そうとしてきた人間として、脚色や加工を避けることで作品自体の秀逸さが光り、生かされる時代がようやく訪れはじめたと喜びたいところだけれど、果たしてそうか？

「北と南のパラダイム」は、クッツェーがいうように、人の無意識のなかに蓄積されるため、言語化されにくい。「シングルストーリーの危険性」がいわれる割には「アフリカが遠い」のは多分そのせいだ。クッツェーはこのパラダイムについて次のように話を結ぶ。

注意深く聞いてきた人は、わたしが一度も「グローバル」という語を使わなかったことに気づいたはずだ。わたしは「南の文学」を語ってきたが、それは「グローバルな南の文学」ではない。これには理由がある。

南半球は現実に存在する世界の一部だとわたしは考える。実際にその土地固有の気候、植物相、動物相をもつ世界の一部であり、自然の特徴が似ているだけでなく、歴史や文化でも強い共通性がある。歴史上の共通点のなかにはコロニアリズムという長い複雑な歴史も含まれる。

それに対して、いわゆる「グローバルな南」は、社会学者によって創作された抽象的な概念だ。それはネガティヴな他者としての南であり、富の不在、インフラストラクチャーの不在、コミュニケーションの不在など、「不在の場」なのだ。南という土地の現実の具体的な共通性を強調し、その土地の詩人や思想家たちをもう少し接近させたいと希望することで、北を回避するために、それによって北の文化的ヘゲモニーに抗するために、わたしはこれからもささやかながらベストを尽くしたい。

クッツェーはデビュー時代から「英文学」の枠を超える位置から作品を発表してきた作家だ。最初から「翻訳」という行為を作品内に入れこみ、言語相互の関係を俎上にのせながら歴史的、空間的な再考を読者にうながしてきた。その意味で常に「世界文学」の最先端を走ってきた作家だ。同時代の文学的視野を押し広げ、さらに押し広げられた「世界文学」という概念さえも超えようとする作家、思想家なのだ。

その作品を日本語に翻訳する者は、日本とはクッツェーのいう「北」なのか「南」なのか、両者を含み持つ位置にあるのかないのか、そもそも「英語」という「世界言語」は日本語話者にとってどのような位置にあるのか、根底から考えなおさざるをえない。

偶然にも、初作『ダスクランズ』の新訳の直後に最新作『モラルの話』を翻訳することになったために、翻訳者として二つの作品のあいだに横たわる半世紀近くをひとっ飛びする経験をした。三十代の若造クッツェーがとんがった感覚で仕掛け盛りだくさんに書きあげた『ダスクランズ』

から、七十八歳の老練な作家がさらさらと読ませながら謎めいた深淵をかいま見せる『モラルの話』まで、まるでジェットコースターに乗るようにたどりなおさなければならなかった。広大で深遠なギャップを前にして足元がふらつかずにすんだのは、自伝的三部作『少年時代』『青年時代』『サマータイム』を一連の作品として訳したことが命綱になったからかもしれない。ジョン・クッツェーが生きたケープタウンを訪れ作品舞台となった土地を歩いて思考の足腰を鍛え、いま彼が住み暮らすアデレードのリアルな熱風にさらされたことにも助けられた。そんな補助線の助けによって見えてきたのは、クッツェーがいまの自分は「作家＝書く人」というより「思想家＝考える人」だとして、世界に言語や国境を越えた共同体を作ろうとする姿だった。

翻訳の置きみやげ

半年のあいだJ・M・クッツェーの『モラルの話』の翻訳にかかりきった。これは七つの物語が手をつないで輪舞するような短篇集で、全一六〇ページにしては内容がとびきり濃い。クッツェー作品を訳すのは八作目だったが、こんなに心に残る本はなかった。

登場人物はおもにエリザベス・コステロとその家族。『西遊記』の孫悟空さながら「分身の術」に長けたクッツェーが創造したコステロは、オーストラリア出身で、鋭い批評眼で歯に衣着せずにずけずけと語り、真実をとことん追求する作家だ。ヴェジタリアンで、それも作者と重なるが、あくまで架空の人物である。

『モラルの話』は「人が歳をとること」が大きなテーマになっていて、老人文学、玄冬文学の本格派でもある。老齢の身となった母を案じる中年の息子ジョンや娘ヘレンとの会話が読みどころだ。

それにしてもこの老母の口調が辛辣なことときたら半端じゃなくて、訳しているうちにその激辛口調が訳者に憑依してきてほとほと困った。コステロのように思考して、相手かまわずズバリとものを言いはじめている自分に気づいたときは、すでに手遅れ。仕事が終わるまでは、と直球勝負でがんばったが、バシバシ物言う性格を帯びてきた訳者に、周囲の人たちはさぞや……。俳優が役作りするのってこんな感じかと思いながら背筋を伸ばして作業に集中したけれど、終わったときは心底ほっとした。

この作品はクッツェーの第一言語である英語ではなく、まずスペイン語訳で刊行され、半月後に日本語訳が続いた。スペイン語版は翻訳も編集もブエノスアイレスの出版社「アリアドネの糸」で行なわれたが、作家にとってはそれが重要だった。本が出たあと編集者のソレダード・コスタンティーニとスペイン国内をまわって、なぜスペイン語で出すことにしたかを明かす興味深いトークを展開した。自作についてこれほど率直に語るのは『ダブリング・ザ・ポイント』以来ではないだろうか。また、ステージでここまで具体的に語るのは初めてだったかもしれない。

たとえば、コステロという作中人物を自分は統御できたことがなく、『遅い男』を書いている最中に、彼女が突然その作品に入れろと要求したのだとクッツェーは語った。もっと面白いのは、このコステロを実在する作家だと思いこんでいた読者がいたというエピソードだ。

クッツェーの知人がオーストラリアからインドへ出かけて講演したとき、聴衆から「オーストラリアの作家エリザベス・コステロのことを話してください」という希望が出たのだという。作家自身の意思さえ凌駕して独り歩きするエリザベス・コステロっていったい何者？　と思いながら、そんな強烈な存在感の人物なら、訳者に憑依するのもむべなるかなと妙に納得した。

しかし、じつは辛辣な人物の吐くことばを訳しながら、それと並行してまったく別の作品のゲラも読んでいたのだ。シカゴを舞台にした十二歳の少女、エスペランサの物語だ。

二十数年前に訳したサンドラ・シスネロスの『マンゴー通り、ときどきさよなら』が復刊されることになって、シカゴのプエルトリコ人移民街に住む少女のみずみずしい語りを再読した。これは老女エリザベスの知的思考や無駄を削ぎ落とした言語表現と格闘する身には、渇いた喉をうるおす清涼飲料のようで、両極端のキャラクターのあいだを行ったり来たりの日々が続いた。いずれもおもな登場人物は女性ながら、文体はまったく逆。クッツェー作品は語り手は女性だがあくまで理知に富んだ、いってみれば男性文体であるのに対して、シスネロス作品はやわらかな少女期の語りのことばが紙面で踊るような、英語にスペイン語がどんどん侵入してくる、いわゆる日常会話風のおしゃべり文体なのだ。

そして。二冊の本は無事に出版されたのに、しばらくのあいだ、訳者の内部に住み着いた人物たちは、なかなか「さよなら」をいってくれなかった。エリザベスとエスペランサが入れ替わり立ち替わり夢にあらわれて、大きな声をあげるのだ。翻訳という作業のちょっと恐い置きみやげだった。

第五章　ジョン・クッツェーとの時間

少年の本棚——詩と写真と哲学と

一枚の写真がある。写っているのはJ・M・クッツェーが十六歳のころ撮影した木製の小型の本棚だ。そこから思春期のクッツェーがなにをめざそうとしていたかが浮かびあがる。

聖ジョゼフ・カレッジ時代、少年ジョンが夢中になっていたものが二つあった。クリケットと写真だ。クリケットについては『少年時代』に何度も出てくるが、写真に凝っていたとは書かれていない。実際にはプラムステッドの自宅に暗室を作るほどの凝りようで、実験で飛び散った火花で危うく失明しそうになったりしていたのだ。

クッツェーはアデレードへ移るときケープタウンに確保しておいたフラットを、二〇一四年に手放した。フラットの物置から出てきたカレッジ時代の写真機、現像後のフィルム、引き伸ばし機といった機材が、ウェスタンケープ大学のハーマン・ウィッテンバーグにそっくり託された。ネガの大半は現像前のもので、それが現像され、整理されて、その一部が一七年十月にＳＯＡＳで開催された「アーカイヴ会議」で、暮れにはケープタウンのローズバンクにあるイルマ・スターン美術館で、クッツェーが書いたキャプションや『少年時代』からの引用とともに展示された。

いずれの場合も作家自身が『少年時代』から朗読した。写真類はウィッテンバーグによるインタビューとともに二〇年二月に『少年時代の写真 *Photographs from Boyhood*』として出版された。

少年はその当時、雑誌「ライフ」などで活躍していた写真家アンリ・カルティエ＝ブレッソンに憧れて、将来は写真家になりたいと思っていたのだ。インタビューではそのころを回顧して、クッツェーは自分にはアーチストとしての写真家になるための「目」が備わっていなかったと答えているが、思春期に写真家をめざした経験はこの作家の基盤を形成し、姿を変えながら作品のいたるところに顔を出している。

あらためて考えると、確かにクッツェー作品には写真が頻出する。たとえば『ダスクランズ』の「ヴェトナム計画」では主人公ユージン・ドーンがヴェトナム戦争の戦場で撮ったアメリカ軍兵士のおぞましい写真を鞄に入れて持ち歩く。『マイケル・K』で主人公は、暴徒に襲われたフラットを片づけているとき見つけた「カミースクローンの殺人犯」の写真を冷蔵庫に貼って作業を続ける。『鉄の時代』では現像のプロセスが比喩として使われたり、アメリカに住む娘から送られてきた写真のなかのオレンジ色のライフジャケットを着た孫の姿にじっと見入る場面があったりする。極めつけは『遅い男』だ。この作品の主人公ポールは引退した写真家だ。短篇「ニートフェルローレン」では、農場から離れた場所に踏み固められたまるい土地がいったいなんだったのか、少年時代から解けなかった謎を一枚の写真に解明させる。そこは動物と人間の力で農作業がこなされていた時代に、脱穀場として使われていた場所だったのだ。石で囲いこまれたクラールの写真は『少年時代の写真』にも入っている。この写真集の日本語訳が本書『J・M・クッツェーと真実』と同時に刊行されるので、ぜひ手に取ってみてほしい。

少年ジョンは最初に使っていたスパイカメラに飽きたらず、イタリア製のカメラ、ヴェガ35ミリをポケットマネーをはたいて通信販売で手に入れる。ライカがほしかったが高価すぎた。取り寄せたヴェガで撮影したセルフポートレートがじつに興味深く、見る者の想像力をふくらませる。自伝的作品『少年時代』の出来事が具体的な映像となって目の前にあらわれる瞬間は衝撃的だ。作中には書かれなかった農場労働者ロスとフリークがストランドフォンテインの海岸を歩く姿には息を呑んだ。はるばる内陸の農場からケープタウンの海岸までサンおじさんのピックアップに乗ってやってきた彼らは、このとき初めて海を見た。なぜ、この事実を『少年時代』に書かなかったのか、あれこれ理由を考えてしまうのだ。だが、なんといっても見逃せないのが少年が自分の書棚を撮った写真だ。二段組みの小型の書棚には四、五十冊の書物がならんでいる。

書籍類は二十世紀前半に知識の民主化をめざしたエヴリマン、オクスフォード、ペンギン各社から出版された詩集、哲学書、古典の翻訳から構成された野心的で生真面目な選書である。背表紙から判読できるのは、プラトン、聖アウグスティヌス、ホッブズ、スピノザ、ルソー、ロック、カント、デカルト、ロシア文学の古典、ドストエフスキーの『罪と罰』、トルストイの『戦争と平和』などで、英文学の小説は一冊もない。シェイクスピアさえないのだ。あるのはT・S・エリオット、ワーズワース、テニスン、キーツの詩の選集のみである。ほかにもエウクレイデスの『原論』、マルクスの『資本論』などがならんでいる。このうち何冊かはのちに彼のフィクションに痕跡を残すことになるが、大きな影響力をもつようになるパウンドやベケット、カフカはまだ見あたらない。

クッツェーはここに写っている書物のうちの何冊かとは、それ以後も長く深い関係を結んでいく。二〇一〇年にポール・オースターに宛てた手紙のなかで、書棚にあった小ぶりながら分厚い一冊、トルストイの『戦争と平和』について「半世紀のあいだ、大陸から大陸へ移動する僕についてきた。僕はそれに感情的な結びつきを感じている——あの途方もなく大きなことばと思想の構造物であるトルストイの『戦争と平和』に対してではなく、一九五二年にリチャード・クレイ・アンド・サンズという印刷所から出てきて、ロンドンのどこかにあるオクスフォード大学出版局の倉庫から出荷され、ケープタウンにあるその出版局の販売代理店に配送され、そこからジュタ書店を経由して僕のところへやってきたモノに対してだ」と書いている。

隣のT・S・エリオットの『選詩集 1909–1935』は、見るからに何度も読みこまれた痕跡を残している。クッツェーは『青年時代』でエリオットの「詩と初めて出会って圧倒されたのはまだ高校生のころ」だと書き、九〇年代初めのエッセイ「オマージュ」で「エリオットの詩はじつに魅力的だと思い」「T・S・エリオットふうな詩を書いた」と吐露している。作家クッツェーがイニシャルを二つ重ねるスタイルは、どうやらエリオットの影響らしい。

書棚の『ワーズワースの詩作品』は、自伝的作品の記述が事実とするなら、父親から譲られたものかもしれない。『少年時代』にはこんな場面があるのだ。

ある日、父親がワーズワースの本を手にして彼の部屋に入ってくる。「おまえはこれを読んだほうがいい」といって、鉛筆でしるしをつけた詩を指し示す。数日後、父親がまたやってくる。その詩について話し合いたいのだ。「轟々と流れ落ちる瀑布が熱情のごとくわが耳に憑きまとう」と引用して「すばらしい詩だろ？」と父親はいう。少年はぶつぶついうが父親とは絶対に目を合わせない、絶対に面と向かってやり合わない。ほどなく父親は諦める。

クッツェーのロマン派文学との関係は複雑だ。成長の過程で受けた大きな影響を、後年、鋭く分析しながら批判の対象としていくのだ。バイロン的なオブセッションを取りあげた『恥辱』で、それは頂点に達するといっていいだろう。

自己形成期の読書をふりかえりながら、エッセイ「オマージュ」のなかでクッツェーは、思春期は「人が人生において、ほぼ不可避的に、自己のアイデンティティを定義したり、あるいは、少なくともその境界づけを開始する」時期であり、「成長するにつれて失われる熱烈な没頭によって」本を読む時期だと述べている。成長するにつれてさらに自意識の高い、自己批判的な態度がそれに取って代わり、『ダスクランズ』から始まるすべての作品にその刻印が残されていった、とウィッテンバーグは『少年時代の写真』に寄せた文章で指摘している。

二段組みの書棚にならんだギリシア哲学、古典思想書、ロマン派詩人の詩集など、どれも『青年時代』で言及されたり、彼の作品内に刻印されていくものだが、これは十六歳の少年が読破しなければならない、という強烈な野心によってならべた書物だ。十代半ばは哲学書を「読破」することを自分に課したがる時期でもあって、消化不良を起こしながらも、とにかく「読む」のだ。

クッツェーが自己形成期に読んだ書物に、詩の本やロシア作家の小説はあっても英文学の小説がなかったことは、英語という言語に対するこの作家の疎外感や距離を考えるうえで、ある重要なことを物語っている。七十歳をすぎてから発表された「イエスの三部作」にしても『モラルの話』にしても、すぐれて哲学的な思弁小説の傾向が強い。その理由を考えると、クッツェーが思春期に小説ではなく哲学書や詩集を熟読したことは見逃せない。フィクションという器を使って、この作家はいま原点へ回帰しようとしているのかもしれない。そう考えると、自分は作家であるより思想家だという最近の発言が理解できるだろう。

本棚はまた、クッツェーのヨーロッパの伝統的古典との、複雑で、発展途上の関係を示す瞬間を物語ってもいる。有名な「古典とは何か？」というエッセイのなかで彼はバッハの「平均律クラヴィーア曲集」を聞いてその場に釘づけになった経験を「その音楽が鳴っているあいだは凍りついてしまい、息をする気にさえなれなかった。それまで音楽が決して語りかけなかったやり方で音楽に語りかけられていた」と書いた。これはケープタウンのプラムステッドの家の裏庭で「十五歳だった一九五五年の夏、ある日曜日の午後」に起きたことだ。バッハ体験の瞬間はこの作家にとって、アフリカ南端で、知的発展と文化的嗜好の方向性を立てなおす契機を刻印しながら「ヨーロッパの文化を選び取るシンボリックな」瞬間を示すと論じられる。

しかし当時をふりかえりながら後年クッツェー自身は、エッセイ「古典とは何か？」のなかで、自分の情熱的反応は「その音楽に固有の性質」によって惹き起こされたものなのか、それともバッハとはヨーロッパから見たときの辺境である南アフリカでの「社会的、歴史的行き詰まり」をあらわすものだったのかと自問するのだ。少年がその当時収集しはじめた書籍類は、間違いなく、このような「田舎者」に特有の切望を反映しているように見える。

作家八十歳にして出版された『少年時代の写真』には、聖ジョゼフ・カレッジ時代に凝りに凝ったクリケットの写真や、授業中の教師や生徒をスパイカメラで盗み撮りした写真、父方の農場フューエルフォンテインで撮影された数々の写真、一九五〇年代のケープタウン郊外の写真、母親ヴェラと愛犬、父親ジャックを詰問するように指差すアニーおばさん、弟デイヴィッドなどの家族写真、シャッター速度と動きの関係を探る実験的写真、そしてセルフポートレートなどがたっぷり含まれている。

そもそも母親ヴェラが結婚前に欧州旅行をしたときカメラを買ったことが一家の写真文化のはじまりで、母親のアルバムにその後やってきた二人の子供たちが登場するようになった、とクッツェーはインタビューで述べている。少年が母親ヴェラを撮った多くの写真に、『少年時代』に出てくるジョンと母親の愛憎あいなかばする関係を考えるヒントが秘められていそうで、見飽きることがない。

そして「写真がクラフトとして小説を書いていく推進力の役割を果たしたのか」というウィッテンバーグの質問にクッツェーはこう答える。

真実があらわになる瞬間に立ち会うこと、それに興味があったんだと思う、半分は発見されるがもう半分は創造される瞬間に。

「真実があらわになる瞬間」に立ち会いたいと思ったことは、その後、作家となったクッツェーにどのような痕跡を残したのだろう。おそらく、すべての作品をつらぬく核となっていったのではないか。思春期に写真家をめざした経験が、作家としての基盤を形成し、姿を変えながら作品のいたるところに顔を出しているのだから。その意味でこの写真集は、J・M・クッツェーという作家が、なにを念頭において作品を書いてきたかを探る鍵を秘めている。写真は見ることで、フィクションは読むことで、真実があらわになるための装置と位置づけられていたのではないか。

クッツェーはまた写真家をめざした少年時代を回顧して「残念ながら、自分にはアーティストとしての写真家の目がなかった（……）でも本当は世界に対してぼくがしっかり目を開いていなかったってことなんだ。とくに他者の経験に対して。自分の殻にとじこもりすぎていた。あの年齢にはめずらしくはないけど」と述べている。とすると、作家となったJ・M・クッツェーの作品は、たぶん、人間ジョン・クッツェーが世界に対して、他者の経験に対して、目を開いていくプロセスで花開き、滴り落ちた果実といえるかもしれない。

無類の映画狂クッツェーは二〇一七年にミラノで開かれた映画祭で、二十代前半にロンドンで観て大きな影響を受けた映画を三本あげて詳しく論じている。その三本とはピエロ・パオロ・パゾリーニの『奇跡の丘』、サタジット・レイの『大地のうた』、そして黒澤明の『七人の侍』である。

ヘンドリック・ヴィットボーイの日記

Ｊ・Ｍ・クッツェーがエッセイ集*Late Essays*をまとめたのは二〇一七年だ。目次にはダニエル・デフォーから始まり、ホーソーン、ロス、ゲーテ、ヘルダーリン、クライスト、ベケット、ホワイトなど、そうそうたる作家・詩人がならび、最後が「ヘンドリック・ヴィットボーイの日記」で終わる。この最終章がなんとも奇異に見える。というのは、日記を残したとはいえヴィットボーイ（一八三〇-一九〇五）は文学者ではなく、十九世紀半ばから二十世紀初めにかけて南西アフリカ（現在のナミビア）で民族集団「オーラム」の王として生きた人物だからだ。

「ヴィットボーイの日記」はケープ・ダッチで書かれている。ケープ植民地で使われていたオランダ語だ。ヴィットボーイが王だった民族集団とはおもに、「ボーア」と呼ばれたオランダ系入植者とコイサン諸民族とのあいだに生まれた「混血」で構成されていた。『ダスクランズ』第二部「ヤコブス・クッツェーの物語」やゾーイ・ウィカム『デイヴィッドの物語』に出てくるグリクワも、ナマ、コイコイ、サンといった先住民とオランダ系白人との混血を中心とした集団である。そもそもはヨーロッパ白人男性が先住民女性に産ませた子供たちが発端なのだ。白人入植者の奴隷とされ、集団としてヨーロッパ人の統治下に置かれ、主人の宗教や生活様式を積極的に受け入れることで生き延びた人たちだ。

クッツェーの「ヘンドリック・ヴィットボーイの日記」という文章はケープ・ダッチからフランス語へ訳された『ヘンドリック・ヴィットボーイの戦時の手紙、あなた（方）の平和はわたしの民族の死となろう』（二〇一二）への序文として書かれ、二〇一五年八月にケープタウン大学の公開講座で朗読された。なぜこれが文学論や作家論から構成される後期エッセイ集の最後に置かれたのかを考えてみたい。

ヴィットボーイが生きた土地は、南アフリカ北西部を流れる大きな川（ハリプ川ともオレンジ川とも呼ばれる）を越えた場所である。南部アフリカの地図を見てピンときた。クッツェーが三十歳になる直前にバッファローの半地下にこもって書きはじめた「ヤコブス・クッツェーの物語」の舞台と重なるのだ。

十八世紀半ばにオランダ系入植者が象狩りのために奥地を探検する「ヤコブス・クッツェーの物語」は、米国滞在中にテキサスのランサム・センターで発見した南西アフリカ関連の記録文書を大幅に書き換えて創りあげた作品だ。舞台はケープ植民地から北西部へ向かってのびる地域で、この物語はクッツェーが一九七一年に南アフリカに帰国したころにはほぼ書きあげられていた。『ダスクランズ』の第一部「ヴェトナム計画」はあとから書き足されたので、作家J・M・クッツェーの出発点はこの「ヤコブス・クッツェーの物語」にあるといっていい。その出発点と強烈に響きあう「ヘンドリック・ヴィットボーイの日記」は、クッツェーにとって土地と歴史の問題に向き合うための重要なテクストなのだ。つまり、この章をエッセイ集の最後に置いたのは「歴史の哲学」という初心を忘れないための身振りと理解していいだろう。

十七世紀半ばにケープタウンに砦を築いて植民地を拡大していったオランダと、その後に鉱山資源の発見とともに勢力を伸ばしてきたイギリスの隙間を縫うように、ドイツが南西アフリカに侵攻したのは十九世紀末のことだ。クッツェーが書いたエッセイ「ヘンドリック・ヴィットボーイの日記」によると、一八八二年にドイツ人貿易商アドルフ・リューデリッツがまず交易のための拠点を大西洋側に築き、二年後の一八八四年にドイツはビスマルクの名のもとに「南西アフリカを植民地にする」と宣言した。

しかし第一次世界大戦で敗戦国となったドイツはこの植民地を手放さざるをえなくなり、南西アフリカは英連邦・南アフリカの委任統治下に入る。国民党が政権を握ってアパルトヘイト政策を実施した時代には南西アフリカでもまた、南アフリカと同様の「バンツースタン政策」が実施された。つまり民族集団ごとに居留地として「ホームランド」があてがわれ、白人以外の人間の移動と労働の自由に枷《かせ》がはめられたのだ。

つい最近、一九〇四年から数年のうちに南西アフリカで実行された「ヘレロとナマの大虐殺」が二十世紀最初の「ジェノサイド」と認定された。この大虐殺が、その後のホロコーストへの序盤だったという説が有力になってきたのだ。たびたび起きた先住民の抵抗をドイツ軍が武力で制圧し、最後にヴィットボーイらが率いる抵抗軍を完敗させたのは、中国で「義和団の乱」(一九〇〇）を鎮圧して本国で評価を得たドイツの将軍ローター・フォン・トロータだ。先住民絶滅作戦を宣言したトロータは、北部のヘレロやオヴァンボなど（黒い肌のバンツー系住民）をカラハリ砂漠やナミブ砂漠へ追い散らし、南部のナマ（褐色の肌の住民）を悪名高いシャーク島の収容所に捕虜として隔離し、順次、計画的に殺していった。

そのような実践を支えた思想はなにか？　クッツェーは、イギリスの自然科学者チャールズ・ダーウィン（一八〇九－八二）に始まる進化思想だと指摘する。ヨーロッパ白人とその文化がもっとも優れ、植民地アジア・アフリカの有色人種はその下位にあるとする人種主義だ。パリでサラ・バートマンの遺体をホルマリン漬けにした近代医学の祖ジョルジュ・キュヴィエを思いだすまでもなく、人種主義はナチス・ドイツに特有の思想ではない。次章で詳述するが、「緑の本」として『少年時代』に出てくるアーサー・ミー編集の『子供百科』は、その優生思想を世界へ広めるイギリス帝国のプロパガンダだった、と少年期を回顧しながらクッツェーは述べている。

二〇〇四年、ドイツ政府はこの「ヘレロ虐殺」についてナミビア国民に謝罪し、そのニュースが世界を駆けめぐった。そのとき「ドイツ政府のスポークスパーソンは、ナミビア国民に向けて慎重なことばづかいでスピーチを行なったが、ドイツ人の犯罪に対して許しを乞い Bitte um Vergebung ながらも謝罪 apology/Entschuldigung という語を避け」たとクッツェーは指摘する。そのスポークスパーソンはまた「当時、犯された残虐行為は現在ならジェノサイド Völkermord と呼ばれるだろう（……）今日ならフォン・トロータ将軍は起訴され、有罪判決を下されるだろう」と述べたのだと。

最初の疑問へもどろう。クッツェーはなぜ最新エッセイ集の最後に、十九世紀から二十世紀にかけて南部アフリカの土地で起きた出来事をめぐる「ヘンドリック・ヴィットボーイの日記」を置いたのか。この作家の現在地はどこにあるのか。

南西アフリカの沿岸はアジアへ向かう東まわりの航路を開拓するヨーロッパにとって、船が座礁する難所として悪名高かった。冷たい海流が、寒暖の激しい砂漠の広がる大陸にぶつかって濃霧を発生させるからだ。地勢的に唯一良好なウォルブス湾を、ケープ植民地の飛び地としてイギリスが死守したことは特記しておこう。

世界的に反アパルトヘイト解放闘争が盛んだった八〇年代後半、南アフリカのアパルトヘイト政策は国際連合の総会で「人類に対する犯罪」と断罪された。合州国議会の上院で否決されたあと下院で再度可決された経済制裁決議を中心に、南ア政府にその制度を放棄するよう迫る圧力が世界的に高まり、南ア経済にボディブローのような効果をおよぼした。日本は最後までこの経済制裁に消極的だったが、一九八九年十一月にベルリンの壁が崩壊し、ソ連がペレストロイカによって大変換していくさまを視野におさめた資本主義経済圏からすれば、資源大陸アフリカの入り口を、あからさまな人種主義を是とする国と仲良くすることで死守する必要が薄れたのだろう。一九九〇年二月、終身刑で二十七年も獄中にあったネルソン・マンデラが釈放されてアパルトヘイト体制は終焉を迎える。

世界各地で反アパルトヘイト運動の一環として南ア製品の不買運動が起きたころ、ナミビアの解放組織SWAPO（南西アフリカ人民機構）は自国のウランを買わないでくれと世界に向かって嘆願した。だが、一九九〇年に独立して政権党となるや、外資を招き入れてウランを露天掘りして外貨を稼ぎ、労働者はウランが身体におよぼす危険性を知らされずに働いているという。グローバルな世界経済との関係で見ると、これは残念ながら南アフリカの解放組織ANCが一歩遅れでたどった道でもあった。

植民地をめぐるヨーロッパ人とアフリカ人の関係の力学を示すのが、記念碑の変遷だ。ナミビアの首都ウィントフックの中央に、ヨーロッパ系入植者の心の拠り所とされるドイツ教会が建てられたのは十九世紀末のことだ。教会の真向かいに、植民者の苦労を記念する「ライターデンクマル」と呼ばれる無名兵士の騎馬像が設置された。しかし独立から二十数年後にその騎馬像が取り去られ、じわじわと、ドイツ軍のジェノサイドによって犠牲になった先住民系の人たちのレリーフに置き換えられていった。ヨーロッパからきた植民者の精神的支えであったドイツ教会のすぐそばにナミビア独立記念博物館が建てられ、いまはSWAPOの指導者で初代大統領となったサム・ヌヨマの像が立っている。

それから数年後にケープタウン大学構内のセシル・ローズ像が撤去されたのは、ナミビアのこの動きに刺激されてのことだ。二〇一五年三月に若者たちを中心に「ローズ・マスト・フォール」運動が起きて、大学が協議を重ねた結果、セシル・ローズ像を移動させると決定したのだ。クッツェーが「ヴィットボーイの日記」をケープタウン大学の公開講座で朗読したのはこの年の八月だった。そもそもケープタウン大学は、南部アフリカ一帯を植民地化することに「大いなる貢献をした」イギリス人セシル・ローズの別荘跡に設立された大学だったのだ。

『ダスクランズ』は一九七四年の刊行だ。十八世紀にケープ植民地から大ナマクワランドへ象狩りにでかける「冒険」を記した「ヤコブス・クッツェーの物語」は、ヨーロッパ人のすさまじい自己中心的な野心、暴力行動とその心理をこれでもかという力技で抉るように書いた作品である。ヤコブスの語りを「歴史文書」として扱う学者の文章をつけ、細部に矛盾した記述を埋めこみ（激流に飲まれて死んだかと思われた従者クラーヴェルがいつの間にかまた旅の道連れにもどって読者を戸惑わせたり、旅程が本文と後記では大きくずれていたり）、「歴史の哲学」を問う構成になっている。この作品がヨハネスブルグにできたばかりの反骨精神旺盛な小出版社レイバン・プレスから出版されたのは、南アフリカでアパルトヘイトが撤廃される二〇年前、ナミビア独立より一六年前のことだった。そしていま、ふたたびクッツェーは南西アフリカが舞台の「ヴィットボーイの日記」をエッセイ集の最後に置く。

ここで、南西アフリカとの関連で、クッツェーの個人史をいま一度ふりかえっておこう。クッツェーの母方の曽祖父にバルタザール・ドゥ・ビール（ポーランド名、バルツァル・ドゥビル）（一八四四-一九二三）という人物がいる。彼は一八六八年にドイツ人宣教団の一員として南アフリカへ送られ、南西アフリカで布教活動を行なった。『少年時代』では狂人めいた残酷な暴君として描かれ、少年がめずらしく父親と組んで揶揄の対象とした人物だ。それでも母親は彼のことを、書物を書いて「人生でなにかを成し遂げた」人だと評価した。娘のアニーおばさんがその著作をドイツ語からアフリカーンス語に翻訳して、印刷、製本して一軒一軒売り歩いて、少年ジョンに強烈な印象を残している。『少年時代の写真』にはローズバンクにあったアニーおばさんのアパート内の古い書籍や、印刷された未製本の紙束の写真が出てくる。

バルタザール・ドゥ・ビールは南部アフリカでモラビア出身の宣教師の娘と結婚し、数年後にアメリカへ渡ってドイツ人コミュニティで布教をした。そのとき生まれたのがジョンの祖母ルイザ（一八七三―一九二八）だ。このルイザが、アフリカーナと結婚しながら頑固に子供たちを英語で育てた。その一人が娘ヴェラ、つまりジョン・クッツェーの母親である。その結果、ジョンの第一言語は英語になった。オランダ語の姓をもつ自分がなぜ英語で育てられることになったか、クッツェーとしては徹底的に調べざるをえない家族の歴史なのだろう。

少年ジョンはポメラニア出身の曽祖父バルタザールはてっきりドイツ人だと思っていた。そう教えられたからだ。だが二十一世紀になってポーランドの学者に調査を依頼したところ、ポーランドの村でポーランド人として生まれ、若いころドイツ風の名前に変えて宣教団に加わったことが判明した。二〇一八年十月、シレジア大学で名誉博士号を授与されたクッツェーは、直前のシカゴ講演でも述べていたが、このときも「わたしにはイギリス人の血は一滴も流れていない」と明言している。こうして見ると、自分の第一言語がなぜ英語になったかを探る旅が、南西アフリカの土地にいま一度光をあてることへと作家を向かわせたのも理解できるだろう。

一筋縄ではいかないナミビアやケープ植民地の近現代史とクッツェーの家族史の関係について考えると、この作家が格闘してきたのは「南アフリカ」だけではなく、オランダやイギリスといったヨーロッパ諸国との関係だけでもないとわかる。J・M・クッツェーにとってケープ植民地と南西アフリカの歴史は、作家活動の起点であり、みずからのオリジンをさかのぼる家族の物語と切っても切れない関係にあるのだ。そこからは、オーストラリアへ移動したクッツェーが、さらに南アメリカ諸国へ足を伸ばして「南の文学」を主導、発展させる活動の原点が見えてくる。ヨーロッパ文明による植民地化の歴史そのものを「総体として」相対化しようとする志向だ。それは人間クッツェーの自己認識の足場でもあるのだろう。ケープ植民地の歴史はヨハネスブルグやナタールといった土地の歴史とひとくくりにはできない、とかつてこの作家が語った理由もそこに重なってくる。

- *Votre paix sera la mort de ma nation : Lettres de guerre d'Hendrik Witbooi, capitaine du Grand Namaqualand*, Le passager clandestin, 2011.
- 「ヘンドリック・ヴィットボーイの日記」は田尻芳樹訳『続・世界文学論集』(みすず書房、二〇一九年)に訳出されている。
- ナミビアの歴史や現状のことは柴田暖子さんに教えていただいた。

『子供百科』と「イエスの三部作」

ほかに読むものがないときは緑の本を読む。「緑の本を一冊持ってきて！」と病床から母親に向かって叫ぶ。「緑の本」とはアーサー・ミーの編纂した『子供百科』のことで……

これは『少年時代』に出てくるシーンだ。土埃の多いヴスターに住んでいたころ、アレルギーで微熱を出した少年ジョンは書物と出会って貪るように読みはじめる。自伝的三部作の初巻『少年時代』を訳してから、「緑の本」とはいったいどんな本なんだろうとずっと思っていた。謎を解いてくれたのが二〇一八年十月九日に、クッツェーが古巣のシカゴ大学で行なった講演[*] *Growing up with The Children's Encyclopedia*（『子供百科』で成長すること）である。

「緑の本」には「子供時代とは無垢な喜びに満ちた時期」と書いてあるけれど、少年ジョンにとっては「歯を食いしばって耐える時期」だったと『少年時代』は伝えている。母親が買いあたえた中古の百科事典が少年期の自己形成にどんな影響をおよぼしたか、それを細かく検証しようとする作家は、このとき七十八歳だ。

「緑の本」と呼ばれた『子供百科』の編者アーサー・ミーとはどんな人物だったのか、編集方針やその底に流れる思想はどんなものだったのか。アングロ・サクソンを最優秀とする雑駁な人種概念、優生学的な進化思想、ひた隠しにされたセックス、みずからの命を捨てる犠牲的精神の称揚といった『子供百科』の核となった思想を、クッツェーが文章や図版を示しながら論じる過程はスリリングきわまりない。『子供百科』がイギリス帝国のプロパガンダとして愛国的な子供を作るために編集された歴史的事実と、その時代背景や思想を分析する視線が、南半球で生まれたクッツェー自身の少年時代を容赦なく照らしだしていくのだ。

アフリカ南端に生まれたオランダ系入植者の子孫は、たとえそこが英連邦の一部でも、たとえ英語が第一言語でも、神に選ばれた「黄金に輝く子供たち」の仲間にはなれない。映画館でスクリーンにユニオン・ジャックがはためくとさっと起立した少年も「十歳ころには、アーサー・ミーの愛は限定されたもので、自分のような子供まで抱きとめてはくれない」と気づきはじめる。

このシカゴ講演が「イエスの三部作」の最終巻『イエスの死』を書き終えた時期と重なることに注意したい。『イエスの幼子時代』『イエスの学校時代』『イエスの死』と作家の七十代にあたるほぼ十年の歳月をかけて書き継がれた「イエスの三部作」は、ダビードという男の子の五歳から十歳までを扱っている。これはシカゴ講演で検証される「自意識に目覚める前」の子供時代に重なることも注意したい。「イエスの三部作」は「特別な」子供を育てることと、親子関係と教育をめぐるすぐれて哲学的な思弁小説であり、人がこの世に生まれ、いずれ死ぬ運命にあることをフィクションという形式をもちいて徹底的に対話化し、言語化した作品である。

『イエスの幼子時代』はいずことも知れぬ土地へたどり着いた男シモンが、移民船で知り合った五歳の男の子ダビードの保護者として、リンボ的空間で擬似的な父子の関係をはぐくむ物語だ。船上で記憶を消されて到着した新しい土地ノビージャではスペイン語が使われ、だれもが短期間でスペイン語を学ばなければならない。作品はスペイン語から英語への翻訳という設定だ。ダビードは奇しくも初作『ダスクランズ』の「ヴェトナム計画」に出てくるマーティンの年齢に一致する。母親とはぐれてしまったダビードの養父を買って出たシモンは、ノビージャの高級住宅街レジデンシアに住む女性イネスを見てこの人だと直感し、少年の母親になってくれと頼みこむ。イネスの飼っていたジャーマンシェパードのボリーバル（南アメリカ諸国の独立の英雄の名）ともども疑似家族となった三人は、特異な発想をして管理教育に反発する子供を守るために逃避行を企てる。

続く『イエスの学校時代』では、社会の管理圧力から子供を守りながら（ダビードを洋服ダンスに隠して人口調査から逃れる）、子供からのはてしない問いかけに忍耐強く応答しようとする男の報われない努力が描かれる。車でたどりついた町エストレージャで、親たちは農園で葡萄を摘みながら、子供のいない、裕福だが高齢の「三人姉妹」から資金援助を受けて、少年をダンスと音楽に特化した学校に入学させる。学校長の名がヨハン・セバスティアン・バッハのスペイン語読みフアン・セバスティアン・アロヨ（ドイツ語のバッハは「小川」の意味でスペイン語ではアロヨだ）だったり、ダンスを教える女性がバッハの二人目の妻アナ・マグダレーナと同名だったり、固有名のひっかけを使うところはこの作家お得意の遊び心全開だ。この登場人物の名前や設定は二〇〇七年の『厄年日記』と響きあっていて、「強力な意見」の最終章「死後世界」と、「第二の日記」の最後「J・S・バッハ」「ドストエフスキー」にぴたりと一致する。ドストエフスキーを偏愛するクッツェーは『カラマーゾフの兄弟』の登場人物の名前もここに嵌めこむ。善悪の境界を無化するような歪んだ熱情《パッション》と現代的詭弁を体現するドミートリーだ。作中では目くらましの要素で幼い子供たちを魅了しながらストーカー的欲情のはてにアナを殺す男だが、彼の登場によってそれまでどちらかというと理性が勝ったモノクロ世界が、突然フルカラーになって現実味を帯びてくる。カウンター的存在に子供たちの世話係りとしてアリョーシャなる人物も登場するが、こちらは影が薄い。信奉する「理性」と、肉体や感覚に強く働きかける「情熱」との競合に最後はシモンも白旗を掲げて、みずからダンスのレッスンにいそしむことになり、物語は夕暮れに一番星がまたたく場面で幕を閉じる。

うっとり感動する物語が好きな人はここでホロリとしてページを閉じたいところだが、クッツェーの場合はそうはいかない。第三部で物語はまっすぐに子供の死へと向かうのだ。

二〇一九年五月に、英語ではなくまずスペイン語で出版された『イエスの死』ではダビードは十歳だ。ところがこの少年、サッカーに夢中になり、シモンやイネスに「ぼくは孤児だ」といってみずから孤児院へ入ってしまう。そして奇妙な関節の病いに罹り、子供時代の終わりを象徴するかのように病死してしまう。やがてボリーバルも老いて姿を消す。守護神のように付き添ってきたこの犬がジャーマンシェパードであることは重要だ。これは『少年時代』でジョンの母親ヴエラが、犬のなかで「いちばん賢くて忠実」と述べる種類の犬でありながら、いや、ジャーマンシェパードであるゆえに、ダビードの病室に連れられてきた子羊を一晩で食べてしまうのだ。この最終巻は、「死」を目前にした少年の実存的な問いに、どこまでも誠実に応答しようとする代父シモンの会話が圧倒的な読みどころだ。

プラトンの思想がすみずみにまで浸透しているとされる三部作を書きあげたころ、クッツェーは、いまの自分は作家（ライター）というより思想家（シンカー）だと述べた。とはいえ、さまざまな哲学的要素を盛りこんだ文学のテーマパークかと見紛う『イエスの幼子時代』とドストエフスキーやカフカへのアリュージョンをちりばめた『イエスの学校時代』までは、行間からそこはかとない笑いが立ちのぼり、舞台が死後世界であるため常に夢のような気配が漂っていた。だが、シモンが病床のダビードと存在論的な問答をくりかえす『イエスの死』では、なぜ自分がここにいるのかという問いや、死への不安で、来世、転生の話が直接的なテーマとなって浮上してくる。そこに結実するのは、強烈な男尊的一神教が作りあげたフィクション＝処女懐胎神話に対置される男の子育て、育てた子を失うこと、イエスの犠牲、人間を含む生き物の生と死をめぐる根源的な問いだ。

二〇一九年五月のスペイン語版に続いて、同年十月にオーストラリアで英語版として発表された『イエスの死』は、『子供百科』が教えた「犠牲」のなかに自分がいまもいて、まだ自分の過去になっていないので語るのが難しい、と語る前年十月のシカゴ講演ともっとも強く響きあう作品である。読む者の心の底まで刺しつらぬく光を投じてくるのはそのためかもしれない。

また『イエスの幼子時代』にはダビードが美しいボーイソプラノでシューベルトの歌曲「魔王」を歌う場面が出てくる。少年はドイツ語の歌詞を「英語」だといって、シモンと最初に泊まった宿舎での角砂糖をめぐる体験に書き換えて歌う。ゲーテの詩では、病気の子供を抱いて夜中に馬を駆る父親の腕のなかで、子供は魔王に囁きかけられて死んでしまうが、第一部に出てくるこの不穏な曲はすでに、物語がハッピーエンドで終わらない不吉な予感を滲ませていた。それが謎解きのようによみがえるのは『イエスの死』に挿入されるグスタフ・マーラーの「亡き子をしのぶ歌」だ。船上で記憶を消される前にダビードが生きていた社会ではドイツ語が使われていたのだろう。

三部作全体を通して出てくる重要な書物は、アラビア語からスペイン語へ翻訳されたという設定の『ドン・キホーテ』だ。ダビードはこの作品の子供向け簡略版を自己流に読み、文字もそれで覚え、そこから自作の「ストーリー」を作りだす。病院のベッドで、見舞いに来た子供たちに囲まれて、イエスの説教さながらそれを語り聞かせる場面が『イエスの死』には出てくる。中東人であるイエスとイスラーム世界との連携を示唆する書物を重ねることで、クッツェーはここでヨーロッパ世界を取り囲む境界線を押し広げているようだ。

クッツェーの場合、古典作品へのアリュージョンはあとから付け加えられたものが多く、最初の草稿はきわめて私的な名前、場面、時代をもとに書かれているという。バージョンアップのプロセスでその私的な部分が消され、装飾語句が削られ、古典などの固有名が加筆されていくのだ。この三部作の場合はまだ草稿がオープンになっていないので詳細はわからないが、書籍のタイトルに「イエス」と入れずに、読者が作品を読み終わって初めてその名を目にするようにしたかった、と第一部を出す前からクッツェーは語っていた。読み終わり、本を閉じて、初めて既存の管理教育におさまりきらない子供こそが世界を救うメシアになりうる、と匂わせたかったのだろうか。

注目すべきは、第三部で病床のダビードが好奇心と不安の塊のようになって「どうして？」「なぜ？」とはてしなく問いを発することだ。「僕を愛してない」「僕は孤児だ」と叫びながら親代わりのシモンとイネスを試してくるが、それに対してシモンは、忍耐強く、どこまでも「理知」と「良心」をもって応答しようとする。作中、自分はもうすぐ死ぬと直感したダビードが『ドン・キホーテ』の登場人物の行ないについて語るシモンにこんな質問をする。

ぼくの行ないについてだれが本を書くんだろ？　書いてくれる？

するとシモンは「ああ、そうしてほしければ書くよ。書くのはあまり得意じゃないが最善を尽くそう」と答える。するとダビードがいう。

でもそのときは、ぼくを理解しようとしないって約束して。ぼくを理解しようとしたら全部ダメになるからね。約束する？

クッツェー作品の読者なら、ついアンダーラインを引きたくなる箇所だ。このやりとりから、書く者と書かれる者の関係をめぐる究極の倫理性が読み取れるからだ。三部作全編に福音書のエピソードがふんだんに埋めこまれていることは、キリスト教文化圏の多くの読者が指摘している。いってみればテクストとしてのゴスペルを脱構築的に世俗化して書き換え、絶対的権威として神格化されたイエスを人間としてとらえなおし、親と子の普遍的な関係に迫ろうとするのがこの三部作なのだろう。

『少年時代』には少年ジョンがイエス・キリストについてどう考えていたかを伝える興味深いシーンがある。ローマ・カトリックのマリスト修道会が運営するカレッジに通っていたころ、カトリック教徒の子供たちがミサを受けているあいだ、ピューリタン、ユダヤ教徒、ギリシア正教会の家庭出身の、カトリックではない子供たちは、アイルランドからやってきたミスター・スカリーという教師（作中は「ウィーラン」で『少年時代の写真』にこの人物の写真がある）と聖書を読むことになっていた。

聖書の授業に対する彼の反発は深まるばかりだ。キリストの譬え話が本当はなにを意味するか、ミスター・ウィーランはなにもわかっていない、と確信する。自分は無神論者だし、これまでもずっとそうだったけれど、ミスター・ウィーランよりはるかにキリストのことを理解していると思う。キリストがとくに好きなわけではないが――キリストはあまりにもすぐかっとなる――我慢する覚悟はできている。少なくともキリストは自分が神であるふりをしない、それに父親になる前に死んでしまった。それがキリストの強みだ。それが力を保持している理由なのだ。

引用部にある「父親になる前に死んでしまった。それがキリストの強みだ」は、作家みずからが父親になって初めて見えてくる視点だろう。少年が考えたこととは思えない。『青年時代』にもイエス・キリストについて書かれた重要な部分がある。ロンドンでピエロ・パオロ・パゾリーニ監督の映画『奇跡の丘』を観たときのことだ。この映画は物語性の強い「マタイによる福音書」に沿った作品である。

五年間通ったカトリックの学校を卒業して、これで永久にキリスト教のメッセージの圏外へ出られると思った。ところがそうはいかないのだ。映画のなかの青白い、痩せさらばえたキリストが、触れようとする他者の手にたじろぎながら、裸足で前へ進み出て預言と苛烈な叱責を述べるところは、かつて見た血を流すキリストの心臓にはないリアリティがある。釘がキリストの手に打ちつけられるときは、思わず顔をしかめてしまう。墓の中身が消え、悲嘆にくれる女たちに天使が「ここにはいない、彼は甦った」と告げ、怒濤のごとく「ミサ・ルバ」が響き渡り、その土地の民衆が、蹇《あしなえ》びと、不具者、侮蔑されし者、遺棄されし者が走り寄り、足を引きずり、その顔を喜びに輝かせて良き知らせを分かち合おうとするときなど、彼の心臓まではち切れそうになり、われながら理解できない歓喜の涙が頬に流れて、その涙を現実世界へもどる前にこそこそと拭わねばならない。

カレッジ時代に聖書の授業では「よみがえり」の話が出てくると耳を塞ぎ、嘘だ！　と心のなかで叫んでいた少年が、ロンドンで映画『奇跡の丘』を観て不覚にも涙をこぼす場面は、幼いころから馴染んだキリスト教思想がどれほど少年の、あるいは青年の心の奥まで染みこんでいたかを伝えている。

さらに、ふりかえってみると必ずといっていいほど、クッツェー作品には親と子の関係が複雑に絡まる糸のように書きこまれている。「イエスの三部作」には、「自伝はすべてストーリーテリングであり、書くということはすべて自伝」という作家にとって、その総決算といえるものが結晶している。であれば当然、この三部作と作家の実人生との関係はどうなっているのか、という問いが浮かんでくるだろう。自伝的三部作の翻訳者が大まかに描くスケッチは次のようなものだ。

ヒッピー文化最盛期のアメリカ滞在中に父親になったとき、クッツェーは二十六歳だった。当時のアメリカはヴェトナム戦争のまっただなかで反戦運動が勢いづき、公民権運動も激しさを増していた。第二波フェミニズムの興隆期でもあった。大学キャンパスには長髪にロングスカートの女性と、これまた長髪に髭面の男性という院生カップルが子連れで闊歩していた。そんな断片的情報が海の向こうから伝わってくると、女子学生が大学院に進むことさえまれだった当時の日本社会では、だれもが腰を抜かすほど驚いたものだ。学生だったわたしも例外ではなかった。ワイルドな男の子ニコラスを連れてバッファローで家具のない借家を探したクッツェーは、アメリカで子育てをするつもりだった。しかしそれがかなわず、南アフリカに帰国せざるをえなくなった。

七〇年代初めに帰国したクッツェー一家は、新しいスタイルの家族をめざして、南アの白人家庭には当然のように雇われたメイドや庭師なしで暮らした。安価な労働力を搾取せずに自力でなんでもやる姿勢は、『サマータイム』で独身者ジョンが、できの悪い家の壁をみずから修理する姿にも描かれている。

J・C・カンネメイヤーの伝記には、クッツェー作品のフランス語訳者で七〇年代にケープタウンに住んで家族ぐるみの交流のあったカトリーヌ・ローガ・デュ・プレシの興味深いことばが記されている。ジョンは父親としての権限行使を嫌悪して、息子ニコラスのわがままを叱らない親だったというのだ。伝記にはこんなエピソードがある。クッツェー一家がケープタウン郊外のトカイに住んでいたころ、カトリーヌが大学でクッツェーの同僚だった夫イアン・グレンといっしょにディナーに招かれた。夜も更けて妻のフィリパが十歳の息子ニコラスに「もう寝る時間」といってもニコラスは従わなかった。父親ジョンは指一本動かさない。見かねたカトリーヌの夫が、暴れるニコラスを抱えて寝室に連れていかねばならなかった。

ケープタウンでは子供をシュタイナー教育の学校へ通わせたこともある親たちは、ニコラスが十四歳のときに離婚。カンネメイヤーの伝記によれば、週末に行き来しながら二人の子供はおもにクッツェーが育てたが、母親っ子だった息子は母親がもどってくるものと思い、父親への反発を強めていったらしい。両親の離婚は思春期の子供たちに大きなダメージを残しやすいのだ。

『伝記』は悪ガキ仲間と事件を起こす息子を、父親が何度も警察に引き取りにいく話も伝えている。そのニコラスは一九八九年四月、体制激変期のヨハネスブルグで、住んでいたビルの十一階バルコニーから転落死した。二十三歳になる直前だった。父と子は現実世界で和解する機会を完全に逸してしまった。『イエスの死』で病床にあるダビードが何度も「落ちる falling」と訴えるところは、この「転落死」を想起させて胸を嚙む。ニコラスの死への追悼を思わせる『ペテルブルグの文豪』には朝、父親が学校に送っていくため子供を起こしても起きないシーンがある。この物語は主人公ドストエフスキーが自分は作家として多くの金を受け取った見返りに魂を失った、と吐露する場面で終わる。ポストモダン的パスティーシュとして読まれた『ペテルブルグの文豪』が、もしも亡き息子を作品内に永遠に刻もうとする試みであったとするなら、それは失敗に終わったといわざるをえない。なぜなら、作品はあくまで父親が（義理の）息子の死を嘆き、悼む作品だからだ。

ニコラスの死の直後に出た『鉄の時代』には、前後の脈絡を無視してフロイトの『夢判断』から「燃えている子供に気づかず眠りつづける父親」の姿が挿入されていた。そのとき書いている作品に、前後と矛盾する一節を書きこんでまで、死んだニコラスの存在を書き残さずにはいられなかった作家の生々しい切迫感がひたひたと伝わってくる。それはフィクションが現実に向かって大きなほころびを見せた瞬間でもあった。

そんな親と子の関係を思い起こすと、『イエスの幼子時代』でダビードのために母親を探すシモンの姿に、死後世界でニコラスに母親を取りもどしてやろうと腐心する父親の姿がうっすらと滲んでくる。また『イエスの死』でくりかえされるシモンとダビードの問答の裏には、生前に和解できなかった父親が、亡き息子と死後世界で対話を試み、和解の可能性を探る切羽詰まった思いが感じられなくもない。

しかし、「異郷へのメタフィジカルな自己追放」ともいえる「イエスの三部作」は、死後世界という夢のような空間が舞台だ。夢というのは理屈抜きでいつのまにか人物、年齢、場所が入れ替わる。だから『イエスの死』の「少年」は、ある意味、作家自身でもあるだろう。とすれば、ここでもまた虚構としてのフィクションが作家自身の終わりなき自問自答の場となっていく。そんなクッツェー作品の奥まりからは、かぎりない愛をかきたてる存在でありながら、困難な関係に陥っても最後までかかわらざるをえない最大の「他者」、それが子供だという真実が浮かびあがる。

子供は大人にくらべてこの世界に生きてきた時間が短いゆえに、直感によって物事の本質を見抜く力が強い。そのことはクッツェー作品に幼い子供が出てくる場面に共通している。たとえば『ペテルブルグの文豪』では、義理の息子パーヴェルの下宿先の娘マトリョーナが、主人公ドストエフスキーを熱のある目でにらむ。『遅い男』では片足のない六十代のポールを、介護士マリヤナの連れてきた幼女リューバが大きな黒い瞳でまっすぐ見つめる。見られる者はいたたまれなさで破裂しそうな場面だ。ほかにも『マイケル・K』では、道端にいるマイケルを通りかかった信仰心の厚い大工が一晩家に泊めてくれるのだが、そこには、妻と三人の子供のいる食卓に迎えられたマイケルの口唇裂の口元を、失礼だとたしなめられながらもじっと見つめつづける幼い子供の姿が描かれている。こんなふうに幼い子供に無垢な聖性を見ようとするドストエフスキーの影をちらつかせながら、「カラマーゾフたち」に共感するクッツェーは、ぶざまな男の姿を凝視する子供の眼差しを、直感で容赦なくものを見透す視線として使う。

「イエスの三部作」の最重要テーマは、生き物は死ぬことを前提にこの世に生まれてくることで、それが育てる親と育てられる子の擬似的な親子関係として描かれる。人は生まれてくる時代を選ぶことはできない。土地も場所も選べない。そして親も選べない。そうクッツェーはいうが、じつは、親もまたやってくる子供を選ぶことはできないのではないか。子供はひたすら大人を祝福するかのようにやってきて、人の内部に眠っていた愛や優しさや忍耐力を引きだしながら、人間として乗り越えるべき試練をあたえる。シモンが病床のダビードに「きみはイネスを救ったんだ。ぼくを救ったんだ」と語るのはそういう意味ではないか。他者を気遣う心を耕してくれる最良の存在、それが子供なのだ。そしてその愛は、『鉄の時代』のミセス・カレンが吐露するように、ひたすら先へ先へと流れていく。

『イエスの幼子時代』を出版する直前の二〇一二年暮れに、南アフリカのウィッツウォータースランド大学で名誉博士号を授与されたクッツェーは、その授与式で若い大学院修了者たちへのはなむけに、人は幼い子供のそばにいると魂が豊かになるから学校教師になるといいと述べ、高学歴を生かして高給職に就こうと野心を燃やす若者や親たちからブーイングを受けた。小学校教師は南アでは女性が多く、給料が少ない。人が魂と他者へのエンパシーを養うためには幼い子供との関わりが重要だ、とクッツェーはイエスのシリーズを書きながら思いいたったのだろうか。とするなら、クッツェーの自伝的テーマとの関連で読むとき、作家としての集大成といえる「イエスの三部作」は、子供を育てることで人が学びうる運命的で、普遍的な「愛」と「贖罪」の物語として読むことができるだろう。

それにしても、なぜいま「イエス」なのか。シカゴ講演の一年後に国立メキシコ自治大学で行なわれたラケル・セルールとの対話に、それを考えるヒントがありそうだ。

あなたはクリスチャンの作家かと問われたクッツェーは、自分はカルヴァン派のキリスト教文化のなかで教会へ行かない家庭で育ち、カトリックの学校で学んだがキリスト教徒ではない、だがイエスの自己犠牲的死にずっと惹かれてきた、若いころからパゾリーニの映画『マタイによる福音書』(日本での公開名は『奇跡の丘』)をくりかえし観てきたが、そこに描かれたワイルドで、苛烈で、脆い男性像は聖書や教義内のイエス像とは大きく異なる、と述べた。これは前年五月にマドリッドで行なわれたソレダード・コスタンティーニとの対話の内容とも重なるが、作家活動を総括するような骨太の対話の終盤で、クッツェーは数年前にパレスチナ文学祭に招かれた経緯を述べながら、人間社会でくりかえされる暴力の連鎖はイエスが教え実行したような自己犠牲でしか断ち切ることはできないのではないかとも語った。しかし『子供百科』をめぐるみずからの経験を論じたシカゴ講演では、めずらしく講演後にQ&Aの時間が設けられ、そこでクッツェーは幼い子供にいかなる目的のためであれ、自分の生命を投げだせと教えるのは犯罪だと断言している。

クッツェーはポール・オースターとの往復書簡集『ヒア・アンド・ナウ』で「文学における晩年のスタイルというのは、そもそも、僕にとってはシンプルかつ抑制のきいた、文飾を排した言語という理想と、生と死の問題まで包含する真に重要な諸問題への集中から出発する」と書いているが、ここ数年の彼の作品はその結実にほかならない。

終わりなき自問に満ちた『モラルの話』も、問いと答えを「プラトンの対話篇」さながら執拗に反復させる『イエスの死』も、英語の覇権に抗してまずスペイン語で発表されたが、無駄のないシンプルで静謐な文章でさらさらと読ませて読者を新たな視界へ誘いながら、最終ページを閉じた瞬間、生々しい感情が激流となって襲ってくる作品である。文学と哲学と宗教の壁を突き抜けるようなクッツェー文体おそるべしというしかない。

＊シカゴ講演の内容は動画から文字に起こして翻訳し、作家から送られてきた十四枚の写真データとともに、雑誌「思想」二〇二〇年五月号に掲載した。

ジョン・クッツェーと笑い

ジョン・クッツェーは諧謔趣味に満ちた人だ。その諧謔には外部からは簡単に解明できない重層的な悲哀が詰まっている。とりわけ作品に埋めこまれた笑いには大きな特徴がある。現代の日本社会を蝕む「他者に依存する冷笑」とは決定的に異なり、矛先が自分自身に向かっていく知的な笑いなのだ。

アメリカの永住ヴィザを取得する可能性が潰えて南アフリカへもどった一九七〇年代から、アパルトヘイト体制撤廃までに書かれた初期の作品は、厳しい検閲制度下で周到に考え抜かれて発表された。笑いというのは基本的におなじような価値観を引きよせる作用があるため、集団の外にいる人間には伝わりにくい。利害も価値観も異なる異郷の読者が笑えるポイントは限られてくる。ときには的外れな笑いになることさえある。それはやむをえない。

人種とか、階級とか、生まれとか、歴史的な立ち位置とか、クッツェー作品にはどうあがいても埋められないギャップを可視化する骨太の視点が埋まっている。作品の舞台が南アフリカであれ、架空の時代や土地であれ、それは一貫している。しかし読者の立ち位置によって見え方が異なることがある。作中人物がさらされる暴力の源＝権力構造と酷似したギャップのへりに自分の姿を見てしまう者、あるいは作中に多少なりとも共感できる人物や視点を読みとれない者にとって、驚愕の思いはあっても笑いはなかなかやってこない。読後にざらりとした感触が残るのはそのためかもしれない。

しかし、親しい友人知人は、ジョン・クッツェーが見せる皮肉のきいた茶目っ気ぶりを知っていたし、それを日々の暮らしのなかで共有していたはずだ。書く姿勢は権威に媚びることなく、狡猾と揶揄されるほど思慮深く、会話でも懐疑的な真摯さからことばが発せられる。徹底的に自作品を読みこんで誠実に対話しようとする人には、どこまでも誠実に対応する。いいかげんなアプローチをすると、ぴしゃりと遮断される。そんな厳しさへの恨みつらみからか、クッツェーをめぐる情報の多くに誤情報が混じり、確かめもせずに悪意に満ちた尾ひれまでついて流布されてきた。ノーベル文学賞受賞時の、作家のセカンドネームをめぐるニューヨークタイムズや、ガーディアン、タイムズといった大手新聞の署名入りの誤報記事が典型的な例だ。こういった誤情報については、二〇〇四年に出版されたデレク・アトリッジの *J. M. Coetzee and the Ethics of Reading* や、二〇一二年のＪ・Ｃ・カンネメイヤーの伝記 *J. M. Coetzee: A Life In Writing* が詳しく記述しながら正確な事実を伝えている。

かつて英語版ウィキペディアには、クッツェーの性格をめぐりリアム・マランなるジャーナリストの記事から「十年いっしょに働いてきた同僚がたった一度しか彼の笑ったところを見たことがないそうだ」という話がまことしやかに引用されていた。アラブ圏の雑誌 Nizwa のインタビューでそれについて問われたクッツェーは「リアン・マランにはこれまでたった一度しか会ったことはない。彼はわたしのことを知らないし、わたしの性格を云々する資格はない」と答えた、とカンネメイヤーの伝記にある。このように英語圏内の誤情報に対するクッツェーの「応答や批判」は英語圏外で見つかることが多い。ここは注意する必要があるだろう。

「笑い」に話をもどそう。八〇年代初期にはクッツェーもインタビューで茶目っ気たっぷりのことばを発していたのだ。雑誌「フェア・レディ」（一九八三年八月号）のインタビューで、彼の小説を読者が「暗い」ということについて「だれもがわたしの本のなかに荒涼たる絶望を見ている。わたしにはそんなふうには読めない。自分は滑稽な本を書いているつもりだ。ごくふつうの人たちについて、ごくふつうの、冴えない、幸せな暮らしをしようとするのに周囲の世界が粉々になっていくような」と語っていることをカンネメイヤーの伝記は伝えている。このクッツェー発言は、当時の南アフリカの社会情勢を考えると挑発的でさえある。

一九八三年といえばクッツェーは四十三歳、『マイケル・K』が最初のブッカー賞を受賞した年だ。南アフリカと聞くと、当時のジャーナリストたちはことあるごとに「アパルトヘイトの暴虐」について作家たちから政治的メッセージを引きだそうとした。右の発言は辛辣な皮肉をこめながら、そんな意図にはのらない、作品は小説として読んでほしい、という意思表示と読める。自分の語ったことばが誤解されるのを避けるために、用語の定義や意味づけから始めたりしながら、クッツェーも八〇年代半ばまでは新聞記者や文芸評論家のインタビューを頻繁に受けていた。質問について熟考する時間が長く、沈黙がかもしだす居心地の悪さにインタビュアーの不興を買いつづけたせいか、ある時点からクッツェーは自作について語るのをやめた。その徹底ぶりはすごい。信頼できるのは、その場かぎりで語られることばではなく、書かれたことばだとする姿勢にシフトしたのだ。ジャーナリストが作品も読まずにやってきて、語られたことばの一部を文脈を無視して記事内に引用することを避けるためだったのだろう。当時のクッツェーがインタビューをなぜ嫌ったかは『ダブリング・ザ・ポイント』でみずから詳しく述べている。

笑いについてクッツェーは後年、アーサー・ミーの編集した『子供百科』を懐古的に論じたシカゴ講演で興味深い指摘をする。おなじイギリスの植民地だったインドの文学を南アフリカの文学とくらべる箇所だ。

二十世紀インド文学にはイギリス人《イングリッシュマン》の物まねをする人物がよく登場します。英国風のマナー、英国風の言いまわし、英国上流階級風の口調に強く感化されたインド生まれのインド人です。インド文学ではこの物まねをする人物は笑いの種にされます。自分の属する社会から疎外されていることが喜劇として扱われます。南アフリカの文学にはイギリス人《イングリッシュマン》の物まねをする人物は、わたしの知るかぎり、皆無です。

笑いが、あるコミュニティ内で共有されるものであるなら、クッツェーがかもしだそうとする笑いは、どのような人たちによって共有されるのか、共有されてきたか、前後の脈絡なしで考えるのは危うい。ある作品をめぐる読者の心情や、それを形成する社会事情と密接なつながりがあるからだ。

『鉄の時代』『ペテルブルグの文豪』と重い文体の小説が続いたあと、一九九九年に『恥辱』が出た。文体がそれまでになく軽やかになった。その軽やかさの背後には、もちろんアパルトヘイトの撤廃という時代の空気があっただろう。この作品では、作家が自分の分身を主人公に投影させながら巧みに距離を保ち、ときには突き放し、背後でふっと笑いをもらす気配が感じられた。一読したあとこの笑いの気配について、作品をほぼ同時に読んでいた人に伝えると、そんなふうに読む人はいない、という反応が返ってきた。語調の強さにちょっとひるんだ。納得できなかったが、少し時間がたってから、その人のいう「読む人」とは彼とおなじ「男性読者」らしいと気がついた。女性読者が読むとどうか、と考えてみることはないのかと残念だった。

『恥辱』という小説は、読む人の立ち位置によって、年齢によって、読後感が大きく異なる。女性が読むのと男性が読むのとでもかなり異なる。ロマン派の詩を教える大学教授ルーリーが直面する事態やその転落を、身につまされると感じる男性読者には、まだ笑いを感知する余裕がなかったのかもしれない。この作品の「読み」をめぐる軸の変遷は第四章の「よみがえるエリザベス」でもすでに書いたが、日本語社会内のジェンダーをめぐるここ二十数年の変化の一面を浮き彫りにするエピソードとして記録しておく。

ケープタウン大学の学生時代に同人誌をいっしょに出していたジョンティ・ドライヴァーは、ダークな笑いを好むジョン・クッツェーの諧謔趣味をよく知っていて、「僕はときどき、ジャーナリストが彼のことを気難しいと考えたがるのは、そのほうがわざわざ本を読まなくても、なにか書くことができるからだと思うことがあるな」とカンネメイヤーに語っているほどだ。

それでもクッツェーは、二〇〇〇年に制作されたオランダのテレビ番組「美と慰め」では、インタビュアーの突っこんだ質問にも丁寧に、生真面目に応答しているし、カナダのCBCラジオのロングインタビューにもことばを選びながら答えている。二〇〇二年のサンタフェでは『青年時代』から朗読したのち、質問者ピーター・サックスと、バッハとベートーヴェンを比較しながら興味深い対話をしている。クッツェー三度目の来日直前にケープタウンから取り寄せた大判のグラビア雑誌「クラシックフィール」(二〇一三年一月号)では、めずらしく南アフリカの雑誌インタビューにも応じていた。

「イエスの三部作」を発表しはじめたころから、クッツェーは少しずつインタビュー嫌いの名を返上していったようだ。二〇一八年にまずスペイン語で出した『モラルの話』のプロモーションのために、マドリッド、ビルバオ、グラナダで展開されたトークイベントでも、アルゼンチンの「アリアドネの糸」の編集者ソレダード・コスタンティーニが周到に準備した質問に答える形式ながら、執筆中の「イエスの三部作」や『モラルの話』について率直に語る作家の姿があった。

クッツェーのダークな笑いは、エリザベス・コステロという人物の登場でくっきり形になったといえるだろう。講演や夕食会で、歯に衣着せぬ物言いで聴衆や参加者を居心地悪くさせ、読者をニヤリとさせるこの女性作家を、クッツェーは統御不能と述べるが、創作者はあくまで男性作家なのだ。そのトリックが痛い笑いをかもしだしているのは間違いない。

ふりかえってみると、そんなジョン・クッツェーと初めて会ったのは、第一章にも書いたけれど、二〇〇六年九月末に「サミュエル・ベケット生誕百周年記念シンポジウム」の特別講演者として招聘されたときだった。会見は羽田に着いた日の翌朝で、お茶を飲みながらとはいえ終始がちがち。そのとき撮影した写真には緊張ぶりがもろに出ている。でも、この年はクッツェーにとって「バッド・イヤー」でもあったのだ。翌年の作品『厄年日記 *Diary of a Bad Year*』のタイトルとして記録された「悪い年」にいったいなにがあったのか、作家自身の病気や娘ギゼラの怪我などについて知ったのは、二〇一二年に出たカンネメイヤーの伝記を読んだときだった。

二度目の来日は二〇〇七年十二月、国際交流基金の招きによるもので、パートナーのドロシー・ドライヴァーもいっしょだった。作家のファミリーネームの発音を再確認したのはこのときだ。テーブル越しに話していて、日本人として「名誉白人」の称号を返上できなかったのは残念だといったら、彼はフムといいながら軽く笑った。あの「フム」はどんな意味だったんだろう。頭から旗を立てたような、そんな物言いには答えようがない、ということだったのだろうか。そういえば当時、東京都知事だった作家が八〇年代に南アフリカのアパルトヘイト政権の議員たちと日本の国会議員を結ぶ「友好議員連盟」の事務局長だったことも話題になった。芥川賞の審査委員だった人だ。「その文学賞は日本では大きな賞なのか？」という質問がクッツェーから出たことを思いだす。

三度目は二〇一三年二月で、第一回東京国際文芸フェスティバルの特別ゲストとしてやってきた。三度目ともなるとさすがにリラックスして、作家の顔から笑みがふんだんにこぼれた。いつものように彼が滞在するホテルのロビーで待ち合わせた。「このホテルは迷路のようで何度も迷ったよ」という作家と、エッセイ集『世界文学論集』の打ち合わせをする田尻芳樹さんと、三人でエレベーターに乗って地下のカフェへ降りた。エレベーターホールには卒業パーティへ向かう人たちの華やかな笑い声が響いて、日本はこの季節が学年末なのかという問いをクッツェーがつぶやいたりしていた。南アフリカやオーストラリアの学年末は真夏の十二月だ。たどりついたカフェは地下といっても、ホテルは斜面を利用した造りで、ガラス窓の外には緑の芝生が広がっている。まず翻訳中の三部作の疑問点を解決しなければならない。『少年時代』に出てくるエディーの年齢について確認したときの作家の反応が傑作だった。話はこうだ。

『少年時代』では、ケープタウンの家に住んでいたころ、ステレンボッシュのおばさんの紹介で、イダの谷から住みこみのハウスボーイとして「カラード」の少年がやってくる。名前はエディー、七歳だ。でも二カ月後にエディーは逃げだす。ジョンはエディーよりも七カ月年下だ。エディーがイダの谷にもどされたあともジョンは彼に借りがあると思いつづける。八歳の誕生日にもらったお小遣いで買った自転車に乗れるようになったのはエディーのおかげだったからだ。おやっ、なんだか辻褄が合わない。逆算してみよう。ジョンがエディーより「七カ月年下」なら、ジョンの「八歳の誕生日」にエディーは八歳七カ月だ。七歳で家にやってきたエディーが八歳七カ月になるには最低七カ月はかかる。でもエディーは二カ月後に逃げだすのだ。

この矛盾については『少年時代』を訳した直後に作家に手紙を書いた。すると「嗚呼、間違いました！ Alas! I simply made a mistake.」という返事が来て、思わず脱力した。まだ航空便の封筒を使って手紙をやりとりしていた一九九九年秋のことだった。今回「一巻にまとめるため全面的に見なおした」というので、この矛盾が解決されると思っていたのに——というと、作家が両手を広げて耳の横で前後に揺らしながら「あああ、そうだった！ じゃあ、ジョンの年齢を七歳にしよう、七歳の誕生日にもらったお金で自転車を買うことにしよう！」という。一瞬こっちが慌てた。「主人公の年齢を変えてしまうのはどうでしょうか、八歳のお小遣い、というのは読者にかなり強い印象を残していますから、むしろエディーの年齢を八歳にしたほうがいいのでは」と提案すると「じゃあ、それで行こう」と結着がついた。というわけで、日本語版三部作ではエディー少年の年齢が原著とはちょっと異なっていて、これは自伝作品にはフィクションが織り込まれることを明示するエピソードとなった。

翻訳作業はまず、クッツェー自身が全面的に見なおしたという分厚い一巻本のテクスト *Scenes from Provincial Life*（2011）とすでに出ている三冊の単行本テクストとの差異をチェック。それを一九九九年にみすず書房から出た『少年時代』の訳文に反映させて加筆し、さらに二部『青年時代』と三部『サマータイム』を訳して、全体の文体を整えて、と予想以上に時間がかかった。でも、作家来日のおかげで細かな不明点を解決してから読むことができたため、新たな発見がいくつもあった。『サマータイム』と『少年時代』が部分的に強く響き合っていたり、驚くような事実が判明したり。クッツェーが三部作を一冊にまとめた意味も納得できた。ちなみにこの三部作は、前年に他界した弟デイヴィッド・クッツェーの思い出に捧げられている。

ホテルで打ち合わせをした日の夜は、六本木で「日本クッツェー・ファンクラブ」の面々と夕食会だ。このときは話がはずんだ。食後に写真を撮りながら立ち話をしていて、フランス語訳者の話になった。最初はソフィー・マイユー Sophie Mayoux だったが、途中からカトリーヌ・ローガ・デュ・プレシ Catherine Lauga du Plesis に代わった。この二人の翻訳者と作家との関係が複雑かつ微妙なのだ。

ソフィー・マイユーはどこで勘違いしたのか、八〇年代にクッツェーのファーストネームを「マイケル」と訳書の表紙にかかげた。このソフィーという名が『サマータイム』には、五人の語り手の一人、それもフランス人として登場するのだ。七〇年代初めにケープタウン大学で同僚として働き、恋仲だったことになっている。作中でジョンより十歳年下のソフィーは、フランス人らしいエスプリのきいた発言をする人物として描かれ、当時のジョン・クッツェーの思想や解放運動との関わり、ジャーナリズムとの関係などを、理知的に分析しながら外部へ伝える役を割り当てられている。

シャルドネで軽くなった頭で『サマータイム』のソフィーですが、以前のフランス語訳者とおなじ名前ですね、というと、すでに何度か受けてきた質問なのか、彼は慣れた調子で「ありふれた名前でしょ Sophie is a common name.」といって軽く微笑んだ。カトリーヌとは長年の親友だともいっていた。

カンネメイヤーの伝記に何度も登場するカトリーヌ・ローガ・デュ・プレシは、すでに書いたが、七〇年代に彼女のパートナーがケープタウン大学でクッツェーの同僚だった関係から、家族ぐるみの交遊があった人だ。出版直後の『ダスクランズ』をクッツェーと膝詰めで仏訳した人でもある。ところが二作目からはソフィー・マイユーが担当し、カトリーヌはゼイクス・ムダやゾーイ・ウィカムなど南アフリカの他の作家の作品を翻訳した。しかし『恥辱』以降はふたたびカトリーヌが翻訳し、自伝的三部作もまとめて訳しなおしている。

驚いたのは、それから三年後の二〇一六年に出たフランス語訳『三つの物語』のカバー折り返しに「訳者カトリーヌ・ローガ・デュ・プレシは六月に他界」とあったことだ。会ったこともないのに急にこみあげてくるものがあって、カンネメイヤーの伝記にあったエピソードを思いだした。ジョンの元妻フィリパが亡くなったとき、お葬式に出られなかったカトリーヌが墓参をすませてから前触れなくクッツェー家を訪ねると、ジョンは料理をしていて、二人でフィリパの話をしているうちに彼がいきなり号泣しはじめたというのだ。クッツェーが二〇〇〇年に、オランダのテレビ番組で「気分が落ちこんだときは料理をする、料理はすぐに結果が出て滋養にもなる」といっていたが、カトリーヌがカンネメイヤーに語った話からは、このフランス語訳者と作家の長い友情の歴史が透けて見える。

六本木のレストランでは、自作品をドイツ語訳で読むのが面白いとクッツェーは語っていた。それで思いだしたのは、初めてドイツ語に翻訳された『蛮族を待ちながら』はだれもが認める失敗で、別の訳者が訳しなおしたというエピソードだ。メルボルン大学出版局の雑誌「ミージン2005」の翻訳論「翻訳者たちとの協働 Working with Translators」にクッツェー自身がそう書いていたのだ。ひええっ！　いまドイツ語訳はもっぱらラインヒルト・ベーンケが担当している。

「ミージン」でクッツェーは、翻訳には「語りのリズム」や「思考のリズム」に注意することが重要だと述べていたが、先に紹介した雑誌 Nizwa のインタビュアー、アデーブ・カマルにアラビア語へ翻訳したい者への助言をたずねられたとき、「ページ上のことばと、文の形 shape of the sentences に注意すること」と答えている。これはヨーロッパ言語以外への翻訳を考慮してのことかもしれない。「ミージン」の翻訳論は、オクスフォード出版局から二〇〇九年に出た『翻訳と古典 *Translation and the Classic: Identity as Change in the History of Culture*』に収録されて、クッツェー作品の翻訳者にとっての必読文書だと多くの人が述べている。

初めて『マイケル・K』を手にしてから長い時間が過ぎた。初対面の人間に向かって、率直すぎるのか図々しいのか、「どうやって食べているのですか」と質問する作家にも、いまならナカグロ詩人として「霞《かすみ》を食べてます」と笑って答えることができるかもしれない。

マカンダで迎える誕生日

J・M・クッツェーの八十歳の誕生日を祝って二〇二〇年二月九日から三日間にわたり、南アフリカの東ケープ州マカンダ（旧グレアムズタウン）でAMAZWI「南アフリカ文学館」の開館記念行事が行なわれた。「アマズウィ」とはズールー語やコーサ語で「ことば、声」という意味だ。この文学館はそれまで国立英語文学館（NELM）という名称だった。一九九〇年に、いまや貴重な資料となったクッツェーの最初のバイオグラフィーを出したのは、ここの出版局だった。開館記念の催しにはクッツェーの初期作品の原稿やゲラ、幼いころの絵やクリケットのバットなども展示され、世界中から作家の友人知人が集った。館内には「J・M・クッツェー読書室」も常設されているという。

七〇年代後半に、やがてNELMとなる機関が作家の手書き原稿を収集していた。第二作『その国の奥で』の原稿を入手するために派遣されたスタッフ、それがドロシー・ドライヴァーだった。カンネメイヤーの伝記には、数年後のクリスマス休暇にジョンがピックアップトラックにドロシーを乗せてグレアムズタウンからケープタウンまで連れてくるエピソードが出てくる。

今回のマカンダのイベントのようすを伝える写真には、出版されたばかりの『少年時代の写真』が積まれ、それを販売するクラーク書店のヘンリエッタ・ダックスの姿もあった。九〇年代半ばに『少年時代』の原書を、さらに二〇一二年秋にカンネメイヤーの分厚い伝記をケープタウンから送ってくれた人だ。「ウェルカム・ホーム、ジョン」と語りかけるようなこの催しで、八十歳の誕生日を迎えたジョン・クッツェーは、どの写真でもどこかふっきれたような、にこやかな表情を浮かべている。

オーストラリアへ移り住んでから十八年がすぎて、南アフリカも大きく変わった。『恥辱』が出た直後は政権党から批判されたクッツェーだが、二〇〇三年にノーベル文学賞を受賞したとき真っ先にネルソン・マンデラの公式サイトに祝辞がアップされ、二〇〇五年には南アフリカの利益に国際的な貢献をしたことで、ムベキ大統領からマプングブエ勲章（金賞）が授与された。数年前にはフィナンシャルタイムズに「Getting Past Coetzee（クッツェーをかわしながら）」というエッセイを書いたヘッドリー・トゥワイドルが、ケープタウンの街はどこへ行っても亡霊のようなクッツェーの姿と出くわしそうになる、と愉快なオブセッションについて書いている。いまでは人種を超えて若い作家たちがJ・M・クッツェーを読み、その影響を受けながら活躍する時代になった。激動の時代に次々と他界した母、父、息子、元妻が眠る土地で、これまでの仕事が正当に評価される時代を迎えているのだ。

真夏のマカンダの催しには残念ながら参加できなかったが、招待状に描かれた作家の似顔絵をデザートプレートにあしらって、真冬の東京でも編集者や翻訳者がささやかな誕生会を開いた。その写真を送ると、南ア滞在中の作家から即座に、マカンダの「イベントは大成功だったと思う」と嬉しそうなメールが返ってきた。

エピローグ――なぜJ・M・クッツェーを訳してきたか

まだ八月だというのに妙にひんやりして、小雨さえぱらつく池袋のスペイン風バルでのことだ。J・M・クッツェーの自伝的三部作『サマータイム、青年時代、少年時代――辺境からの三つの〈自伝〉』の出版イベントの打ちあげで、隣席から質問が飛んできた。

Q――くぼたさんは、若いころ音楽でアフリカ系の女性ヴォーカルのもつ生命力や癒す力に惹かれて、その力が文学作品に結実したアリス・ウォーカーやトニ・モリスンの作品を八〇年代に熱心に読み、それからベッシー・ヘッド、マリーズ・コンデ、エドウィージ・ダンティカ、ゾーイ・ウィカム、チママンダ・ンゴズィ・アディーチェなど、アフリカ系女性作家の作品を訳してきましたね。でもなぜ、白人作家のクッツェーをずっと追いかけてきたんですか？　翻訳して本になった男性作家はクッツェーだけですよね？

それは田尻芳樹さんと都甲幸治さんを迎えたその日のイベントの最後で触れようと思っていたことで、メモにも書きこんでいたのだ。ところがそこまで話を展開しきれていないと気づいたときは時間切れ。おまけにそう質問してきたのは、クッツェー作品の初訳『マイケル・K』と『少年時代』で大変お世話になった編集者、尾方邦雄さんだったので、ワインの勢いもあって答えることばに力がこもった。

A——「アフリカ文学」を研究する人たちは、あの大陸の植民地化によって抑圧されたアフリカ人に共感する傾向がある。その声に耳を澄まし、被抑圧者を代弁する文学を熱心に研究し、紹介してきた。明治期から国是として白いヨーロッパの国民文学を、戦後はもっぱら白い欧米文学を追いかけてきた日本のアカデミズムで、「アフリカ文学」が専門分野として成立しにくいことはよく知っている。だから先人の作業の積み重ねと努力には本当に頭が下がる。

「アフリカ文学」というくくりもいまでは大雑把すぎて「複数のアフリカ」として語るべき時期に来ているけれど、とにかくそう呼ばれてきた文学を研究、翻訳する困難さを重々承知の上でいうなら、そしてディアスポラも含めてアフリカ系の作家を翻訳してきた者としていうなら、クッツェーを翻訳することは彼のような人の視点から世界全体を見なおすレッスンだったのだ。アフリカ大陸の南端にあるケープタウンという土地に、二十世紀なかばに、オランダ系入植者の家系に偶然生を受けたジョン・クッツェーという人間が、若いころイギリスやアメリカで暮らしたあと、歴史的脈絡のなかでヨーロッパ系の、白人の、男性という自分の立ち位置を容赦なく検証していくプロセスを、作品を通してじっくり考えてみたかった。自国から離れて学びなおした視座の転換と作品行為を関連づけてみたかったのだ。

ジョン・クッツェーよりちょうど十年後にわたしは北海道で入植者第三世代として生を受け、憧れの内地、本州のメトロポリス（東京）へ出た直後にざんぶりと荒波をかぶり、難破船さながらだった。「68/69」の激動期に不意を突かれるように突きつけられた問題がどういうことだったのか、自分なりに理解しなければ先へ進めないと感じた。やがて北海道と東京との関係を、世界規模の植民地化の歴史的枠組みのなかに置くとヒントがえられるかもしれないと気がついた。北の旧国内植民地の入植者の末裔にとっては、アフリカの被抑圧者側に「共感」するだけでことが済むとは思えなかったのだ。

そんなことを、イベントが無事に終わった安堵感もあって、スペイン産の渋い赤ワインを飲みながら勢いにまかせてしゃべったような気がする。実際はもっと大雑把な話し方だったけれど。

クッツェーという作家は作品内に、歴史の源流までさかのぼろうとするベクトルを埋めこむ。ことばの語源を詳細にたどることもたびたびだ。ギリシア・ローマ古典からの引用も多い。当然ながらユダヤ・キリスト教文明との絡みにも容赦なく光をあてて、長いスパンで見た世界史的視野のなかで、偶然ある時期に、偶然ある土地に、偶然ある親のもとに生を受けた個別の人間を描いていく。そんな枠組みを少し圧縮して、この群島の近現代にあてはめるとどうなるか。そのことをクッツェー作品を翻訳するプロセスでずっと考えてきた。

明治時代から政府が百五十余年にわたり植民地化、近代化を推進した北海道で、第二次世界大戦の敗戦占領期直後に生まれて、十八歳までそこで暮らした。初めて手にした小学校の教科書には、内地の「桜吹雪の入学式」の写真が載っていた。その教科書をランドセルに入れて、真正の「吹雪」のなかを、またたくまに道を埋める雪をこいで初登校した四月。それ以来、自分はいったいどんな「日本人」かと考えつづけてきた、それがわたしだ。

　東京に出てから、かつて「蝦夷地」と呼ばれた北海道は植民地だったと再認識せざるをえなくなった。でもすぐには向き合うことができず、クッツェー作品と出会ってようやく具体的に考える足場ができたように感じた。クッツェー自身がみずからの立ち位置を検証する視点にどれほど助けられたか。というのも、わたしが受けた教育では、北海道の歴史とは、この作家が『ダスクランズ』の後半で示したように、南アフリカ白人がでっちあげた植民の歴史に似て、先人が熊笹の生い茂る「未開の土地」を苦労して切り開いて農地にした「開拓の歴史」ばかりだったからだ。学校では、開拓者である和人が先住民であるアイヌの人たちの土地を奪い、子供たちから言語を奪い、同化を強制したことはまったく教えなかった。先代たちがアイヌモシリの土地へ入っていって、一方的な施策を押しつけたという自覚も希薄だった。アイヌ民族はすでに滅びたといって視界から抹消したのだ。小学二年の授業で、教師が「アイヌは五つ以上の数を数えられない」と蔑むようにいって笑いをとった。親たちも節約の美徳を教える反面教師として「アイヌは蓄えることを知らない」とぽろりと口にした。どちらも悪質な嘘だ。だが、そう教えられて育った人間、それがわたしだ。

　六〇年代初めに田舎の家にもテレビが入ってきた。アメリカから「フロンティア・スピリット」を称揚して「野蛮」な先住民や悪漢を問答無用で撃ち殺す西部劇が押し寄せた。いまから思えばものすごいプロパガンダだ。白黒テレビが流すのはもっぱら白人ミドルクラスのホームドラマだったし、母親に連れられて通った隣町の洋画専門の映画館にかかるのはハリウッド映画、ディズニー映画ばかり。小中学生のわたしはそれをうっとりながめた。ラジオからはアメリカンポップスやブリティッシュロックが流れ、「ここ以外への憧れ」はいや増した。

田舎から東京の大学に入ったものの、半年後に学生が全学ストライキを打ち、翌年は大学側がロックアウトをして長いあいだ授業がなく、憧れの風船はパチンと割れて寄る辺ない海に放りだされた気分だった。そこで手当たり次第に本を読み、全体主義的な感じが嫌になってヴァイオリンを弾いていたオーケストラから離れ、コンボジャズを聴き、女性ヴォーカルを聴き、アングラ演劇をのぞいた。片っぱしからアルバイトをやり、街を彷徨した。すると、それまで学ぶことのなかった歴史がじわじわと見えてきたのだ。二十一歳のとき両親が離婚して家族解散したこともあって、すでに遠い「北海道」が生涯の宿題となっていった。

自分が偶然、産み落とされた時代と土地と親たちのルーツを検証すること。いったいどういう世界に「わたし」は産み落とされたのか。なぜ「わたし」はここにいるのか。クッツェー作品と出会って以来、アフリカとヨーロッパの関係に類比させながら北海道に歴史的な光をあててみようと思うようになった。そうか、十七世紀半ばに世界の海を制覇する勢いだったオランダは、アフリカ最南端の土地に五角形の砦《カッスル》を築いて、そこを経由して長崎の出島へやってきたのか。それから約二百年後に江戸幕府が北の箱館港に五稜郭——これもまた五角形の砦だ——を築いたのか。規模は小さく時間も短い。だが、そこに見えてくるものを考え抜くために、クッツェー作品の一行一行、一語一語と格闘した。いったん日本から離れて考え、そこで獲得した視座のなかで、この群島の歴史と、そのなかに生を受けた自分を見なおしてみたい。個人的な感情の濁りが入りこむ「自虐」ではなくて、歴史的な「自己検証」によって霧を払ってみよう。クッツェーの視点は自分を痛めつけて快楽を得る「自虐」ではないのだから。でもそれは最初から意識していたことではなく、クッツェー作品を翻訳しているうちに見えてきたことだった。ズールー民族の創世紀叙事詩を四苦八苦しながら訳しているとき、当時売りだし中のペンギン作家の一冊『マイケル・K』を読んで、これすごい！ とやみくもに翻訳してから八年後、ケープタウンから取り寄せた『少年時代』の内部から「これはあなたの仕事です」という声が聞こえてきた。作中に登場する家族が、どことなく自分の家族を思わせたからだ。

一九三〇年ころの北海道では、アメリカを経由して日本に入ってきたプロテスタントの一派、プレスビテリアン（カルヴァン派の流れをくむ長老派）が布教活動を展開して、あちこちに教会を建てた。南アフリカで開拓者として内陸へ入っていったアフリカーナ農民の信仰基盤となったオランダ改革派教会に考え方が近い宗派だ。この宗派に属する田舎町の教会で、わたしの両親は敗戦直後に出会って結婚している。

広い田畑のなかにぽつぽつならぶ隣家のほとんどが浄土真宗の寺へ通う入植者の村に、仏壇も神棚もないマッチ箱のような家を建てて、二人はアウトサイダーとして暮らした。冬に雪下ろしをしなくてすむよう屋根は急勾配のトタン葺きにして、前庭に白樺、ポプラ、リラを植え、畑の近くに林檎や梨の樹も植えた。初夏になると林檎の白い花びらが吹雪のように散って、遠くにいても、風に吹かれた花びらがまぶたを撫でた。別棟の小屋で山羊や鶏を飼い、小規模ながら田畑を作って半自給自足農業を営んだ。勤労を尊ぶ「善き人」であろうとしたのだろう、熱心に隣町の教会へ通った。わたしも十歳ころまでは一歳ちがいの兄と早朝の日曜学校へ通ったものだ。それは周囲の人間と異なることを恐れるな、むしろ胸を張れ、という両親からのメッセージでもあった。

家庭内では母親が主導権を握って、教育勅語を教えこまれた世代ながら子供たちを平等に育てようと腐心した。「フェミニスト」が「女に優しい男」という意味でしかない、男尊女卑の強い村社会でのことだ。台所仕事をしながら、賛美歌として覚えた「庭の千草」を朗々と歌い、夏ともなると庭に大輪のダリアを咲かせた。大量に収穫した苺で作った朱色のジャムやシロップの瓶を、台所の高窓にずらりとならべて道行く人を驚かせた。

荒くれ者が流れ集まる炭鉱で育った母親は、十五歳で北海道大学付属看護学校に入って経済的に自立したことをとても誇りにしていた。札幌農学校から始まる北大農学部に医学部が新設されたのは彼女が生まれた年だ。新開地では多くの看護婦を必要とした時代だったのだろう、学費免除で寄宿舎生活をしながら大学の付属病院で見習い看護婦として働く制度があったのだ。看護学校時代に札幌の一条教会で洗礼を受けた彼女は、伊達藩の武家出身の父親から「この娘が男だったらどんなによかったか」といわれつづけて育ったダディズガールで、いつも背筋をしゃんと伸ばし、生命や子供の人格を尊重しようとする、厳しくも勤勉実直な人だった。先の戦争が敗けるとはゆめゆめ思わない一途さで銃後の看護婦として働き、結婚後も子供が幼かったころを除いて、隣町の公立病院に勤めつづけた。

だが、戦前のドイツから直輸入された優生思想に基づく医学と看護学を叩きこまれたせいか、なにかにつけて無意識に優劣の因子で評価して、子供たちが学校でよい成績をとるのをことのほか喜んだ。成績表がすべて「優」と「秀」であるかぎり親には文句をいわせない少年ジョンの家族を彷彿とさせる話だ。「できる、できない」で人を二分するこのエリート志向の近代的価値観は現代にいたるまで厳然と世界を覆っているともいえる。とはいえ、女を大学にまでやってなんになるといわれた時代に、息子も娘も平等に東京の四年制大学まで進学させた彼女の並々ならぬ努力は、娘には大変ありがたかった。

十歳の娘にルーシー・モンゴメリ著、村岡花子訳の『赤毛のアン・続赤毛のアン』を買いあたえたのも彼女だ。濃紺の箱に入った紅色の本は、ゆうに四六〇ページを超える。表紙に「世界若草文学全集8」と箔押しされた本を開くと、活版印刷の二段組の小さな文字がぎっしりならんでいて、これを小学生が読んだのかといまさらながら驚く。奥付は一九五九年四月、三笠書房刊。

一方の父親は一九一六年、富山で農家の三男に生まれ、生後三カ月で津軽海峡を渡った人だ。進学はかなわなかったが仕事のあいまに本を読み、屋号をもって歌を詠んだ。天才少女バイオリニストといわれた諏訪根自子《すわねじこ》に憧れ、入手した楽器を独習して「トロイメライ」や「美《うる》はしき天然」のさわりを弾いた。それでいて兄弟で「ヤンサノエ〜」とこぶしをきかせて江差追分を唄ったりもした。結婚前から娘の名前を決めていたロマンチストでもあった。一時期は写真に凝って、流行りのヤシカのボックスカメラで山羊と幼い子供たちを撮影した。斬新なアイディアに飛びつく理想化肌で、隣町から先生を呼んできて「バイオリン教室」を開くために奔走したこともあった。先の戦争で兵隊にとられて満州や南洋を生き延びたが一人も殺さなかったと誇らしげに語っていた。天皇制にも批判的だった。そこまではよかった。

だが。白樺派の流れをくむ「うっとり系ヒューマニズム」と「農民ユートピア」に心酔しきっていた元文学青年は、同世代の男たち同様、構造的な唯我独尊のみずからの暴力性にはとことん盲目で、憧れの女性を射止めて結婚したら、相手は自分の思い通りになると思っていたようだ。黒い腕ぬきをして町役場で事務をこなしながら歌を詠む夢想家は、農村社会の権力と隷従の根深い現実を変革するには浅い左翼思想では歯が立たなかったのか、人生が思うようにいかなくなると自己憐憫の底なし沼にはまって「あわれ」のなかに惑溺していった。あげくにこしらえた借金を妻が働いて穴埋めするところが、うっすら『少年時代』の親たちと重なって見える。

敗戦直後からこの国が植民地宗主国としての過去のあやまちを不問にしてひたすら前へ突き進んだ時代、それはこの群島に生きた者たちにとって、女は口答えせずに従順であることを強いられつづけ、男は「立派に」妻を従わせていると周囲に見せるのが甲斐性とされた時代だった。新憲法ができても「女子供」が異を唱えることがほとんどできない窒息しそうな未成熟な社会だ。そんな有無をいわさぬ制約と時代の枠組みに縛られながら、それでも、二人は北の入植地の村でささやかな志を抱いて暮らしはじめたのだろう。いまは、ほのかな月明かりのなか、朽ちた窪地に墓石もなく、礼拝堂が幻視されてもあれはただの風のすみかだと草が歌うばかりだけれど。

絡まり合う記憶がこうして結像するには、『少年時代』を訳し、九年後に『鉄の時代』を訳し、さらに『青年時代』『サマータイム』をまとめて訳したことが大きな助けになった。その過程で、フィクションと自伝の境界を無化しながら作品の奥に真実を埋めこむクッツェーの全体像が見えてきた。まるで写真を現像している最中に、薬液の入った平らな容器のなかで印画紙にじわじわと像が浮かびあがるように。

それと同時に浮上してきたのは、他人事として表層をかすめながら「マッピングする世界文学」ではなく、自分自身の立ち位置を知るためにみずから「動く世界文学」の切実さだ。十七世紀以降のヨーロッパと南アフリカとの関係史に日本の内地と北海道の近現代史を類比させると、自分は「ヨーロッパ白人」の位置にあると気づいたのは、反アパルトヘイト運動に関わったころだ。八〇年代末に仲間から「なんや、シロか！」と吐き捨てるようにいわれて絶句しながら、クッツェー作品を読み、訳しつづけた。そこには「反」で抗するだけでは、そのうち時が経てば「正」に飲みこまれてしまうという危機感があった。

東洋人であるわたしとは「人種」もジェンダーもほぼ真逆に位置するクッツェーの作品には、幾冊か訳したアフリカ系女性作家の作品に心を寄せるだけでは透視できない視点があるのだ。彼女たちの作品を読んでいても自分が「和人」であることの内実は見えない。先の大戦で日本が占領したアジア諸国の人びとに対する加害の歴史認識も欠如したままだ。だから、クッツェー作品が照らしだす世界の歴史構造に目を凝らしつづけることは、避けて通れない道行きだったのだといまは思う。

手練の変身作家クッツェーが作中深くに埋めこむ歴史的、哲学的リゾームは、だれもがすぐに掘りだせるほど単純なものではないが、シンプルな無駄のない文章で書かれた物語のなかで、人間として、生き物として、根源的な問いを発することばの衝迫力に読者は揺さぶられるだろう。それは『ヒア・アンド・ナウ』や『モラルの話』に出てくる比喩さながら、「必要とあらば自分の胸を切り裂いてでも子供たちに血を飲ませる母ペリカン」のように、惜しげもなく作中に投げこまれる自伝的要素のせいかもしれない。抑制のきいた澄んだことばのすきまから、生々しく、焼けるような激情が噴きだす瞬間、読む者は悲傷の深海に引きずりこまれるような感覚を覚える。とりわけ最新作『イエスの死』は、作家がみずからの経験をすべて投入し、昇華させた白鳥の歌のように聞こえてならない。

　クッツェーは新作ごとにまだだれもやっていないことをやると決めて書いてきた作家だ。作品は、彼自身の翻訳論にもあるように、作品の核からビームのように発せられる「語りのリズム、思考のリズム、語り手が発することばのなかに埋めこまれたセンシビリティ」を探しながら訳すことが求められる。文章の静けさと、美しさと、人間の倫理性が一体となった作品を読み解いて、それを日本語に移し替える作業は、学びほどく《アンラーン》ことで自分の受けた教育の死角を知ることだった。それは意識の殻を何枚も脱ぎ捨てて、新たな視野を押し広げながら自分自身が変わるプロセスになっていった。

＊クッツェー作品からの引用はほぼすべて、くぼたのぞみの訳です。

＊本書を書くにあたって参照した主要文献

・J・M・クッツェーの全著作。
・Derek Attridge: *J. M. Coetzee and the Ethics of Reading*, University of Chicago Press, Chicago, London 2004.
・Peter D. McDonald: *The Literature Police*, Oxford University Press, 2009.
・J. C. Kannemeyer: *J. M. Coetzee, A Life in Writing*, Scribe, 2012.
・David Attwell: *J. M. Coetzee and the Life of Writing*, Viking, 2015.
・Marc Farrant, Kai Easton and Hermann Wittenberg: *J. M. Coetzee and the Archive: Fiction, Theory, and Autobiography*, Bloomsbury, 2021.
・Robert Pippin: *Metaphysical Exile on J. M. Coetzee's Jesus Fictions*, Oxford University Press, 2021.

謝辞

これは現代の世界最重要作家の一人、ジョン・マクスウェル・クッツェーとその作品をめぐるエッセイ集です。この日本語による初の単著ができあがるまでに、なんと多くの人たちに支えられてきたことでしょう。とりわけ、「あなたの作品を訳してきたことについて本を書いている」と伝えると、即座に「なにか手伝えることがあれば知らせてください」とメールをくれたジョン・クッツェー氏に心から感謝します。新型コロナウィルスが世界に広がりだして三カ月ほどすぎたころでした。赤道をはさんで身の安全を確認し合うことばに励まされて最後まで駆け抜けることができました。少年時代、青年時代、朱夏の時代の三枚の写真を、自伝的三部作に続いて今回もまた使わせていただきました。快諾してくださったことに深謝します。

それぞれの作品世界の奥に広がる、この作家の博覧強記の知識と思想の海を泳ぎきるために、ギリシア・ローマ古典やロシア文学について、またキリスト教の聖書の成り立ちや個々の福音書の特徴などについて、折々の問いかけに、即座に資料を指差し助言してくれた家人、森夏樹に感謝します。表紙のために作家のポートレートを描いてくれた画家のロドニー・ムーアさん、ブックデザイナーの奥定泰之さん、ありがとうございました。J・M・クッツェーの『少年時代の写真』とエッセイ集を同時に出しましょう、といって企画を立ちあげ、見事に実現させた白水社編集部の杉本貴美代さんには、お礼のいいようもありません。

みなさん、どうもありがとうございました。

著者

二〇二一年九月　北半球は秋の気配

J・M・クッツェー年譜

1940（誕生）　2月9日、ジョン・マクスウェル・クッツェーは、ザカライアス・クッツェー（1912-88）とヴェラ・ヒルドレッド・ヴェーメイエル・クッツェー（1904-85）の最初の子としてケープタウンのモーブレイに生まれる。誕生直後から母親と住居を転々とする。父親は弁護士、母親は小学校教師。

クッツェーという名の由来は17世紀にヨーロッパからケープ植民地に移民したオランダ系植民者まで遡ることができるが、代を重ねるにつれてさまざまな系譜が入り混じる。フューエルフォンテイン農場のクッツェー家初代所有者だった祖父ヘリット・マクスウェル・クッツェーは、最初の男の子にヘリットという名をつける家系に生まれたアフリカーンスだがクリケットに興じる親英派で、子供たちは英語混じりのアフリカーンス語を日常語とした。

母親ヴェラもまたアフリカーンスの混成家族の生まれ。宣教師としてドイツ（現ポーランドのポメラニア）から南アフリカへやってきた曽祖父バルタザール・ドゥ・ビール（ポーランド名はバルツァル・ドゥビル）が、モラビア出身の宣教師の娘アンナ・ルイザ・ブレヒャーと結婚、一家で渡米中にヴェラの母親ルイザが生まれる。ルイザの夫ピート・ヴェーメイエルもまた17世紀にオランダ東インド会社社員としてケープ植民地へやってきたドイツ系の祖先をもつアフリカーンス。ルイザとピートは英語もオランダ語もできたが、子供たちには英語の名をつけ（ローランド、ウィニフレッド、エレン、ヴェラ、ノーマン、ランスロット）、家庭でも英語を使用。娘ヴェラもまたザカライアス・クッツェーと結婚したのち家庭では英語を使い、子供たちを英語で教育する。

1942（2歳） 7月、父親が負債を帳消しにするため南アフリカ軍に従軍。

1943（3歳） 4月、母子がヨハネスブルグに住んでいるとき、弟デイヴィッド・キース・クッツェー（1943-2010）が誕生。

1944-45（4-5歳） 父方の農場に滞在中、カラードの子供たちと遊んでいてアフリカーンス語が話せるようになる。リベラルな考えの両親のもと、家庭では英語が使われ、教育も英語で受け、作品も英語で書くようになる少年は、英語とアフリカーンス語が飛び交う混成文化のなかでバイリンガルとして育つ。第二次世界大戦が終わり、北アフリカ、中東、イタリアで南ア軍に従軍していた父親が帰還。

1946（6歳） 一家でポルスモアの帰還兵士用宿舎に住む。1月、ポルスモア小学校に入学。二学期に教師の配慮で一年飛び級。それ以後、学業は問題なくこなせたが、周囲の子供より身体的に幼いことに悩む。父親が帰還兵向け住宅局勤務になり、ローズバンクへ引っ越す。ローズバンク小学校へ転校。

1948（8歳） 5月、選挙でアフリカーナ民族主義を奉じる国民党が政権を掌握し、アパルトヘイト政策を打ち出す。父親が公務員職を失う。

1949（9歳） 父親がヴスターのスタンダード・カナーズに職を得て、5月に一家で内陸へ引っ越す。ヴスターの男子小学校スタンダード3に転入。教会に行かず、子供をアフリカーンス語で教育しようとしない両親は、偏狭なアフリカーナ民族主義者から「裏切り者」と見なされ、ジョン自身も学校で文化摩擦の矢面に立たされる。

1951（11歳） 父親が弁護士業を再開するため、年末にケープタウンに戻り、都会生活の寛容さに安堵を見いだす。

1952–56（12–16歳） 家族、親族はプロテスタントだが、マリスト修道会が運営するカトリック系の聖ジョゼフ・カレッジへ入学。アパルトヘイト政策により締めつけが厳しさを増す教育制度のなかで、陸の孤島のような、比較的自由な雰囲気の学校でギリシア人やユダヤ人の混じる生徒たちと思春期をすごす。

最初はプラムステッドのエヴァモンド通り、隣接するミルフォード通りの借家に住んで列車通学をするが、ロンデボッシュへ引っ越し、徒歩数分の距離となる。クリケットのクラブに入り、詩作に熱中。再会したローズバンク時代の友人ニック・スタサキスと写真に凝り、自宅に暗室を設ける。以後、写真への関心を持ちつづける。友人たちと西洋古典やロシア文学を読みあさる。バッハに音楽の古典を見出し、母親にせがんでピアノを買ってもらう。父親の弁護士事務所経営が破綻し、借金がかさむ。聖ジョゼフ・カレッジを卒業。

1957（17歳） ケープタウン大学（ＵＣＴ）に入学。母親の犠牲的行為を見るのが嫌で、モーブレイに部屋を借りて自立。奨学金やアルバイトから得た収入で諸経費をまかなう。父親の飲酒癖と借財が家族にもたらした困窮や、アパルトヘイト体制下で政府が強いる徴兵などから逃亡するため、学位取得後は海外へ移住する決意を固める。ガイ・ハワースの創作の授業に出席。T・S・エリオット、エズラ・パウンドの詩法に学びながら詩を書く。

1958（18歳） 母方の大叔母アニーの死去。中古の茶色のフィアット500を購入。ジョンティ・ドライヴァーらと年刊文芸誌「フローテ・スキュール」を編集、詩を発表する。

1959（19歳） 1学年下に在籍した演劇専攻のモーナ・フィリパ・ジャバー（1939–90）と出会い、『ドン・キホーテ』の詩劇化を試みる。

1960（20歳） 3月21日、トランスヴァール州シャープヴィルで平和裡に行われていた集会の参加者を警察が水平撃ちし、69人が殺される。3月30日早朝、ケープタウン郊外のタウンシップ、ランガで警察が住民を急襲、大きな抗議デモが起きる。徴兵制が厳しくなる。英文学の学士号取得。

1961（21歳） 数学の学士号取得。12月、卒業と同時にイギリスへ向かう。南アフリカは国名を共和国に変えてコモンウェルスを脱退。

1962（22歳） 1月、サウサンプトン港に到着し列車でロンドンへ向かう。北部ハイゲイトに住み、IBMでコンピュータ・プログラマーとして働きながらエヴリマンシネマで最新映画を楽しみ、BBCの第三プログラムで音楽や詩の新潮流を知る。奨学金を得てUCT修士過程に在外学生として籍を置き、ガイ・ハワースの指導のもとにフォード・マドックス・フォードの作品について修士論文を準備。英国図書館でフォードの他作品を読んで落胆、南部アフリカの初期探検記を発見。10月、キューバ危機。

1963（23歳） 春にIBMを辞め、空路アエロフロート機でロンドンからハルツーム、カンパラ、ケープタウンへと乗り継ぎ帰国。パールで女子高校の教師をしていたフィリパ・ジャバーと再会、7月に結婚。ガーデンズのフラットに住み、フィリパのタイプライターで修士論文を打ちあげ、11月に提出、修士号を取得。12月末、新婚夫婦は船でロンドンへ。

1964（24歳） 1月10日下船。サレーのバグショットに住み、2月10日からブラックネルのインターナショナル・コンピューターズで働きはじめる。ケンブリッジに通いながら作業をし、オールダマストンでプログラムをインストール。ロンドンの書店でサミュエル・ベケットの『ワット』を発見。米国の大学に行く準備を開始する。リヴォニア裁判でネルソン・マンデラ等に終身刑。

1965（25歳） 弟のデイヴィッドがロンドンへ。母親ヴェラが2人の息子をロンドンに訪ねる。8月30日、サウサンプトンからイタリア船オーレリア号でニューヨークへ。9月8日に下船。オースティンのテキサス大学大学院博士課程にフルブライト奨学生として、学費免除、年額2300ドル支給*、新入生に英作文を教える条件で籍を置く。図書館でベケットの手書き原稿を発見し、初期小説の言語学的研究に打ち込む。南西アフリカやナマクワランドへの探検記録を発見。17世紀から宣教師たちが編纂してきたナマ語の語彙集、文法書などを読む。ドイツ語、オランダ語などを集中的に学ぶ。

（*クッツェー自身はDPのインタビューで2100ドルと述べているが、テキサス大学からの手紙では2300ドルだとカンネメイヤーは記している。）

1966（26歳） 6月、長男ニコラス誕生。

1967（27歳） テキサス大学フェローとなる。広く英文学を教えるが、アフリカ出身者としての要請に応えるため、アフリカ文学全般を集中的に読む。

1968（28歳） 4月、フィリパがニコラスを連れて南アフリカへ一時帰国。7月、ニューヨーク州立大学バッファロー校に職をえて移動。8月、フィリパたちが合流。11月、長女ギゼラ誕生。この年、マルセルス・エマンツの *A Posthumous Confession* の翻訳を開始。

1969（29歳） 1月、ベケットの英語小説の文体分析論で博士号取得。カナダや香港の大学で教える選択肢も視野に入れて、米国永住の方法を探りつづける。ベケットがノーベル文学賞を受賞。

1970（30歳） 南アフリカへの帰国を回避しながら、1月1日、第一小説 *Dusklands*（『ダスクランズ』）の後半部となる「ヤコブス・クッツェーの物語」を書きはじめる。全国的なヴェトナム反戦運動が高まるなか、3月15日、クッツェーを含む45人の教師たちが、一方的に学生を処分し学内に警察を常駐させる学長代行との話し合いを求めて管理棟へ到着、学長代行はあらわれず、教師たち全員が逮捕され起訴される（1年後に全員無罪）。米国永住が不可能となり、南アフリカの教育制度下で子供を育てたくないという願望が断たれる。12月、妻フィリパと子供たちが米国を出て南アへ帰国。

1971（31歳） 奨学金授与の条件に、いずれ生国へ戻り、勉学で得た知識を自国文化のために役立てなければならないと明記されていたことや、逮捕によってヴィザ延長の見込みが断たれたこともあり、5月、クッツェー自身も未完成の第一小説の草稿を抱えて、やむなく南アフリカへ帰国。フューエルフォンテイン近くのマライスダルの農場の空き家に家族で3カ月住み、作品を書きつづける。12月、UCT英文学非常勤講師に任命される。

1972（32歳） 1月2日、「ヤコブス・クッツェーの物語」を完成し、アメリカのエージェントに送り、南ア国内の出版社に持ち込むが不成功に終る。6月11日に「ヴェトナム計画」を書き始める。UCTの英文学講師に任命される。フレンカイルン、ウィンバーグ、トカイと移り住む。

1973（33歳） 5月24日、「ヴェトナム計画」を完成。滞米中に英訳したマルセルス・エマンツ著 *A Posthumous Confession* の出版がオランダ翻訳推進協会によって決定（75年にはボストンの出版社から出版）。二部構成の『ダスクランズ』の原稿を南ア国内の出版社や英米のエージェントに送るが不成功に終る。11月、ピーター・ランドールがヨハネスブルグで始めたばかりの出版社レイバンでついに出版が決定。

1974（34歳） 4月、『ダスクランズ』を刊行。旧態依然とした西欧中心主義的文学観から抜け出せない南アフリカ文学界での鮮烈なデビューとなる。南ア最高のCNA賞の最終候補となるが、ナディン・ゴーディマの *The Conservationists* に譲る。ヴェジタリアンになる。12月1日、次の作品 *In the Heart of the Country*（『その国の奥で』、邦題は『石の女』）を書きはじめる。この時期、アンゴラ、モザンビーク、南西アフリカ（現ナミビア）、ローデシア（現ジンバブエ）などで民族解放闘争が激化、旧ソ連の梃入れ、キューバ軍のアンゴラ駐留などで緊張感が高まる。南ア政府は南部アフリカ全域で旧植民地白人政権を援助する不安定化をはかる。

1975（35歳） 映画や写真の影響の色濃い実験的テクスト『その国の奥で』は、何度も修正され、より簡潔な凝縮度の高いものに書き換えられ、その過程で場面転換を容易にするため各セクションに番号が付される。異人種間のレイプや性交のシーンが検閲制度に抵触しないか、発禁の危険性をにらみながら、編集者ランドールと何度も手紙のやりとりをする。

1976（36歳） 5月21日、ランドールに『その国の奥で』の最終原稿を送る。同時にニューヨークとロンドンのエージェントにも送付。検閲委員会の出方に備えて出版を確実にする種々の方法を探る。6月16日、ソウェト蜂起勃発、教育言語をアフリカーンス語にするという教育省方針に反発したソウェトの黒人中高生が抗議を開始、全国に広がる。11月、UCTの上級講師に任命され、研究室をあたえられる。

1977（37歳） 6月、英国でセッカー&ウォーバーグ版『その国の奥で』を刊行。米国ではハーパー社から*From the Heart of the Country*のタイトルで出る。9月、次作の執筆に着手、最初はケープタウンを舞台にした作品だったが、すぐに放棄し、何度も改稿を重ね、架空の時空間を舞台にした*Waiting for the Barbarians*（『蛮族を待ちながら』、邦題は『夷狄を待ちながら』）を書く。同月、スティーヴ・ビコが拷問死。『その国の奥で』がモフォロ・プロマー賞を受賞。

1978（38歳） 2月、レイバンからバイリンガル版（対話部分にアフリカーンス語を含む）『その国の奥で』を出版、3月に1977年のCNA賞を受賞。ロンデボッシュへ引っ越す。

1979（39歳）　渡米して客員教授としてテキサス大学で半年、カリフォルニア大学バークリー校で3カ月教えながら、言語学の新潮流を学ぶ。渡米中に『蛮族を待ちながら』を完成、7月、エージェントに原稿を送る。

1980（40歳）　10月、『蛮族を待ちながら』を刊行し、英国のジョフリー・フェイバー賞とジェイムズ・テイト・ブラック・メモリアル賞を受賞、世界的な知名度をえる。南アのCNA賞を受賞（二度目）し、授賞式スピーチで「南アフリカにおける英語の国民文学」という概念について疑問を投じる。数年来、暗礁に乗りあげていた結婚生活を解消し、フィリパと離婚。

1981（41歳）　*Poems from Chrysanten, roeiers, by Hans Faverey* をオランダ語から英訳。

1982（42歳）　ペンギン版『蛮族を待ちながら』が出版され、初作『ダスクランズ』も英国で初出版される。

1983（43歳）　9月、*Life & Times of Michael K*（『マイケル・K』）を刊行して、英国のブッカー・マコンネル賞、南アのCNA賞（三度目）を受賞。同時に、英語アカデミー南部アフリカ作家賞を受賞。作家としての世界的評価が確立。南アの出版社からの依頼でアフリカーンス語から英訳したウィルマ・ストッケンストロームの *The Expedition to the Baobab Tree* を刊行。UCT特別研究員に就任。

1984（44歳）　UCT文学部教授に就任。就任記念にジャン＝ジャック・ルソーの『告白』の冒頭を引用し「自伝のなかの真実」を講演。

1985（45歳）　3月、母ヴェラの死。『マイケル・K』でフランスのフェミナ・エトランジェ賞を受賞。『その国の奥で』をもとにベルギーのマリオン・ヘンセル監督が映画"Dust"を制作、原作者として非常に不満。ANCが「この国を統治不能に」と呼びかける。7月、P・W・ボタ大統領がイースタン・ケープ州などに非常事態宣言を発令。

1986（46歳） *Foe*（『敵あるいはフォー』）刊行。アンドレ・ブリンクと編集した南アの作家、詩人のアンソロジー *A Land Apart: South African Reader* を刊行。6月、非常事態宣言がウェスタン・ケープ州に拡大される。

1987（47歳） 4月、イェルサレム賞受賞。11月、ケープタウンのバクスター劇場で開催されたウィークリー・メイル・ブック・ウィークで「今日の小説」を読みあげて物議をかもす。サミュエル・ベケット財団の後援者になる。自伝的作品のノート作成開始。

1988（48歳） 南アの白人文学の思想行動様式について書いた *White Writing: On the Culture of Letters in South Africa* を刊行。6月、父ザカライアスの死。ノーベル文学賞候補者に名前があがる。「南アフリカの農場小説」に関するエッセイでプリングル評論賞を受賞。

1989（49歳） 4月、バルティモアに滞在中、長男ニコラスの死を知る。6月、非常事態宣言が全土に拡大。8月、デクラークが大統領に就任。10月、ウォルター・シスルー等政治囚が解放される。デイヴィッド・アトウェルとのインタビューを計画。

1990（50歳） 2月2日、非合法組織が合法化され、同月11日、ネルソン・マンデラが釈放される。7月、元妻フィリパの死。9月、*Age of Iron*（『鉄の時代』）を刊行、サンデー・エクスプレス賞を受賞。マジシ・クネーネにUCTの名誉博士号が授与されるよう尽力。

1991（51歳）　2月、*The Master of Petersburg*（『ペテルブルグの文豪』）を書きはじめる。5月、デクラーク大統領が国会でアパルトヘイト法の撤廃を宣言。8月、ドロシー・ドライヴァーとともに初めてオーストラリアを訪問。アデレードを訪れ、強い印象を受ける。自転車のアーガス・サイクル・ツアーに参加して自己ベストのタイムを出す。オーストリアのグラーツで「古典とは何か」を講演。

1992（52歳）　*Doubling the Point*（文学評論とインタビュー集）を刊行。

1994（54歳）　3月、『ペテルブルグの文豪』を刊行。5月、全人種参加の総選挙の結果、ネルソン・マンデラが大統領になり、アパルトヘイトが完全撤廃される。イタリアのモンデッロ賞を受賞。

1995（55歳）　2月、憲法制定議会が開会。真実和解委員会が活動開始。UCTから名誉博士号を受ける。7月、母の死後まもなくノート作成を開始した自伝的作品第一部の手書き原稿完成（最初のタイトルは*Scenes from Provincial Life*）。『ペテルブルグの文豪』がアイリッシュ・タイムズ国際小説賞を受賞。12月、オランダで「リアリズムとは何か」を講演。オーストラリアへの移住の可能性を探りはじめる。

1996（56歳）　憲法制定議会が新憲法を採択。11言語が公用語に。新出版法が制定され、検閲制度が廃止される。検閲制度についての評論*Giving Offense*を刊行。イタリアのフェロニア・フィアーノ市賞を受賞。10月、*Youth*（『青年時代』）を書きはじめる。11月、ベニントン・カレッジでの講演「リアリズムとは何か」で、英語圏で初めてエリザベス・コステロが登場。

1997（57歳） 8月、*Boyhood*（『少年時代』）を刊行。プリンストン大学でノベラ形式の講演をする（のちに *The Lives of Animals*『動物のいのち』と *Elizabeth Costello*『エリザベス・コステロ、八つのレッスン』に所収）。

1998（58歳） 多くの講演依頼を辞退し、作家活動に集中する。

1999（59歳） *Disgrace*（『恥辱』）を刊行してブッカー賞受賞、賞の歴史上初の二度目の受賞。小説化された講演集『動物のいのち』刊行。南アフリカテレビが"Passages"を制作。大統領がマンデラからムベキに代わる。

2000（60歳） 5月、『恥辱』が南ア与党ANCと人権委員会から批判される。6月、コモンウェルス作家賞を受賞。オランダのテレビ局が"*Van de schoonheid en de troost*"（「美と慰め」の意）を制作。12月、UCTを退職。

2001（61歳） 4月、『青年時代』の原稿を完成。3月、ピーター・ランパックから転送されたカンサス・シティ・スター編集者の『恥辱』をめぐる10の質問に、例外的に答えを返す。9月、*Stranger Shores*（文学評論集）刊行。11月、サンタフェで『青年時代』から朗読。

2002（62歳） オーストラリアのアデレードへドライヴァーとともに移住。アデレード大学客員研究員となる。5月、『青年時代』刊行。オクスフォード大学から名誉博士号を受ける。

2003（63歳） 9月、小説化された講演集『エリザベス・コステロ』刊行。10月、シカゴ大学でノーベル文学賞受賞を知る。12月、ノーベル賞受賞記念に「彼とその従者」を講演、晩餐会スピーチで母と子のエピソードで笑いをとる。イタリアのグリンザーネ・カヴール国際賞受賞。

2004（64歳） *Landscape with Rowers*（オランダ語からの訳詩集）を刊行。『エリザベス・コステロ』がオーストラリアのクイーンズランド州知事賞を受賞。6年間のシカゴ大学社会思想委員会のメンバーとしての活動に終止符を打ち、作家活動に専念。この数年は海外からのおびただしい招待を辞退。とりわけ11月の大統領選挙でブッシュが再選されるなら渡米は差し控えると公言する。

2005（65歳） 4月、*Summertime*（『サマータイム』）を書きはじめる。9月、南アフリカのマプングブエ国家勲章（金）を受賞。同月、*Slow Man*（『遅い男』）を刊行。フィリップ・グラスが『蛮族を待ちながら』をオペラにし、ドイツのエルフルトで初演。

2006（66歳） 3月、オーストラリアの市民権獲得。6月、ポーランドを訪問し、母方の曾祖父の生地を訪ねる。9月、トリノで短篇「ニートフェルローレン」を朗読。同月末、サミュエル・ベケット生誕百周年記念シンポジウム特別ゲストとして初来日、「ベケットを見る八つの方法」を講演。

2007（67歳） 3月、*Inner Workings*（文学評論集）刊行。9月、*A Diary of a Bad Year* 刊行。12月初旬、国際交流基金の招聘でドライヴァーとともに再来日、2週間にわたって日本各地を旅行、*A Diary of a Bad Year* から朗読する。

2008（68歳） 6月、伝記作家J・C・カンネメイヤーから伝記を書きたいという手紙を受け取る。『恥辱』がオーストラリアのスティーヴ・ジェイコブズ監督とアナ＝マリア・モンテイセッリ脚本で映画化、9月にトロント映画祭で初上映され国際批評家賞を受賞、10月には中東国際映画祭で最優秀作品として黒真珠賞を受賞。

2009（69歳） 2月、弟デイヴィッドの病気を知る。3月、カンネメイヤーがアデレード訪問。5月、ワシントンに弟を見舞う。7月のオランダ語版『サマータイム』に続いて、9月に英語版を刊行、ブッカー賞とコモンウェルス小説賞の最終候補になる。

2010（70歳） 1月、弟デイヴィッドの死。5月、アムステルダムでエヴァ・コッセらの企画で生誕70年を記念するイベントが開かれる。同月、オースティンのテキサス大学を訪れ、南アの検閲制度が自作をどのように扱ったかを語る。6月、フランスのツールーズで開かれた南アフリカ作家祭で「ニートフェルローレン」を朗読。『サマータイム』がクイーンズランド州知事賞を受賞。

2011（71歳） 1月、インドのジャイプール文学祭に参加。南アでクッツェーの肖像をレリーフにしたプロテア金貨が鋳造される。6月、ヨーク大学で開かれたサミュエル・ベケットのシンポジウムで *The Childhood of Jesus*（『イエスの幼子時代』）から朗読。同月、カナダのキングストン作家祭に参加。9月、一巻にした自伝的三部作 *Scenes from Provincial Life* を刊行。10月、関連書類をすべてオースティンのランサム・センターに譲渡。

2012（72歳） 6月、ノリッジ文学祭に参加。7月、ベルギーの作曲家ニコラス・レンスがオペラにした『遅い男』がポーランドのポズナニで初演。9月初めから、ドイツ、フランス、イギリスとまわり、アメリカに渡ってオールバニでポール・オースターと近刊の往復書簡集から朗読、スタンフォード大学で朗読と討論に参加。12月、ウィッツウォータースランド大学で、独自の教育論を展開する。UCTで『イエスの幼子時代』から朗読。

2013（73歳） 2月下旬、第1回東京国際文芸フェスティヴァルの特別ゲストとして三度目の来日。3月、『イエスの幼子時代』とポール・オースターとの往復書簡集 *Here and Now*（『ヒア・アンド・ナウ』）を刊行。4月、北京で開かれた第2回中国オーストラリア文学フォーラムに前年のノーベル文学賞受賞作家、莫言と登壇。同月、南アメリカのコロンビアで国際作家セミナーに参加して朗読、検閲制度について語る。9月、ベルリンの国際文学祭に参加。12月、ネルソン・マンデラ死去。

2014（74歳） 4月、チリとアルゼンチンのブックフェアでポール・オースターと『ヒア・アンド・ナウ』から朗読。6月、ノリッジ文学祭に参加。8月、コロンビアのボゴタで、アルゼンチンの出版社「アリアドネの糸」から個人ライブラリー全12巻を出版することを発表。11月、3日間にわたりアデレードで "Traverses: J. M. Coetzee in the World" が開催される。*Three Stories* をオーストラリアの出版社から刊行。

2015（75歳） 4月、アルゼンチンの国立サンマルティン大学で年に2回、3年間にわたるセミナー「カテドラ・クッツェー」を立ち上げて「南の文学」を提唱。5月、精神分析医アラベラ・カーツとの共著 *The Good Stories* を刊行し、「ストーリー」をキーワードに人が物語を語るとはどういうことかを探究。チリで若手作家を育てるJ・M・クッツェー短篇小説賞が創設される。9月、第2回カテドラ・クッツェー開催。

2016（76歳）　4月、第3回カテドラ・クッツェー。5月、ラーマッラーでパレスティナ文学祭に参加。8月、*The Schooldays of Jesus*（『イエスの学校時代』）を刊行。9月、チリ、エクアドルを経てアルゼンチンへ、第4回カテドラ・クッツェー。同月、イタリアのプラトでシンポジウム「クッツェーの女たちを読む」が開催。

2017（77歳）　5月、ボゴタのブックフェアに参加。同月、ブエノスアイレスで第5回カテドラ・クッツェー。滞在中に「76年からの軍事政権時代に行った誘拐、拷問など人権侵害の罪で服役中の軍人たちの刑期を半減するという最高裁判決」への抗議に呼応し、MALBAで予定されていた講演を延期。7月、ミラノの映画祭に参加。9月、第6回カテドラ・クッツェー。同月にオクスフォードでシンポジウム「クッツェーと旅する」が、翌10月にロンドン大学でシンポジウム「クッツェーとアーカイヴ会議」が開催され、写真家をめざしたカレッジ時代のカメラ、写真、未現像フィルムなどが公開される。同月、*Late Essays* を刊行。

2018（78歳）　1月、メキシコのカルタヘナ文学祭に参加。覇権言語としての英語を強く批判。4月、ブエノスアイレスでカテドラ・クッツェーの総集編ラウンドテーブルで「北と南のパラダイム」について論じる。5月、スペイン語版 *Siete cuentos morales* と日本語版『モラルの話』を刊行（英語版は未刊）、スペイン各地のイベントで作品と自らの作家活動について積極的に語る。10月、ポーランドのシレジア大学で名誉博士号を受ける。同月、シカゴ大学で「『子供百科』で成長すること」を講演。

2019（79歳）　3月、オーストリアのハイデンライヒシュタインで「霧のなかの文学」に参加。5月、スペイン語版 *La muerte de Jesús*（*The Death of Jesus*）を刊行（英語版は10月にまずオーストラリア版が、翌年1月にイリギス版が出た）。10月、映画 *Waiting for the Barbarians* がプレミア上映されるメキシコ自治大学の催しに参加。

2020（80歳） 2月、南アフリカのマカンダ（旧グレアムズタウン）に新設された文学館アマズウィ（旧NELM）の記念イベントで80歳の誕生日を迎える。

2021（81歳） 前年から新型コロナウィルスの世界的蔓延のためロックダウンしたオーストラリアで、オンラインイベントを余儀なくされる。

1984−2003のあいだ、米国のニューヨーク州立大学、ジョンズ・ホプキンス大学、ハーヴァード大学、スタンフォード大学、シカゴ大学などで学期単位で教壇に立つ。

（年譜作成にあたっては、おもにNELM版バイオグラフィー、ノーベル賞公式サイト、*Doubling the Point* の作家自身の発言、ノーベル財団の授賞作家バイオグラフィー、J・C・カンネメイヤー著 *J. M. Coetzee: A Life in Writing*、ハリー・ランサム・センターの公式サイト等を参照した。）

J・M・クッツェー全作品リスト

小説・自伝的作品

Dusklands, 1974.『ダスクランド』（赤岩隆訳、スリーエーネットワーク、１９９４）、『ダスクランズ』（くぼたのぞみ訳、人文書院、２０１７）

In the Heart of the Country, 1977.『石の女』（村田靖子訳、スリーエーネットワーク、１９９７）

Waiting for the Barbarians, 1980.『夷狄を待ちながら』（土岐恒二訳、集英社ギャラリー世界の文学20、１９９１、集英社文庫、２００３）

Life & Times of Michael K, 1983.『マイケル・Ｋ』（くぼたのぞみ訳、筑摩書房、１９８９、ちくま文庫、２００６、岩波文庫、２０１５）

Foe, 1986.『敵あるいはフォー』（本橋哲也訳、白水社、１９９２）

Age of Iron, 1990.『鉄の時代』（くぼたのぞみ訳、池澤夏樹個人編集 世界文学全集第Ｉ期-11、河出書房新社、２００８、河出文庫、２０２０）

The Master of Petersburg, 1994.『ペテルブルグの文豪』（本橋たまき訳、平凡社、１９９７）

Boyhood: Scenes from Provincial Life I, 1997.『少年時代』（くぼたのぞみ訳、みすず書房、１９９９）、『サマータイム、青年時代、少年時代——辺境からの三つの〈自伝〉』（くぼたのぞみ訳、インスク

リプト、２０１４）所収。

Disgrace, 1999.『恥辱』（鴻巣友季子訳、早川書房、２０００、ハヤカワepi文庫、２００７）

Youth: Scenes from Provincial Life II, 2002.『サマータイム、青年時代、少年時代──辺境からの三つの〈自伝〉』（くぼたのぞみ訳、インスクリプト、２０１４）所収。

Elizabeth Costello, 2003.『エリザベス・コステロ』（鴻巣友季子訳、早川書房、２００５）

Slow Man, 2005.『遅い男』（鴻巣友季子訳、早川書房、２０１１）

Diary of a Bad Year, 2007.

Summertime: Scenes from Provincial Life, 2009.『サマータイム、青年時代、少年時代──辺境からの三つの〈自伝〉』（くぼたのぞみ訳、インスクリプト、２０１４）所収

Scenes from Provincial Life, 2011.『サマータイム、青年時代、少年時代──辺境からの三つの〈自伝〉』（くぼたのぞみ訳、インスクリプト、２０１４）

The Childhood of Jesus, 2013.『イエスの幼子時代』（鴻巣友季子訳、早川書房、２０１６）

Three Stories, 2014.（くぼたのぞみ訳で「スペインの家」が雑誌「すばる」２０１６年10月号に、「ニートフェルローレン」が「神奈川大学評論」２０１３年10月号に掲載）

The Schooldays of Jesus, 2016.『イエスの学校時代』（鴻巣友季子訳、早川書房、２０２０）

Moral Tales, 2018.『モラルの話』（くぼたのぞみ訳、人文書院、２０１８）（英語版は未刊）

The Death of Jesus, 2019.

評論・書簡集・写真集など

White Writings: On the Culture of Letters in South Africa, 1988.

Doubling the Point: Essays and Interviews, 1992.

Giving Offense: Essays on Censorship, 1996.

The Lives of Animals, 1999.『動物のいのち』（森祐希子・尾関周二、大月書店、２００３）

Stranger Shores: Literary Essays, 1986-1999, 2001.

The Nobel Lecture in Literature, 2003, 2004.

Inner Workings: Literary Essays, 2000- 2005, 2007.

（with Paul Auster）*Here and Now, letters 2008-2011*, 2013.『ヒア・アンド・ナウ　往復書簡２００８−２０１１』（くぼたのぞみ・山崎暁子訳、岩波書店、２０１４）

（with Arabella Kurtz）*The Good Story, Exchanges on Truth, Fiction and Psychotherapy*, 2014.

『世界文学論集』（田尻芳樹訳、みすず書房、２０１５）

Late Essays, 2006-2017, 2017.

『続・世界文学論集』（田尻芳樹訳、みすず書房、２０１９）

J.M.Coetzee: Photographs from Boyhood, 2020.『少年時代の写真』（くぼたのぞみ訳、白水社、２０２１）

装幀　奥定泰之
装画　Rodney Moore, RRM Works

著者略歴

くぼたのぞみ (Nozomi Kubota)

1950年、北海道生まれ。翻訳家・詩人。

訳書に、J・M・クッツェー『少年時代の写真』、『マイケル・K』、『鉄の時代』、『サマータイム、青年時代、少年時代――辺境からの三つの〈自伝〉』、『ダスクランズ』、『モラルの話』、J・M・クッツェー＆ポール・オースター『ヒア・アンド・ナウ』(共訳)、チママンダ・ンゴズィ・アディーチェ『なにかが首のまわりに』、『アメリカーナ』、『半分のぼった黄色い太陽』、『男も女もみんなフェミニストでなきゃ』、『イジェアウェレへ　フェミニスト宣言、15の提案』、サンドラ・シスネロス『マンゴー通り、ときどきさよなら』、『サンアントニオの青い月』、マリーズ・コンデ『心は泣いたり笑ったり』、エドウィージ・ダンティカ『アフター・ザ・ダンス』、ゾーイ・ウィカム『デイヴィッドの物語』ほか多数。

著書に『山羊と水葬』、『鏡のなかのボードレール』、詩集に『風のなかの記憶』、『山羊にひかれて』、『愛のスクラップブック』、『記憶のゆきを踏んで』がある。

J・M・クッツェーと真実

2021年10月25日　第1刷発行
2022年 2 月15日　第2刷発行

著　者　©くぼたのぞみ
発行者　及川直志
発行所　株式会社白水社
〒101-0052
東京都千代田区神田小川町3-24
電話　［営業部］03-3291-7811　［編集部］03-3291-7821
振替　00190-5-33228
www.hakusuisha.co.jp
印刷所　株式会社三陽社
製本所　誠製本株式会社

乱丁・落丁本は、送料小社負担にてお取り替えいたします。
ISBN978-4-560-09868-4
Printed in Japan